The Last Flight

最后的航班

[美国] 朱莉·克拉克 著

陈元飞 牛书田 译

译林出版社

图书在版编目（CIP）数据

最后的航班 /（美）朱莉·克拉克（Julie Clark）
著；陈元飞，牛书田译 . — 南京：译林出版社，
2024.3
　（后窗文库）
　书名原文：The Last Flight
　ISBN 978-7-5753-0016-2

　Ⅰ.①最… Ⅱ.①朱… ②陈… ③牛… Ⅲ.①推理小
说－美国－现代　Ⅳ.① I712.45

中国国家版本馆 CIP 数据核字（2024）第 005659 号

The Last Flight by Julie Clark
Copyright © 2020 by Julie Clark
This edition arranged with Intercontinental Literary Agency Ltd (ILA) through
Big Apple Agency, Inc., Labuan, Malaysia
Simplified Chinese edition copyright © 2024 by Yilin Press, Ltd
All rights reserved.

著作权合同登记号　图字：10-2021-337 号

最后的航班　［美国］　朱莉·克拉克／著　陈元飞　牛书田／译

责任编辑　　赵　奕
装帧设计　　胡　苨
校　　对　　孙玉兰
责任印制　　闻媛媛

原文出版　Picador, 2020
出版发行　译林出版社
地　　址　南京市湖南路 1 号 A 楼
邮　　箱　yilin@yilin.com
网　　址　www.yilin.com
市场热线　025-86633278
排　　版　南京新华丰印刷有限公司
印　　刷　江苏凤凰通达印刷有限公司
开　　本　880 毫米 ×1240 毫米　1/32
印　　张　8.875
版　　次　2024 年 3 月第 1 版
印　　次　2024 年 3 月第 1 次印刷
书　　号　ISBN 978-7-5753-0016-2
定　　价　69.00 元

献给所有能走上前来讲出自己故事的女性。
无论是在现场直播的国会前，还是独自一人在无窗的人力资源
办公室中，我们都能听到你的声音。
我们相信你。

告诉我，你的绝望；而我将告诉你，我的。
同时世界继续。

——玛丽·奥利弗《野鹅》

序言

纽约肯尼迪机场

2月22日，星期二

空难当天

　　四号航站楼挤满了人，湿羊毛的味道夹杂着飞机的燃油味，浓郁地弥漫在周围。我在玻璃滑门内侧等她。每当有人进出时，一股冷风就会迎面扑来，让人顿觉彻骨生寒。我只好强迫自己，想象着那是来自波多黎各的一丝和煦的微风，伴随着木槿花与海盐的清香。周围人们的西班牙语带点儿口音，轻柔地飘荡在耳畔，让我仿佛漫在热水浴中，忘却了刚才的自己。

　　室外，飞机起飞带来了阵阵轰鸣；室内则充斥着扬声器嘈杂的播报声。在我身后，一个上了年纪的女人用尖锐的意大利语断断续续嚷嚷着。不过我的视线始终没有从路上移开，我紧盯着航站楼外拥挤的人行道，搜寻着她。我坚信——并押上了我的整个未来——她是一定会来的。

　　关于她，我只知道三点：名字、长相，再就是她的航班今早起飞。而我的优势在于，她对我一无所知。我强压下自己的恐惧：我可能已经在不经意间错过了她。她可能早已离开，不知去向，而随她而去的，将是我摆脱现有生活、迈入人生新篇章的机会。

　　每天都会有人消失。那个在星巴克排队的男人，买完他最后一杯咖啡，接着可能会驱车驶向他新的生命轮回，而留在身后的一家人，会永远都想不清楚到底发生了什么。或者，是那个坐在灰狗巴士最后一排的女人，她盯着窗外，风撩起几缕碎发拂过她的脸颊，仿佛带走了那不堪回首的前尘往事。你也可能会和某人擦肩而过，而这就是他们作为自己的最后时光——而这一切你可能根本意识不到。

不过实际上，几乎没有人停下来思考过，想要真正消失究竟有多难。这种消失需要抹掉各种层次的细节，即便是那些最不起眼的踪迹也不能放过，因为总会留下某些线索——一小截线头、一颗真相的种子、一个错误……往往只需一个小小的针孔，就可以穿针引线，解开谜团。譬如，离开时的一通电话，距高速公路入口匝道三个街区前的一场车祸，一次被取消的航班。

抑或，是最后一分钟改变的行程。

室内的雾气冷凝成水珠，挂在玻璃窗上。透过这扇玻璃窗，我看到一辆黑色的林肯城市轿车停靠在了路边，我知道那就是她，甚至在车门还没打开、人未走下来之前我就知道，来的一定是她！从车里走出来时，她并没有与后座同行之人道别，而是匆匆穿过人行道，走进了玻璃门。我们的距离是如此之近，以至于她粉色的羊绒毛衣甚至蹭到了我的胳膊，触感柔软，令人心动。她弓身收着肩膀，似乎是在为随时有可能到来的任何接触乃至重击做好准备。对于这个女人而言，她深知一张五万美元的名贵地毯也很容易就能刮花她俏丽的脸庞。我给她让了路，并深吸一口气，打消紧张的情绪。既然她来了，我就可以开始了。

我向上扯了扯包带，跟了上去。接着，我不动声色地混到她正前方的安检队伍里，因为我知道，被追踪的逃亡之人只会关注身后，而忽视前方。我一边听着身后的动静，一边等待着我的机会。

虽然她还不知道这一切，但很快，她会成为那些消失的人之一。而我则如同一缕轻烟升空，逐渐消散，消失得无影无踪。

克莱尔

2 月 21 日，星期一

空难前一天

"丹妮尔，"我走进紧挨着客厅的小办公室，"告诉库克先生，说我去健身房了。"

她从电脑前抬起头，我发觉她目不转睛地盯着我喉咙底部的淤青，尽管那儿我已经用一层薄粉底掩饰过了。我下意识地调整了领巾的位置，我知道，她绝不会多嘴一问的，她向来如此。

"我们四点钟在中央大街扫盲中心开会，"她说，"你可能又会迟到哟。"丹妮尔一直管理我的日程，并把我的各种小过失一一记录在案。如果我不能准时参加会议，或者取消我丈夫罗里看重的约会，那么我认为她就是最有可能向上汇报的那个人。克莱尔，如果我打算竞选参议员的话，我们可没有那么多犯错机会。想起这话，我就不寒而栗。

"谢谢你啊，丹妮尔！我和你一样，也是能够看得懂日程表的。请帮我把上次会议的笔记上传，做好出发准备。我们中央大街见吧。"离开房间时，我听见她拿起了电话。我不禁有些踌躇，这可能会引人注意，而其后果，我简直不敢往下想。

库克家族是仅次于肯尼迪家族的政坛世家，人们总会问我，嫁入他们家是一种怎样的体验。这时，我会训练有素地转移话题，介绍我们的基金会信息，还有第三世界的扫盲运动、水资源倡议、城区规划项目、癌症研究等，专注于工作，而不理会那些谣言。

然而，我不能告诉他们，我几乎没有隐私可言。即便是在家中，每时每刻也都有人在身旁，包括助理，还有做饭和打扫的用人等。我不得不抓紧每一分钟，利用每一寸空间来谋得自己的隐私。家里都是罗里的人，我没有安全的自处之所，完全暴露在他们的监视之下，而他们全都忠心耿耿地为库克家族效力。我和罗里结婚已经十年，但我仍然只是一个误入者，一个需要被监视的外人。

而我早已学会，如何让他们表面上看不到任何问题，确信一切如常。

丹妮尔用她的列表和日程安排掌握着我的行踪，而健身房是仅有的几个她不会跟来的地方之一。这也是我见佩特拉的地方，她是我在认识罗里之前的朋友中剩下的唯一一个了，只有她，罗里没有强迫我断掉联系。

因为罗里根本就不知道佩特拉的存在。

我到健身房时，佩特拉已经在那里了。我到更衣室换好了衣服。我爬上楼梯走向那几排跑步机时，她正站在楼梯转角处，从一叠毛巾中拿起一条干净的。我们四目相对看了一会儿，随后，她移开了视线，不再看我；而我则随手拿起了一条毛巾。

"你紧张吗？"她低声道。

"吓死我了！"我说着便转身走开了。

我看着钟跑了一小时。正好在两点半时，我身上裹着毛巾进了桑拿房，筋疲力尽，肌肉有些酸痛。室内水汽氤氲，佩特拉独自坐在最高一排，脸被热气蒸得通红，我对她笑了笑。

"你还记得莫里斯夫人吗？"我坐到她身边时她问道。

我闻言一笑，回想起那段单纯的时光，心中充满了感激。莫里斯夫人是我们十二年级时公立学校的老师，不过佩特拉差点没从班上毕业。

"有一个月你每天下午都会陪我学习，"她继续说着，"那时由于父亲身份的原因，其他孩子都不肯接近我和尼科，只有你走上前来主动帮忙，我才得以顺利毕业。"

我在木凳上转身，面对着她说："你这样讲好像你和尼科被孤立了一样。你们还是有朋友的。"

佩特拉摇了摇头，"我父亲是俄国大佬，就像美国黑帮教父阿尔·卡彭那样，他们会因此对我好点儿，却不会和我成为朋友。"我们那时在宾夕法尼亚的一所贵族学校上学，在那儿上学的都是贵族子弟，他们仅仅为图新鲜，就接近佩特拉和她哥哥尼科，好像在玩大冒险一样。其实他们不过就是想试探一下，看究竟能和这两人走多近。因此，他们从来没有让他俩真正融入自己的圈子。

于是，我们三个组成了一个异类学生的铁三角。佩特拉和尼科不许别人取笑我的二手校服，也不许他们嘲弄我母亲用来接送我的旧本田——那辆车开到路边时总是咯吱咯吱地响，而且排出滚滚浓烟。他们总陪着我吃饭，避免我一个人孤零零的；而且会拉着我参加学校的活动，否则我肯定会逃掉的。他们俩总是把我挡在身后，顶住那些坏孩子，那些孩子对我说话刻薄无情，认为我太穷，太普通，只是个依靠奖学金来此读书的走读生，根本不配和他们做同学。那时，我没有其他朋友，只有佩特拉和尼科。

好像命中注定一般，两年前的一天，我走进健身房，看到了佩特拉，她好像是从我的过去走出来的幽灵。可我早已不是她高中记忆里的那个人了。太多的事情已经改变。关于我的人生，以及一路走来失去的东西，我得跟她解释太多太多。因此，她目光炯炯地看着我、期待我抬头认出她时，我躲开了她的视线。

健身之后，我去了更衣室，想在桑拿房里躲一会儿，等佩特拉离开之后再走。但我进去时，佩特拉恰好在那里。一切都像是我们预先计划好的一样。

"克莱尔·泰勒。"她说。

听到她叫出我的闺名，我实在没控制住，不由得淡淡一笑。她说话仍带着家乡的俄语腔调，往昔的记忆一下子涌上心头。刹那间，我好似找回了原来的自己，而不是那个多年来精心扮演的罗里夫人，不再是那个坚硬外壳之下光鲜亮丽、徒有其表、讳莫如深、身怀秘密的人了。

随后，我们慢慢开始闲聊，虽然距上一次见面已有多年，但我们还是很快就了解了彼此的境况。佩特拉一直没有结婚，漂泊不定，一直是她哥哥在接济她，目前，她哥哥正打理着家族产业。

"而你，"她指了下我的左手，"结婚了？"

透过层层水汽，我端详着她，很意外她居然不知道这件事。"我嫁给了罗里·库克。"

"真不简单。"她说。

我看向别处，等她问我那些常人总会问到的问题———比如玛吉·莫雷蒂到底发生了什么。她的名字会永远与我丈夫联系在一起。最开始，她是一个默默无闻的女孩儿，但随即声名狼藉，而这一切，只是因为她很久以前爱过罗里。

然而，佩特拉只是向后仰靠到长凳上，说："我之前在美国有线电视新闻网上看到过凯特·莱恩对他的专访。他对基金会的贡献很大。"

"罗里是个饱含热情的人。"要是真有人愿意深入挖掘，就会发现此言非虚，颇有些事实成分。

"你妈妈和妹妹还好吗？维奥莱特现在一定都大学毕业了吧。"

尽管已是多年之后，我还是一直害怕面对这个问题，她们的离去仍然像一把利刃一般刺痛着我的心。"十四年前，她们死于一场车祸，维奥莱特当时才刚满十一岁。"我简单地说了一下事故的情况，那天是周五，外面下着雨，一个酒驾司机闯了红灯，迎面撞上，她俩当场死亡。

"噢，克莱尔……"佩特拉道。她既没有去说那些陈词滥调，也没有逼我回忆那段往事。相反，她只是陪我坐着，用沉默抚慰我的悲伤，因为她知道无论说什么都不能让我的痛苦减少半分。

每天健身之后在桑拿房见面成为我们俩的习惯。佩特拉知道，由于她的家庭出身，我们不能在公共场合交谈，这会被别人看到。甚至在我们讨论清楚、知道我最后要做什么之前，我们一直都很谨慎，很少打电话交流，而且从不发邮件。但是在桑拿房里，我们回忆起贯穿彼此高中岁月的同盟关系，重建了曾经给予过彼此的信任，恢复了友谊。

没过多久，佩特拉同样也发现了我小心隐藏起来的秘密。"你得离开他，你知道的。"在我们首次见面几个月后的一个中午，她对我说道。她正注视着我左上臂的一处淤青，那是两天前的晚上罗里和我吵架后留下的。尽管我努力想掩盖住——毛巾拉高遮住前胸，垂挂在脖子上，或搭在两肩上。佩特拉静静地看着罗里一次次发怒时在我皮肤上留下的痕迹。"这可不是我第一次在你身上看到那种淤青。"

我用毛巾遮住，不想让她怜悯我。"我之前尝试过一次，大概在五年前。"我曾相信，走出婚姻是可能的。我计划过一次抗争，虽然我知道这很麻烦，也得付出很大的代价，但是我用他虐待我这件事威胁他——只要把我想要的给我，我就不会对外公开，让公众知道你是这种人。

可事实根本没按我想象的那样发展。"实际上，我信任的一个女人也曾试图帮助我，可她嫁给了罗里在兄弟会的一个老朋友。罗里赶到时，她丈夫开门请他进去，就像以前在兄弟会那样站在罗里身边，秘密地握手。罗里告诉他们，我在一位精神科医生的帮助下，一直在和抑郁症作抗争，也许，是时候住院治疗了。"

"他要把你送进精神病医院？"

"他是要让我知道，事情可以发展得更加恶劣。"我并没有告诉佩特拉后面的事，比如我们刚到家，他就把我狠狠地推到厨房的大理石台上，我因此断了两根肋骨。"你的自私真是让我吃惊呢。你居然想毁掉我辛辛苦苦建立起来的一切，那可是我母亲的遗产，就因为我们吵架？！所有夫妻都会吵架的，克莱尔。"他在房子里指了一圈，从高档家电到价格不菲的台面，说："看看你周围。你还想要什么？没人会同情你的。甚至都没人会相信你。"

这倒是事实。人们希望罗里就是他们认为的那样——极富个人魅力，同时又是备受爱戴的进步党参议员玛乔丽·库克的儿子。我不能告诉任何人他对我做过什么，因为无论我说什么，也不管我说得多大声，我的话都会被掩盖在人们对玛乔丽·库克独子的偏爱之下，了无痕迹，无影无踪。

"人们永远不会看到我所看到的那一切。"最后我说道。

"你真这么认为吗？"

"你想，如果卡罗琳·贝塞特站出来指控肯尼迪总统殴打她，国民会争相跳出来支持她吗？"

佩特拉瞪大了双眼："你在开玩笑吧？这可是 MeToo[1] 时代。我想人们反而会不遗余力地让自己相信她的。福克斯新闻台和美国有线电视新闻网或许会做些新的节目来专门讨论此事。"

我苦笑了一声。"如果在一个完美世界里，我会让罗里对他所做的坏事负责。但是，我没有勇气去投身这样的斗争。这种斗争会持续很多年，会渗入我生活里的每个角落，会让以后可能出现的所有美好都黯淡无光。我只是想摆脱这一切，摆脱他。"

1　意为"我也是"，女星艾丽莎·米兰诺等人 2017 年 10 月针对美国金牌电影制作人哈维·韦恩斯坦性侵多名女星发起的运动，呼吁有过类似经历的女性说出真相，在社交媒体贴文时附上 MeToo 标签。

公开站出来反对罗里就像走进深渊，坚信他人的慷慨善良会接住我。我和那些人在一起生活了这么多年，他们只会幸灾乐祸地看着我一落千丈——只要这意味着他们能有机会接近罗里。这个世界上，金钱和权力等同于豁免权。

我深吸一口气，感到水汽下沉到我体内的最深处。"如果我要离开他，就不得不用一种他永远都找不到我的方式。否则……看看玛吉·莫雷蒂的下场吧。"

佩特拉的面部轮廓在我们之间升腾的水汽里显得模糊不清，但我仍然可以看到她的目光锐利起来。"你认为他跟这件事有关？"

"我现在都不知道该相信什么了。"我答道。

在接下来的一年里，佩特拉和我制订了一个计划，将我的失踪编排得比一幕芭蕾舞剧还要周密。这一连串行动在时间上安排得非常完美，容不得半点儿差错。现在我坐在这里，距离执行计划还有几个小时。嘶嘶的水汽令我们四周的空气变得模糊，佩特拉坐在我身旁的雪松长凳上，只显出朦胧的身影。"你今天早上把所有东西都寄出去了吧？"我问她。

"联邦快递寄给你了，贴了'私人'标签。应该是明天最早到酒店的快递。"

我不能冒险把收集到的所有东西都藏在家里，那样的话女佣就可能会发现，或者，更糟糕的话，可能会被丹妮尔找到。所以佩特拉保管了一切，包括从罗里那儿拿的四万美元，还有一个崭新的身份——多亏了尼科。

"政府的新技术把事情搞得难办多了。"在我开车去见他的那个中午，他说道。当时我们坐在他位于长岛的家中的餐桌前，房子很大。尼科已经长成一个英俊的男人，有了妻子和三个孩子。他有保镖，其中两个守住设有大门的私家车道，另两个守在他的前门。我忽然觉得罗里和尼科也有相似之处。他们都是被选中的那个儿子，用以承继祖业，肩负起建立新规则、新制度，带领家族迈入二十一世纪的重担。他们都被指望能比上一辈做得更多，至少不败光一切。

尼科递给我一个厚厚的信封，我打开来，掏出一张崭新的密歇根驾照和一本印有我照片的护照，上面印着"阿曼达·伯恩斯"的名字。我翻了翻信封里剩下的东西，还有一张社保卡、一份出生证明和一张信用卡。

"有了这些，你就可以不受约束地做任何事情了，"尼科说着拿起驾照，斜放在灯光下，这样我就可以看到压印在驾照表面的全息图，"投票、纳税、填工资表，这是高级活儿，我的人最拿手。此外只有一个人能做成这一全套，那个人在迈阿密。"尼科递给我一张信用卡，是花旗银行的账户，上面有我的新名字。"佩特拉上周开的账户，账单会送到她那儿。你都安定下来以后就可以换掉了。或者扔了，再开一张新的。不过还是要小心些，你也不想别人偷走你的身份吧。"

他被自己的笑话逗笑了。我看到他忽地又变成从前那张男孩儿的脸，好像曾经的那个他又回到现在的身体里似的。那时，他会在午饭时坐在我和佩特拉身旁，一边吃三明治一边做数学作业。

"谢谢你，尼科。"我递给他一个装着一万美元的信封，这只是我在过去六个月里设法转移并存起来的一小部分钱——这儿一百美元，那儿两百美元，我只要一有机会就兑现，然后每天把钱塞进佩特拉在健身房的储物柜里，这样她就能帮我保管起来，直到我准备好的那一天。

他的神色变得严肃起来。"你要知道，万一出了什么差错，我是帮不了你的，佩特拉也帮不了。你丈夫有资源，实力雄厚，足以威胁到我，还可能会威胁到佩特拉的一切，让我们风险很大。"

"我明白的，"我对他说，"你已经做得够多了，感激不尽。"

"我可不是跟你开玩笑。只要你的新生活和过去产生一丝联系，这一切就会土崩瓦解。"他一双眸子深不见底，死死盯着我的眼睛，"你再也回不去了。一次也不行。用任何方式都不行。"

"罗里安排飞机在十点左右起飞，"我告诉佩特拉，"你把我的信也装进去了吧？我可不想离开前十分钟还要在酒店信纸上再写一遍。"

她点了点头，"和剩下的东西一起装进去了，写好了地址，也贴上了邮票，准备从底特律寄出。你在信里写了什么？"

我回想了一下，我花了多长时间，撕掉了多少个版本，才写出一份草稿信，一封足以让罗里放弃希望的信，让他明白想要把我追回来的希望是零。"我告诉他我走了，而且这一次，他再也找不到我了。他会公开宣布我们离婚，告诉公众我们是和平离婚的，而且我不会就此事发表任何公开声明，也不会接受媒体采访。"

"就在他宣布竞选参议员的前一周。"

我嘲弄似的一笑。"难道我应该等到那之后吗？"

一攒够能开展新生活的钱，我就开始寻找离开的完美机会。我研究了谷歌日历上接下来的安排，想找到一次只有我一个人的出行，重点关注加拿大或墨西哥边境附近的城市。于是我找到了一次底特律之行。我计划访问"世界公民"，这是一所由库克家族基金会资助的社会公益特许学校。我下午去学校参观，之后与捐赠者共进晚餐。

我仰靠在身后的长椅上，盯着被一层水蒸气笼罩的天花板，接着把剩下的计划说完："我们大概中午落地。学校的活动两点钟才开始，所以我会确保我们先到酒店，这样我就能拿到包裹并把它放在一个安全的地方。"

"我给汽车租赁公司打了电话。他们会等一位叫阿曼达·伯恩斯的女士在今晚十二点左右来取一辆小轿车。你能叫到出租车吗？"

"从我住的地方沿路往下走有一家希尔顿，我会去那儿打车。"

"我担心有人看见你半夜提着箱子离开，然后跟踪你，通知罗里。"

"我不会带箱子的，我买了一个能装下几件换洗衣服和现金的背包。我会把其余的所有东西——包括手提包和钱包——都留下。"

佩特拉点点头。"如果你需要的话，我用信用卡在多伦多的 W 酒店订了一个房间。他们会在那里等着你。"

我闭上眼，热得有点儿头晕。也可能是因为压力太大了，要让每个细节都尽善尽美。毕竟，即便是最小的错误也不能犯。

我感受到了时间的流逝，推着我，看我迈出第一步、第二步，一步接一步，直到无路可退。在我心底的某处，也有一个念头想忘掉这一切。去底特律，参观学校，然后回家，多些时间在桑拿房里和佩特拉聊聊天。但是，这是我最后的出逃机会。一旦罗里宣布他将竞选参议员，我现在能拥有的所有可能的选择，都将化为乌有。

"该走了。"佩特拉声音温柔，我又睁开了双眼。

"我都不知道该怎么谢你。"我对她说。

"从很多年前开始，直到现在，你就一直都是我唯一的朋友，你不用谢我的。是我要谢谢你。"她说道，"你也该过得开心一点啦。"她收紧了身上的毛巾，我透过水汽，发现她笑得很灿烂。

真不敢相信这会是我们最后一次坐在这里，最后一次聊天。这间屋子就像一处庇护所，昏暗而安静，只有我们两个人的低语，谋划着一个人的逃离。明天谁会陪她坐在这儿呢？以后呢？

我能感觉到，最终的离开越来越近了，这种结局不可逆转。我想知道这是否值得，是否能有更好的选择。很快，克莱尔·库克将不复存在，她闪光的外壳会支离破碎。我不知道，自己能在这外壳下找到些什么。

距我消失还有 33 小时。

克莱尔

2 月 21 日，星期一
空难前一天

在中央大街扫盲中心外遇见丹妮尔时，我已经迟到了十五分钟。尽管我知道她可能已经给罗里发过三次短信了，可我还是警告她，"一个字儿也别说。"

她跟着我穿过几扇门，来到他们用来举办图书讲座和写作研讨会的公共区域。这个时候，教室里很忙，挤满了学生和导师。我可以想象，如果罗里从这里经过，那将是多么不同的一种感觉。他进来时，那股兴奋的浪潮就会开始在前方蔓延，然后向后扩散。但没人多看我一眼。没有罗里，我只是另一张脸而已，来去匆匆，毫不起眼。这很快会成为我的优势。

我穿过连廊，上到二楼，那里是中央大街的行政办公室，我走进一个小会议室，大家都已经到齐了。

"很高兴见到你，库克夫人。"主任友好地一笑。

"我也很高兴见到你，安妮塔。我们可以开始了吗？"我坐在我的位置上，丹妮尔坐在我正后面。会议首先讨论了八个月后的年度筹款活动。对于一件在我失踪很久之后才会发生的事情，我几乎无法装出太多热情。我自娱自乐，想象着下次会议会是什么样子。他们或许会窃窃私语，讨论我是如何离开罗里的，我到底是如何装作一切如常、在整个会议中都面带微笑又随即消失的。她去哪儿了？一个人不会就这样走出自己的生活，消失了。为什么没人能找到她？他们谁会第一个提起玛吉·莫雷蒂？又是谁会第一个悄悄问那个每个人都会好奇、哪怕只是一瞬间想到的问题：你认为她是真的离开了他，还是……她出了什么事？

我们第三次约会时，罗里就告诉我玛吉·莫雷蒂的事了。

"每个人都问我发生了什么事，"他背靠在椅子上，交叉着双腿，"从头到尾都是个悲剧，而且，我仍然觉得自己还没有完全走出来。"他拿起酒杯，晃了晃，然后抿了一小口。"我们一直吵个不停，后来玛吉希望我们出去过个安静的周末，这样就可以在没有城市干扰的情况下进行真正的交流。但是那里没有什么不同，我们还是老样子，吵啊吵，只不过换了个新地方。"他的声音逐渐变小了，餐厅里的声音也渐渐远去。他说话的方式——声音里的情感——是那么朴实和真诚。当时我没想到他可能是在说谎。"最后，我受够了，便离开了。我跳上车，开回了曼哈顿。几个小时后，州北部的邻居拨打 911 报警说房子着火了。他们发现她瘫倒在楼梯脚下。我不知道发生了什么，直到第二天早上警察联系我。当时没有报道，但验尸官在她肺里发现了烟尘，也就是说火灾发生时她还活着。我永远也不会原谅自己，要是我不离开该多好啊！我本可以救她的。"

"为什么他们会认为你也牵涉其中？"

他耸了耸肩。"因为那会变成一个更加起伏劲爆的故事。我明白个中缘由，不过我从不会对媒体怀恨在心，尽管我父亲永远不会原谅《纽约时报》。还好我母亲没能活着看到这一切，也就不用担心这会影响她的得票数了。"他的痛苦令我吃惊，但他很快就掩饰过去了。"真正的耻辱是这件事影响了大家对玛吉的印象。因为我，全世界都知道了她的名字，但这并不合理，对她也不公平。人们知道她，并不因为她是什么人，而是因为她是怎么死的。"他透过我们旁边的窗子看向外面，陷入悔恨之中。窗外的纽约街道在细雨中闪闪发光，灯光在黑暗中像珠宝一样闪耀。他收回眼神，将杯子里的酒一饮而尽。"我并不因为警察对我的种种怀疑和猜测而怨恨他们——那是他们的工作。我知道他们做了他们认为必须要做的事。我很幸运正义还是占了上风，因为正义有时会缺席。但这次经历还是让我震撼。"

男侍者走了过来，显然是在等待谈话中断，他把黑色账单夹放在罗里面前。罗里笑了笑，那笑容温暖而迷人，令我一见倾心。我想让他也对我产生他曾经对玛吉·莫雷蒂有过的感情，这比什么都重要。

"库克夫人，您愿意今年再主持一次无声拍卖会吗？"安妮塔·雷诺兹是中央大街扫盲活动的负责人，她从长桌的那头看着我。

"当然没问题，"我说，"我们可以周五见面，看看能找谁捐款。我要去趟底特律，不过到时候会回来的。两点钟可以吗？"她点了点头，我也把预约信息输入到共享的谷歌日历中，我知道这会在我身后丹妮尔的苹果平板电脑上和罗里家里的电脑上弹出。这些都是我必须记住的细节：安排约会，订购鲜花，为我将无法兑现的未来做计划。这些细节会掩盖我的行踪，并且让大家相信我是一名合格的妻子，致力于打理库克家族基金会支持的许多重要事业。

31 小时。

回到家，我上楼去换衣服，发现丹妮尔在我去健身房的时候帮我收拾好了包。我喜欢的时髦衣服不见了，取而代之的是罗里喜欢我穿的那些更保守的套装和八厘米的高跟鞋。

我锁上卧室的门，走进衣橱，把手伸进一双高筒靴，拿出上周在一家体育用品商店用现金买的尼龙背包，压平，塞到手提箱的拉链衬里下面。一次一件，我把打算带走的衣服从藏着的地方拿出来打包。一件合身的羽绒服，几件长袖 T 恤衫，还有一项纽约大学的棒球帽，那是我前几天买的，为了不被酒店大堂的监控摄像头拍到我的脸。我把最喜欢的牛仔裤从架子上拿出来，把所有东西都塞到丹妮尔为这次活动准备的东西下面。这些衣服只够我换一两天的，不会让任何人注意到我抽屉或衣柜里少了东西。我拉好包的拉链，放在门边，坐在床上，在锁好门的房间里享受孤独。

直到现在，我还是很惊讶我是怎么来到这里的。我远离了家乡，远离了自己曾经以为会成为的那个人。我在美国著名的女校瓦萨学院以优等成绩获得艺术史的学位，之后我又在世界上最大的拍卖行之一——佳士得——找了一份令人垂涎的工作。

但那些年我过得很艰难，也很孤独。自从母亲和维奥莱特去世后，我一直麻木地混日子，就像是挣扎着浮在水面上一样，随时有可能溺水。而爱上罗里，就像从麻木中清醒过来了。他理解我失去了什么，因为他也有自己的悲伤。他知道记忆会如何悄无声息地扼住你，直至你无法呼吸。任何语言都是苍白无力的，你不能说话，只能等待疼痛平息，一如潮水的退去，在此之后，你才能再次行动。

紧锁的卧室门外，我听到有人在走廊里，他们的声音很低，我听不清是谁。我紧张地等待着，不知他们是否会进来，批评我又把门锁上了。如果你坚持把自己锁在房间里，他们就没法工作了，克莱尔。楼下传来声响，前门关上了，罗里的声音飘上来，传进我的耳朵。我捋了捋头发，然后数到十——试图抹去脸上的焦虑和紧张。还有最后一晚了，我必须完美地扮演好自己的角色。

"克莱尔！"他在走廊里喊道，"你在家吗？"

我做了一次深呼吸，打开卧室的门。"是的，在家呢。"我大声回应道。

28 小时。

晚餐时，厨师诺玛给我们倒酒，罗里问她："约书亚这学期学得怎么样？"

诺玛笑了笑，把酒瓶放在罗里旁边的桌子上。"很好，不过并没有像我希望的那样，能经常收到他的信。"

罗里笑了，抿了一小口，点头表示赞同。"这恐怕很正常。告诉他，我希望他这学期还能进入'院长名单'[1]。"

"我会告诉他的，先生。谢谢您。我们非常感激。"

罗里摆摆手。"我很乐意这么做。"

许多年前，罗里决定为家里员工的每个孩子或孙辈支付大学学费。因此，他们对他非常忠诚。我们吵得很凶或者他们听到我在浴室里哭泣时，他们都很自觉地视而不见。

"克莱尔，尝尝这酒，醇美无比。"

我知道最好不要跟他对着干。我们刚结婚的时候，我曾说过："在我看来，这尝起来就像变质发酵了的烂葡萄。"

罗里面无表情，好像没听见我说什么似的。但他从桌上拿起了我的杯子，抬手扔在地板上摔碎，红酒洒在硬木地板上，流淌到桌子下面昂贵的地毯里。诺玛听到玻璃破碎的声音，从厨房里跑了出来。

"克莱尔总是笨手笨脚，"他说着，在桌子下面捏住我的手，"可这也是我喜欢她的原因之一。"

诺玛蹲在地上收拾残局，抬头看着我，不明白我的杯子怎么会落在离桌子两三米远的地板上。罗里已经开始平静地吃晚餐了，但我仍是哑的，一句话也说不出来。

诺玛把湿毛巾拿进厨房，重新拿了一个酒杯回来，给我倒了些酒。她走后，罗里放下叉子说："这瓶酒值四百美元。你可得好好

1　大学的一种荣誉，由学院院长颁发给学术成绩杰出的学生。

尝尝。"

此刻，罗里盯着我，等着我喝掉，于是我从杯子里喝了一小口，品了一下却没能尝到罗里所说的橡木味或香草味。"挺好喝的。"我说。

明天以后，我只喝啤酒。

吃完饭，我们就去罗里的办公室为我明天的晚宴演讲复习几个要点。我们隔着他的办公桌面对面坐着，我把笔记本电脑放在膝盖上，在一个共享的谷歌文档中调出我的演讲稿。这是罗里最喜欢的平台。他做什么事都用它，因为他能随时访问我们各自正在研究的任何东西。我在处理某件事时，会突然看到他的图标出现在我的屏幕上，我就知道，他在访问我的界面，监视我。

这也是他和他长期的私人助理布鲁斯在没有任何记录的情况下交流的方式。在一个共享文件中，他们可以向对方说一些他们可能不想写进电子邮件、短信，不想在电话里说的话。这些年来，我只看到或听到过一些片段。我在"文档"里给你留了信息。或者请看下"文档"，更新了，你会感兴趣的。他们会在"文档"里讨论我的失踪，假设我去了哪里，也许还会列出他们跟踪我的计划。这就像一个只有罗里和布鲁斯才能进入的私人空间，在那里他们可以自由地谈论其他人不会知道的事情。

我收回注意力，问了几个关于演讲听众的问题，把精力集中在活动能否成功上。布鲁斯坐在办公室的角落里，在他的笔记本电脑上做笔记，在我们说话的同时，他把我们的评论添加到演讲中，我在自己的屏幕上看着他，一个标着他名字的光标在上面，这些评论就像魔术一样出现在屏幕上了。他打字时，我在好奇，罗里对我做的事情，他到底知道多少。布鲁斯是罗里所有秘密的守护者。我无法想象他对此一无所知。

讨论结束时，罗里对我说："他们会问你关于下周新闻发布会的事情。不要回答任何问题。只要微笑就行，把谈话引回到基金会上。"

宣布罗里参选的准备工作非常辛苦。每隔几天，就会有传言流出，媒体纷纷猜测，罗里会重新捡起母亲的事业。

玛乔丽·库克一向以两党谈判的技巧闻名，她能让最难相处的保守派参议员接受更温和的政策。早在希拉里，甚至是杰拉尔丁·费拉罗之前，就有过传言，说她要竞选总统。但玛乔丽在罗里大学一年级时死于结肠癌。这给罗里的内心永远留下了一个母亲的缺口，里面充满了不安和怨恨，这些负面情绪经常冒出来，令他怒火中烧，想要干掉那些胆敢在讨论他政治前途时将其置于母亲光辉形象背后的人。

我告诉他们："你们还没有跟我说过任何关于记者招待会需要注意的细节。"我看着布鲁斯收拾桌子，用余光注意他的动作。他把钢笔放在最上面的抽屉里，把笔记本电脑放进电脑包里，然后又放进包里拿回了家。

布鲁斯走后，罗里坐了下来，跷着二郎腿。"你今天过得怎么样？"

"挺好的。"我左脚在抖，其实我掩饰得很好，这是唯一的纰漏——表明我的神经高度紧张。罗里的目光恰恰落在我的左脚上，他挑起了眉毛。我把脚后跟踩进地毯里，逼自己让左腿安分下来。

"今天去了中央大街的扫盲中心，对吧？"他抬起手将脖子上的领带扯松了。我看着他，这个我爱过的男人，好像我们隔着一段很远的距离。他眼睛周围的皱纹，是我们一起欢笑和快乐的证明，但愤怒也同样加深了皱纹。那种黑暗的暴力抹杀了我曾经在他身上看到的一切美好。

"是的。他们的年度募捐活动八个月后就要开始了。丹妮尔应该在整理笔记，明天会给你。我又要组织无声拍卖会了。"

"还有别的事吗？"他问道。他的声音很正常，但肩膀的姿势引起了我的注意。我多年来一直在揣摩罗里的语气和表情的潜台词，此刻直觉在对我尖叫，警告我要小心。

"我觉得没什么事了。"

"我想起来了，"他说，然后做了一个深呼吸，沉思着，似乎在努力让自己集中精神，"你能把门关上吗？"

我站起来，慢慢地向门口走去，感觉自己双腿发软，害怕他不知怎么就知道了我的计划。我不紧不慢地踱着步，尽可能遏制恐慌。再次坐下时，我已经收起脸上的恐惧，摆出正常询问的表情。他没有立即说话，我便问他："一切都还好吧？"

他的目光冰冷。"你一定认为我很愚蠢吧。"

我一下子说不出话来了，甚至不能眨眼。还没开始我就已经失败了。我的思绪乱飞，尽量让自己镇定下来，想着如何向他解释他所发现的一切——衣服、我抽走的钱、我和佩特拉的会面。我抑制着推门逃跑的冲动，想着放弃我所做的一切。我望着昏暗的窗户，上面反射着我们背后的房间，勉强开口道："你在说什么呢？"

"听说你今天又迟到了。我可以问问，这是为什么吗？"

我慢慢地舒了口气，所有的神经都松弛下来了。"我去健身房了。"

"健身房离中央大街的办公室不到一公里。"罗里摘下眼镜，靠在办公椅背上。他的脸从台灯的光亮下移到黑暗中。"你有什么事瞒着我吗？"

我让自己的声音饱含虚假的温情，拼命安抚他的情绪。"没什么，"我坚持道，"我决定留下来上两点半开始的动感单车课。"

"和谁？"

"你问的是……谁是教练？"

"别装傻，"他厉声道，"你最近不是去健身房，就是从健身房回来。每天都这样。你的教练？这种可悲的陈词滥调，你以为我会信吗？"

"我没有教练，"我告诉他，我的嘴突然又干又黏，"我会练力量，在跑步机上跑步，或者上动感单车课。锻炼后我浑身酸痛，所以我在桑拿房里泡了一会儿，忘记了时间。就是这样。"我努力让自己的表情保持正常，但我的双手却暴露了自己，我紧握着椅子的扶手，仿佛准备迎接一击。罗里盯着我的手，我赶紧强迫自己放松。他站起来绕着桌子走过来，坐在我旁边的椅子上。

"我们还有很多繁重艰巨的工作要做，克莱尔，"他说着，又喝了一口威士忌，"从下周开始，所有的目光都会聚焦在我们身上。不可以有一丝丑闻。"

我得再努力一次，最后一次把台词说得让人信服："你无须担心。"

罗里俯下身来，轻轻地吻了我一下，低声说："听到你这么说，我很高兴。"

十一点左右，罗里终于上床时，我假装已经睡着了，听着他平静而缓慢的呼吸声，等待着。钟走到一点时，我慢慢地从床上爬起来，急切地想在离开前拿上最后一件我需要的东西，在溜进黑暗的大厅之前，我从床头柜上偷走了罗里正在充电的手机。我不敢让他的电话或短信提醒响个不停，把他吵醒。

我们的联排别墅充满了贵族的气息：深色的木头，厚厚的地毯，在我的光脚之下能感受到长长的绒毛。我对半夜游荡并不陌生。这是我在这个家里唯一有归属感的时候。我趁没有人注意时穿过房间，在我最后一次深夜散步时，我感到一种悲伤。我并不是为了要离开这栋联排别墅而悲伤，这只不过是一座豪华的监狱，我是为我自己感到悲伤。

这是一种复杂的悲伤，因为我不仅失去了我的名字和身份，还失去了我曾经希望拥有的生活。任何梦想的死亡都值得哀悼，这是我最后一次感受这一梦想错综复杂的方方面面，心中五味杂陈。

我穿过客厅，隔着大落地窗就可以直接俯瞰第五大道。我瞥了一眼通往丹妮尔办公室的那扇门，想知道我走后她会怎么想，不知道她是否会因为没能找到我而受到责备；或者，她会不会后悔当初有机会帮助我时没能多做些什么。

我穿过狭窄的大厅，来到我的办公室，这是一个小房间，里面摆着一张厚重的红木办公桌和一张土耳其地毯，这张地毯的价格可能比我母亲在宾夕法尼亚的房子还要贵。我期待在不久的将来，用不到六位数的家具组装一个家：我想要彩色的墙壁，还有绿植，当然我必须记得自己浇水。我想要不成套的盘子，还有玻璃杯——就算打碎了也不需要复杂程序来重新订购。

我回头瞥了一眼，仿佛在担心有人会半夜里在我自己的办公室里抓住我，解读我的想法，知道我要做什么。我费力地仔细探听，想透过那一片寂静听到两层楼上的脚步声。但门廊里死一般的沉寂，只有我的心在怦怦地跳。

我从办公桌最上面的抽屉里拿出一个小 U 盘，在罗里坚持让每个人共享文件之前，我用过这个 U 盘。我的目光落在挂在墙上的母亲和妹妹维奥莱特的一张照片上。这张照片是我去上大学之前拍的，那还是在我遇到罗里并改变我的人生轨迹之前的事。

"我们要去野餐喽！"一个星期六的下午，母亲站在厨房门口宣布。维奥莱特和我坐在沙发上看电视。我们俩都不想去。我们正在追《迷离境界》。但我的母亲仍然坚持。"克莱尔要走了，我们剩下的周末不多了，我想和我的宝贝们出去玩一玩。"她说。维奥莱特瞪着我，仍然为我选择去瓦萨学院而不是当地的州立大学而生气。

三年后，她们都离开了。

事发前不到一个小时，我还在和妈妈通电话。我们只是简单地聊了几句，但我仿佛仍然能听到，她隔着电话线告诉我她现在不方便说话，说她和维奥莱特正在去吃比萨的路上，到家后会给我打电话。意外发生后的这些年里，我常常想，如果我让她继续听电话，她们是否还会活着。或者，如果我根本不打电话，她们可能已经穿过十字路口，在那个醉酒司机开车经过前就离开了。

在我的梦里，我发现自己和她们待在一起，挡风玻璃上的雨刷砰砰地响，她们两个在车里一起大笑，妈妈跟着收音机唱着歌，维奥莱特乞求她停下来。然后突然传来一阵轮胎抓地的刺耳摩擦声，玻璃破碎声，金属撞击声，蒸汽嘶鸣声。然后，一片寂静。

现在，我的目光停留在维奥莱特的脸上，她微笑着，还有我的母亲，她只是背景里一个模糊的身影，我很心痛，想把照片从墙上拿下来，塞进行李箱的衣服夹层里，像护身符一样带在身边。但我不能。必须将照片留下这件事几乎要瓦解我离开的决心。

我把目光从妹妹的笑脸上移开，那张笑脸永远冻结在她八岁时，之后没几年，她就……我接着朝罗里宽敞的办公室走去。他那张巨大的书桌摆在房间正中央，下面是木地板，上面放着书架。他的电脑放在书桌上，一切是那么幽暗而安静。我走过书桌，来到后面书架的其中一格前面。我把一本红书拿出来，伸手进去，摸索着找到隐藏在那里的小按钮，按了一下。架子下面沿着墙的镶板轻轻一响，打开了。

记笔记的不止有丹妮尔一个人。

我拉开镶板，从隐蔽处滑出罗里的第二台笔记本电脑。罗里不会保留任何纸质副本。也没有收条，更没有个人笔记和照片。纸质副本很容易丢，还不容易找到，看管起来也太麻烦。他曾经对我这样解释。他所有东西都藏在这台电脑里。我不知道里面到底有什么，但我也不需要知道。没有人会拥有一台秘密的笔记本电脑，除非他在隐瞒什么大事。也许有一些财务记录显示了未篡改的基金会账户或是他挪用并转移到海外的资金。如果我能拿到硬盘的副本，当罗里逼我太紧时，我就能利用它来反制罗里。

因为不管我在写给他的信中引导他做什么，罗里肯定都会不遗余力地找到我。佩特拉和我讨论了伪造死亡的可能性。比如，一场找不到尸体的事故。但尼科警告过我们不要。"这样全国新闻都会铺天盖地报道这件事，这会让你行动起来更加困难。最好伪装成你离开了他，这样在小报上你会得到一点关注，但很快就会无声无息。"

我打开罗里的笔记本电脑，不出所料，要求输入密码。我的一切罗里都了如指掌，但关于他的事我却一无所知。不过我知道，罗里不会被记忆密码之类的小事所困扰。这是布鲁斯的工作，他把密码记在桌子上的一个小笔记本里。

我已经观察布鲁斯好几个星期了，我的眼睛一直盯着那本绿色的笔记本，每当罗里需要密码的时候，他就会在上面翻找，然后替罗里输入密码。于是，我在罗里办公室外的桌子上摆鲜花，又或者在门口乱翻手提包，借此偷看布鲁斯白天工作时把笔记本放在哪里，晚上又放在哪里。

我穿过房间来到布鲁斯的办公桌前，手从另一边滑过，抠开一个小抽屉，笔记本就放在里面。我快速浏览，看到了各种服务器的账号和密码——奈飞、家庭影院、亚马逊——我的手指在颤抖，我知道每一分、每一秒都很重要。

最后，我在后面找到了我想要的东西。苹果笔记本电脑。我把一串数字和字母输入电脑，就登录进去了。我把 U 盘插入设备接口并开始拖拉文件，屏幕上方的时间显示为一点半，图标显示的数字为四位数，在倒计时。我又瞥了一眼门口，想象着万一被发现，我所有的计划就都葬送在罗里的办公室里了。穿着睡衣的我正在拷贝他的秘密硬盘，我遏制着自己，尽量不去想象他抓到我会做什么。我会发现他瞳孔中的愤怒，他会快步过来抓住我，把我从他的办公室里推出去，或者，把我拖回到楼上我们的卧室里……我艰难地吞咽了一下。

上方不知哪里传来了嘎吱声——那是脚步声或地板声——让我的心怦怦直跳，额头上沁出一层汗珠。我蹑手蹑脚地走进大厅，屏住呼吸侧耳倾听，按捺着席卷全身的极度恐慌，希望能探听到什么动静。但周围一片安静。几分钟后，我回到电脑前，盯着屏幕，心中默念着快点儿。

但我的目光又落在布鲁斯的笔记本上，上面写满了密码，可以让我看到罗里所有的生活。他的日历。他的电子邮件。"文档"。如果我能获得这些讯息，我就能监视他们了。若能知道他们对我的失踪有什么反应，他们是否在找我，在哪里找我，我就能未卜先知，比他们先一步行动。

我又瞥了一眼空荡荡的走廊，翻了几页笔记本，直到找到罗里的电子邮件密码，然后从布鲁斯的桌子上拿了一张黄色的便利贴，把它抄下来，这时，电脑正好处理完文件。下面楼梯口旁的钟敲了两下，我把 U 盘从接口拔了出来，把电脑放回了藏起来的地方。我轻轻地咔嗒一声关上抽屉，把书架上的红书放回原处，再把布鲁斯的笔记本放回原处，最后查看，确认房间里没有我留下的痕迹。

检查满意后，我回到自己的办公室。现在只剩一件事要做了。

我悄无声息地走进去，坐到椅子上，冰冷的皮革抵在我腿的后部，我打开我的笔记本电脑，底特律演讲稿仍在屏幕上。我关了窗口，心里清楚我的图标将从其他人的界面顶部消失，然后退出我的电子邮件。回到谷歌邮箱的主页时，我坐了一会儿，在寂静的屋子里听着大厅传来钟表微弱的嘀嗒声。我深吸一口气，然后呼出来，接着反复一次，试图让自己紧张的神经稳定下来。我尽量让自己思维缜密，试图考虑到每一个可能发生的意外、每一件可能出差错的小问题。我又看了看时钟，提醒自己凌晨两点没有人会醒。布鲁斯、丹妮尔甚至罗里，都不会醒。我无数次希望能住在一个小一点儿的房子里：房子的墙不是那么坚硬，地毯也不会把人的脚步声抹净，在那里我可以用罗里不大的鼾声来安慰自己。但他现在隔着我两层楼，什么声音都没有。而我，必须得搞定这件事。

我输入他的电子邮件地址，眯着眼睛看了看便利贴，小心地输入密码，然后按了回车键。马上，我旁边桌子上罗里的电话就嗡嗡地振动起来，一条警示信息照亮了屏幕。您的账户已被新设备访问。我向左滑动屏幕，清除了这条消息，然后打开我的电脑，我面前是罗里的收件箱。在一长串未读消息的顶部，就是那条警示信息。我删掉了它，迅速拖进垃圾箱，并且在那儿又彻底删除了那封信。

我扫了一眼他的主页，看了看各种文件夹，然后点击"文档"。他们给文档命名为会议记录。我打开了，屏住呼吸，想着可能会发现什么，但里面是空的。等明天再慢慢看吧。我想象着自己深夜躲在加拿大的某个地方，变成一个沉默的旁观者，看着罗里和布鲁斯在推理着我到底是怎么消失得无影无踪的，他们试图弄清楚到底发生了什么。但更为重要的是，我能知道罗里和布鲁斯说的每一句话，知道每一次他们自认为是私密谈话的所有内容。

窗口顶部写着布鲁斯·科科伦五小时前最后一次编辑。我点开了它，想知道编辑历史会显示什么，屏幕右侧弹出一个长长的列表。3：53罗里·库克补充了一条评论。但是没有细节。我的眼睛沿着长长的列表移动到窗口底部，那里有一个框，上面写着显示更新，还没有被点击。我把鼠标悬停在上面，想点开，但没有。我已经登录了，这就够了。

我点击我的电脑设置，更改了自己的密码，确保我是唯一一个可以访问邮箱的人。

做完这一切,我关上电脑,上楼回到卧室,罗里还在睡觉。把他手机重新充上电之后,我拿着 U 盘和写着他邮箱密码的便利贴进入了主浴室。我从化妆包里抽出长长的塑料牙刷筒,拧开,把便宜的牙刷扔进垃圾桶,把便利贴包在 U 盘上,然后把它们都放进牙刷筒里,拧上,把牙刷筒放在我的护肤品和化妆品下面,拉上了拉链。我看着镜子里的自己,周围都是罗里的财富带来的奢侈品。大理石柜台、深浴缸和小型汽车大小的淋浴间。这跟我小时候用的小浴室太不一样了。维奥莱特和我以前总是为早上谁先用卫生间争吵,后来,妈妈干脆把锁弄坏,避免我们占着不出来。她说:"我们没有时间谈隐私。"我曾经梦想,有一天我可以锁上卫生间的门,想在里面待多久就待多久。但现在我却想,只要能回到从前,我愿意舍去这里的一切。我们三个人进进出出,在狭小的空间里挤着过:刷牙,化妆,吹头发。

我不会想念这里的任何东西。

我关了灯,回到卧室,最后一次躺在自己的丈夫身边。

22 小时。

克莱尔

2 月 22 日，星期二
空难当天

我一定是睡着了，因为接下来我知道的事，就是闹钟猛地把我吵醒。我眨眨眼睛，赶走睡意，看看房间四周。太阳升起来了，床上罗里的那一侧是空的。时钟显示七点半。

我坐起来，定了定神，取而代之的是激动。接着我走进浴室，打开淋浴，任由水汽模糊了自己在镜子里的面容。在梳妆台上我再次检查了 U 盘，确保它没被动过。

然后，我走进淋浴间，让热水冲刷着我的背，浑身上下都涌过一阵兴奋。经过一年多精心的计划，还有时时刻刻的害怕——哪怕最小的失误都可能会暴露我要做的事——这一刻终于来了。我已经收拾和准备好我所需要的一切。罗里出门了，是去办公室还是去开会了，都无所谓。我要做的不过是打扮妥当，最后一次迈出这扇门。

我很快就洗完澡，裹上最喜欢的浴袍，思绪早已飘飞至数小时之后。一班飞往底特律的航班，参观学校，一场让我忙得团团转、直到他人都睡下的宴会。一系列的任务，我得一个一个拆解，直到获得自由。

我走进卧室，突然顿住了：楼上的女佣康斯坦斯把我的手提箱搬上床，拉开拉链，开始取出叠放在我内衣上面的厚重冬衣。

我拽紧了脖子上的浴袍领。"你在干什么？"我瞪着手提箱，紧紧盯住她取衣服出来的那双手，做好了心理准备，她将在箱底看到：一个放进夹层的尼龙背包，不适合任何底特律之行相关场合的蓝色牛仔裤，之前没有人见过的几件长袖衬衫和一件羽绒服。

但她只是把冬衣放回衣柜，把一些连衣裙和宽松的亚麻裤收进箱子，她还把我的一件亮粉色羊绒衫放到了床上。这颜色太亮，看起来很突兀，而且在这个寒冷的二月，早晨穿也太薄了。她一边重新打包行李，一边扭头微笑，说道："科科伦先生想和您谈谈。"

布鲁斯·科科伦一定早就暗中候在大厅里了，因为一提到他的名字，他就走到门口，停了下来。显然，见我刚洗完澡，他有点儿不太自在。"计划有变，"他说，"库克先生将亲自参加底特律的活动。他想让您去波多黎各，那里有一个在做飓风救灾工作的人道主义组织，先生认为基金会应当借此参与其中。"

我感觉自己的整个世界都在晃动，地心引力将我猛拽向地心。"你刚刚说什么？"

"库克先生即将去底特律。他和丹妮尔今天很早就离开了，"他重复道，"先生不想吵醒您。"

康斯坦斯又把我包的拉链拉上，然后从布鲁斯身边快速走过，消失在走廊尽头。"您的航班将在十一点从肯尼迪机场起飞。"

"肯尼迪机场？"我喃喃地重复道，脑子都跟不上了。

"库克先生已经登机，所以我们只能为您预订维斯塔航空的机票。加勒比海上空将出现恶劣天气，这是最后一架出发的航班，之后他们会关闭所有航班。我们很幸运能让您登上此次航班。"他看了看表，"我在外面等您换好衣服。我们需要在九点钟之前把您送到机场。"

他关上了门。我重重地坐到了床上，脑子里天崩地裂。我所有的计划都在我睡着的几个小时之内泡汤了。我收集的所有东西，包括四万美元，尼科做的假身份证，我的信，还有佩特拉给的所有帮助，都在底特律等着，等着罗里打开包裹，知道一切。

我还是一边思绪乱飞，一边穿好了衣服——自己都不知道我是怎么做到的。随后，我们很快就坐上了一辆租来的林肯城市后座，直奔机场。布鲁斯把行程念了一遍，他的语气比罗里在的时候少了一丝恭敬。但我几乎没有听，只想着如何能抓住机会，以某种方式扭转眼前的不利局面。

我的手机嗡了一下，收到一条罗里的短信。

> 抱歉临时改变了计划，我们还有五分钟到酒店。你到了给我打电话。享受那里温暖的天气吧。这里就 2 摄氏度。

所以他现在还不知道。也许还有时间挽回。我把手机紧紧攥在手里，催司机开快点儿，到机场的话我就可以弄清楚下一步该做什么了。

"您会待在圣胡安，"布鲁斯一边说着，一边读着手机上的一份文件，"为您在加勒比酒店订了两晚，但丹妮尔说也可能待三晚，所以她会取消您周五的会议。"

他抬起头看着我，我点点头，不敢出声回应。我浑身上下都疯狂地想给佩特拉打电话，但我只能等到了机场，等到无意间听见我讲话的人只有陌生人时，才能打出电话。

他们在路边放下了我，布鲁斯给我下了最后指令。"维斯塔航空，477 号航班。"我钻出车子时，他告诉我，"登机牌在您的手机上，会有人在另一边接应您。如果您有任何问题，打电话给丹妮尔吧。"

我走向玻璃滑门，那是通往超大的维斯塔航线候机楼的，而且我意识到车子仍等靠在路边。"继续走，"我告诉自己，"表现得正常点儿。"我夹在好几队旅客中间，来到被挤得歪歪扭扭的安检队伍里，接着解锁了手机，划动电子邮件，找到前几天丹妮尔发给我的底特律行程，然后给那边的酒店打电话。

"这里是埃克塞尔西奥酒店。"电话那端的一位女服务员应道。

"早上好，"我说，尽量让自己的声音保持平静，饱含热情，"我原计划今晚住在你们酒店，但是计划变了，拿不到今早到的寄给我的包裹了，希望您可以帮我转寄。"

"当然可以，"女声说道，"您叫什么名字？"

我心里的石头终于落了地，我深吸了一口气。我可以摆平的。我先让她把包裹寄到加勒比酒店，然后从那儿离开。"克莱尔·库克。"

"噢，对，库克夫人！是的，包裹是今早到的。可不到十分钟前我就已经把它交给您的丈夫了。"她叽叽喳喳地说着，无疑还在为碰巧遇见我丈夫而有些惊喜。

我紧紧握住手机，视野一片模糊，斑斑点点看不清楚，我很努力才站住了脚跟。我想象着罗里出席完一连串活动，径直前往酒店房间，在那里他将处理积压的电子邮件，打电话，并且回看演讲。在某一刻，他会想起那个联邦快递。就算是寄给我的也不影响他拆开。我似乎看到他拆开了快递，注视着里面几包紧紧捆住的现金。他会把手探进去，取出一个普普通通的信封，里面装着我的新驾照、护照、信用卡还有其他伪造的文件。他的双眼扫过那个名字——阿曼达·伯恩斯，然后停在我的照片上。里面还有一封给他的信，上面贴了邮票，寄到纽约，信中解释了一切。

"库克夫人？"女人的声音将我拽回到了现实。"还有什么我能帮您的吗？"

"没有了。"我说道，声音不过耳语，"就这样吧。"我挂断电话，思索着其他可能性。我可以去别的地方，只要走到柜台买一张去迈阿密或纳什维尔的飞机票就可以。但那样会留下电子痕迹。所有我计划用来抹去自己痕迹的现金都在底特律，在罗里手上。

我把通信录翻了一整遍，直到找到那个"公园大道尼娜美甲沙龙"，存的是佩特拉的手机号码。

电话铃响到第三声，她接了电话。

"是我，克莱尔。"忽然意识到周围的人，我压低了声音，解释了之前发生的事，"罗里改变了计划。他要把我送到波多黎各，佩特拉。"我几乎说不出话来，"他现在在底特律。"我感觉我要发疯了，拼了命想控制住自己。

"哦，我的上帝啊。"佩特拉低声道。

"我给那儿的酒店打了电话。他们已经把包裹给罗里了。"我艰难地吞咽了一口，"我该怎么办？"

安检队伍向前挪了一点儿，我也跟着往前移动。佩特拉正在思考，电话里很安静。"回到外面去，叫辆出租车。在我们想出别的对策之前，你可以一直和我通话。"

再有几个人，我就排到队伍最前面了，我的选择机会随着时间的流逝越来越少。一旦罗里发现了我的计划，他会冻结我所有的账户，直到找到我，把我带回家。我的思绪在时间里倒流，似乎回到了我最后一次试图逃离却又东窗事发被罗里抓住的场景。我想象着我们两个人在家里，摆在我眼前的是证明我到底想要做什么的证据，想象着接下来会发生的事情……或许，他甚至会按照我在信中给他的说明，发布一份离婚声明，并请求世界尊重我的隐私，用我自己的计划来对付我。也许我写下的是自己的自杀留言。

"离安检口太近了，"我跟她说，"我要是走了，会有人看见我，告诉他的。"

"我他妈的住在达科他。如果我不同意的话，他们谁也别想来。"

"可罗里至少有三个朋友住在那儿，"我提醒她，"他会把我的全部生活撕开来研究。我的银行卡、信用卡，还有能让他直接找到你的手机通话记录。接着他会找到尼科，最后找到我，如果我试图躲在他那儿。"我目光掠过穿着制服的运输安全管理局人员，他们正引导左右两边的人走进 X 光机。队伍里排在我前面的只有三个人了。"我觉得我在波多黎各消失的机会更大。"我说道,"飓风过后还有很多地方没连上电网。人们会更乐意收现金,也不会问太多问题。"可我没说出口的是,在一个出口有限的岛上,如果几乎没钱那将会多么困难。没有帮助我是做不到的。我知道我自己曾允诺过,不会问不该问的问题,但我还是不得不问:"尼科在那儿有认识的人吗?"

佩特拉艰难地吐了一口气,思索道:"我觉得应该有吧,"她最后又说道,"但是我知道得不多。尼科不让我和他做生意的那些人往来,他把我远远地剥离出来了。但是,他们可不是什么善茬,克莱尔,一旦你跟他们有了往来,尼科也许都无法让你全身而退。你确定要这么做吗?"

我想到一辆深色的车,一张蒙住的脸,就好像一把恐惧的冰刀插进了我的肋骨之下。或许那是一间冰冷的牢房,里面全是被绑住、拴起来的女人,混凝土地面上散落着斑斑污迹、高低不平的床垫。随即,罗里的脸又闪现在我眼前,何其暴怒狰狞,一旦再和我独处,他又会对我做什么,又会对差点儿发生的事情感到多么耻辱,还会变得多么狂躁……那简直更加不堪设想。"给他打电话吧。"我说道。

"你现在在哪儿?"

我告诉了她具体位置在哪儿,然后听到她在抽屉里来回翻找笔的声音。

"好。在那儿会有人联系你。一收到我们的消息你就要做好离开的准备。"

我在想尼科能否帮我,我又在想我是否真想让他帮我,那种恐惧感让我不寒而栗。

然而,佩特拉还在给我指示:"找一个自动取款机,取出尽可能多的现金……以防万一。"

我已经排到了队伍的最前面,人们正在等着我挂断电话,然后把所有东西都放上传送带。"我得挂了。"我告诉她。

"尽量保持冷静,"她说,"我会尽快联系你的。"

随后我挂断了电话,不知道下一步将会怎样,心里翻江倒海,感觉自己好像刚刚跌落进一个噩梦——天也旋,地也转,面临着三百六十度全方位的危险。

伊娃

纽约肯尼迪机场
2 月 22 日，星期二
空难当天

在那个女人声音里的，是显而易见的绝望。是我，克莱尔——她说这话时声音嘶哑，仿佛在强忍着眼泪。伊娃站在那里，全神贯注倾听着一个处于危险中的女人歇斯底里地敞开心扉，诉说着自己的秘密。那是一个逃亡的女人，一个很像她自己的女人。

伊娃看了看周围的旅客，他们从四面八方过来挤着过安检。这家人有几个大行李箱，肯定要接受检查。她身后的那对夫妇因为没有按时抵达机场，正在低声争吵。伊娃看了看四周，想知道是否还有其他人也像自己那样在关注这通电话。天知道是否有人会记得电话这边那个痛苦的女人，以及那个在她前面静静倾听的陌生人。

克莱尔。这是她的名字，这个音节似乎在伊娃的脑海里回响。伊娃拖着脚步走近她，假装聚精会神地在看自己的手机，那是不到二十四小时前她在另一个机场买的预付费手机。她仔细打量这个女人：昂贵的柏金包，时髦的运动鞋搭配定制的宽松长裤，亮粉色羊绒毛衣优雅地搭在瘦削的身板上，一头黑发整齐地搭在肩上。

克莱尔说："我觉得我在波多黎各消失的机会更大。"伊娃靠得更近了点儿，以免错过任何信息。克莱尔接着说："很多地方没连上电网。人们会更乐意收现金，也不会问太多问题。"

伊娃一听到"没连上电网"，心跳便加快了，因为这正是伊娃想要的。波多黎各就是答案，而克莱尔就是她去波多黎各的方式。

当她们排到队伍前面时，一名运输安全管理局的工作人员把伊娃领到左边的 X 光机前，然后指着克莱尔去右面那几列。伊娃试图跟上，但工作人员阻止她越线。她目不转睛地盯着克莱尔，看着她穿过 X 光机，她身上那件亮粉色的毛衣格外抢眼，随后她在那边收拾好自己的东西，消失在人群中。

伊娃竭力克制着自己想要挤过去的冲动。她等了一上午，可不是为了现在弄丢克莱尔。但她被堵在一个老人后面，而这个老人居然要来回穿过扫描仪好几次。每次红灯一闪，伊娃就感到内心的压力在增加，她急切地想要到另一边去。

最后，那个老人从口袋里掏出一把零钱，仔细数了数，放进托盘里，成功通过了。

伊娃把外套和鞋子塞进一个托盘，然后把包扔到传送带上，屏住呼吸等着过安检。通过后，她匆忙把所有东西重新装好，抓起手机和行李袋，在大厅里寻找那件粉红色的毛衣。但克莱尔不见了。

伊娃觉得自己失败极了，就像被狠狠踢了一脚。她能尝试的任何其他方法——无论是再买一张飞机票、一张公交车票或再租一辆车——都会被追踪到。这会让人们追踪到她去的任何地方。

伊娃扫视着人群，在每家餐馆前都放慢脚步，在每个报摊的每个角落都找遍了。前面是一排监视器。她会找到飞往圣胡安的航班，然后在登机口找到克莱尔。她不可能走远。

不过当伊娃经过一个酒吧时，她看到了那件粉红色毛衣，颜色鲜艳，映在后面灰色的窗户里。克莱尔正独自坐在那里喝饮料，眼睛警惕地扫视着拥挤的航站楼，就像食草动物扫视着视线内是否有掠食者一样。

伊娃的眼神划过克莱尔，不动声色地继续往前走。既然克莱尔不想对一个陌生人敞开心扉，即便伊娃能够帮得上忙也白搭。她打算旁敲侧击。她走进一家书店，抓起一本杂志不停地翻阅，直到克莱尔有时间镇定下来。

在酒吧对面，她看到克莱尔把饮料举到了唇边。

伊娃放好杂志离开商店，走向可以俯瞰停机坪的大平板玻璃窗，然后左转朝克莱尔走去。当她离克莱尔足够近时，她把并没有响起的手机举到耳边，让自己的声音充满了慌张和恐惧，确保自己的行李袋在她坐下时正好撞到克莱尔的凳子上。

"他们为什么想和我说话？"伊娃一边质问，一边坐到克莱尔身边，而后者只好把身子移向另一侧。伊娃继续说着，语气中涌起一波又一波的愤怒。

"我只是做了他让我做的事，"伊娃继续说，"我们知道那会是最后的时光，所以那时就讨论过这一切。"伊娃用手蒙住眼睛，在脑海中任过去六个月的时光倒退。她冒了多大的风险，她又损失了多少！她现在需要用这些情感来帮助她编造故事，以假乱真。"他是我的丈夫，我爱他！"她说着从吧台那边抓起一张餐巾纸按在眼睛上，以免克莱尔注意到她根本没有流泪。"他当时很痛苦，而我做了任何人都会做的事！"伊娃停顿了一下，就像电话那头有人在说话。最后她说："告诉他们，我无话可说！"她把电话从耳边拿开，用力按了一下，假装挂掉了通话，深吸一口气，气息颤抖着。

伊娃示意酒保："伏特加汤力。"然后，与其是对克莱尔说，不如是对她自己说道："我知道这件事终究会到来，只是没想到会这么快。"她喝了一口调酒师放在她面前的酒，克莱尔在旁边的凳子上挪了一下，离伊娃远了一些，她那僵硬的肩膀足以让大多数人安静下来。但伊娃紧闭双眼，歇斯底里发作得更甚，她的呼吸声逐渐变粗并且不匀，试图从她够不着的一堆餐巾中再抓一张，结果肩膀又撞到了克莱尔，迫使克莱尔递给了她一张纸。

"谢谢，"伊娃说，"对不起，我闯进了属于你的安静角落，搞得一团糟。只是……"她说不下去了，似乎鼓起勇气要说接下来这句话，"我丈夫最近去世了。因为癌症。"

克莱尔犹豫了一下，并没有看伊娃，但她最终还是说："很遗憾听到这个消息。"

"我们高中就在一起，已经有十八年了。"伊娃擤了擤鼻子，盯着自己的酒。"他的名字叫大卫。"她又喝了一口，让冰块滑进嘴里，然后把冰块推到脸颊的内侧，希望自己的心跳能慢下来，好让她慢慢编故事。太快的话，故事听起来会显得空洞和虚伪。谎言需要小心地编造，出口前要加以思索。"他陷入了极度的痛苦之中，瘦得几乎什么也不剩，我再也看不下去了。"在继续说下去之前，她让一个垂死之人的形象在克莱尔的脑海中浮现。"所以，我让护士回家，我值夜班。我确实不是很聪明，但是当你爱了一辈子的人正在受苦时，任谁都很难想清楚吧。"伊娃茫然地望向航站楼那边。"现在他们怀疑我，我可能要承担后果。"

伊娃需要的是一个令人信服的理由，为什么她竟然也想消失，永远不回家呢？这比真相更重要。

她感觉到克莱尔的肢体语言发生了变化，她轻微地转向自己，挪动不过两三厘米，但这已经足够了。"'他们'是谁？"克莱尔问道。

伊娃耸耸肩："验尸官。警察。"她指了指手机。"刚才是我丈夫的肿瘤科医生打来的。他告诉我，他们要求所有人在一周内到市中心去接受质询。"她看着窗外的停机坪，"闹市区从来就没好事。"

"你是从纽约来的吗？"

伊娃回头看了看克莱尔，摇头说道："加利福尼亚。"伊娃停顿了一会儿，呼吸着，说道："他只离开了二十一天，而我每天醒来都会重新想起这件事。我以为去纽约旅行会有帮助——离开家里，换个环境。"

"有用吗？"

"有用吧。可也没用。"她苦笑地看着克莱尔。"可能两者都是真的吗？"

"可能吧。"

"我丈夫走了，我已经失去了对我来说最重要的一切。我辞职照顾他，我们都没有别的亲人，只有彼此。"伊娃深吸了一口气，说了她迄今为止说过的最真实的话，"我在这个世界上孤身一人，我不想回去。我的航班还有一个小时就要起飞了，但我并不想登机。"

伊娃在手提包里翻了翻，拿出了去奥克兰的登机牌，放在她们面前的吧台上。这是一个道具，一个诱惑，一个沉默的建议。"也许我会去别的地方。我有存款。我要重新买张票，去我从未去过的地方，然后重新开始。"伊娃在凳子上坐得更直了，好像她刚刚做出的决定释放了她内心某种沉重的东西。"你觉得我该去哪儿？"

克莱尔在她身边小声说："他们很快就会找到你的。无论你走到哪里，你都会被追踪到的。"

伊娃想了一会儿，然后说："你觉得人可以消失吗？消失得无影无踪？"

克莱尔没有回答。她们静静地坐着，看着人们走向登机口或行李提取处。匆忙的旅客彼此都避之不及，不想与周围人目光接触。他们只顾着赶路，更不会注意到酒吧里并排坐着两个女人。

远处，一个孩子的哭声更大了，生气的母亲从她们身边走过，拉着哭泣的女儿说："如果你又没完成哈金斯太太课上布置的阅读作业，我就不让你再看《天生一对》。"

伊娃看见克莱尔的眼睛沿着大厅注视着她们，直到这对母女离开。接着，伊娃说道："看到下一代仍会欣赏林赛·罗韩的作品，真好。"她喝了一口饮料，"她的另一部作品叫什么来着？就是讲母亲和女儿交换肉体、以彼此的身份生活一天的那部。你知道吗？"

"《辣妈辣妹》。我妹妹很喜欢那部电影。"克莱尔回道，低头盯着她的饮料。

伊娃在脑子里从一数到了十。她已经找到了对话开始的契机。接着她说："那么，你想和谁交换？你想成为谁呢？"

克莱尔慢慢转头看向伊娃，她们的目光锁定在一起，不过克莱尔没有给出回答。

"《辣妈辣妹》现在肯定能帮到我，"伊娃继续说道，她的声音越来越遥远，"进入别人的身体，过完全不同的生活。我还是我，但没人会知道。"

克莱尔在她旁边举起杯子喝了一口，伊娃注意到她的身体在轻微地颤抖。"我应该去波多黎各的。"她说。

伊娃感觉酒精终于流进了她的血液，流到了下腹部，很温暖，溶解了过去四十八小时里一直在持续增长的疙瘩。"现在是一年中最适合去那儿的时候。"

克莱尔摇了摇头。"只要不上那架飞机，我什么都愿意做。"她说。

伊娃把这些话晾在一边，等着看克莱尔是否会提供更多的细节。因为伊娃的想法太冒险了，她需要确定，克莱尔够绝望。她摇晃着杯子里的冰块，伏特加和奎宁水融化成清澈的液体，压碎的酸橙挂在杯壁上。"听起来我们都想演一次《辣妈辣妹》。"

伊娃清楚两件事。首先，要让克莱尔相信这是她自己的主意。其次，伊娃不想再做一个撒谎和欺骗的人。这是最后一次。

克莱尔把伊娃的登机牌从吧台上拿起来仔细看了看。"奥克兰怎么样？"她问道。

伊娃耸耸肩。"没什么特别的，"她说，"不过我住在伯克利。那里的人都是些神经病。即便你骑着独轮车，吹着喇叭沿着电报街走上一圈，都没人会多看你一眼。就是那种地方。很容易融入，因为每个人都比你古怪点。"

就在这时，酒保走过来说："女士们，还需要点儿什么吗？"

克莱尔第一次笑了。"我想我们不用了，谢谢。"她对伊娃说："跟我来。"

　　她们离开酒吧，肩并肩走着，人们不得不给她们让路。到了女洗手间，她们跟在一列疲惫的旅客后面排队，没有再说什么。有几个位置空出来了，克莱尔让后面的人先进。直到残疾人专用间没人了，她才把伊娃拉进去，然后锁上了门。

　　克莱尔压低了声音："你刚才说的，关于我认为自己有没有可能消失的话，我认为有办法可以做到这一点。"

　　这时厕所冲水的声音响起，广播里传出航班消息，克莱尔从手提包里翻出手机，拿出电子机票递给了伊娃。"如果我们交换机票，飞行记录会显示我们每个人登上各自的飞机走了，"克莱尔说，"但在波多黎各，就不会有我的踪迹了。到了奥克兰，也不会有你的踪迹。"

　　伊娃尽量做出怀疑的样子。如果她同意得太快，就会露出马脚了。"你疯了吗？你为什么要为我做这种事？"

　　"你会为我这么做的。"克莱尔说，"我不能回家。如果我认为自己有本事消失在波多黎各，那我就是个傻瓜。"

　　伊娃的眼睛瞪着克莱尔的脸。"你这是什么意思？"

　　克莱尔说："你不用担心。"

　　伊娃摇了摇头。"如果我要这么做，至少你得告诉我，我要面对的会是什么。"

　　克莱尔看着隔间的门说："我本来打算离开我丈夫的。但事情败露，他发现了。我必须消失，否则……"

　　"否则怎么了？他是个危险的人？"

　　"只是对我来说。"

　　伊娃端详着克莱尔手机上的电子机票，仿佛在思考什么。"可是我们长得一点儿都不像，怎么能换票呢？"

"没事。我们已经通过安检了。我的手机和登机牌都给你。没有人会质疑你。"她盯着伊娃，眼神明亮，却透露出绝望。"拜托了，"她低声说，"这是我唯一的机会。"

伊娃知道那种感觉：马上就要抓住某样东西，那东西却又被拽走了。这让人很绝望，强烈的缺失感让你看不到一切可能出错的地方。

这个计划竟然很简单。她们迅速交换了包里的东西，克莱尔从她的包里抽出一顶纽约大学的帽子，把头发塞在帽子下面。然后她脱下毛衣，递给伊娃。"我丈夫不会放过任何线索的。今天的每一分钟都将被调出来研究，包括机场监控录像。我们需要做的不仅仅是交换机票。"

伊娃脱下外套递给克莱尔，犹豫了一下。那是她最喜欢的一件军绿色带帽外套，里面有很多拉链和内袋，多年来她穿着一直很方便。

克莱尔套上外套，仍在说着："下飞机后，用我的信用卡取现金，或者去别的地方买张机票。想干什么都行。留一点儿我丈夫可以追踪到的线索就行。"克莱尔把一个电脑包塞进伊娃脚边的行李袋里，然后打开化妆包，拿出一支塑料旅行牙刷，放进伊娃旧外套的一个口袋里。伊娃觉得很奇怪，现在这个时候竟然还关心口腔卫生。克莱尔从钱包里掏出一沓现金，塞进另一个口袋，然后把钱包放回自己的手提包里，递给伊娃。"不过要快，在他冻结所有账户之前，"她说，"我的密码是3710。"

伊娃都接受了，虽然她不需要克莱尔的钱。然后她把自己的手提包递给了克莱尔——甚至都懒得再看一遍，她很高兴能摆脱掉这些东西。她现在唯一需要的钱就藏在她贴身的袋子里，其余的钱在远处等着她。

伊娃把手伸进粉红色羊绒毛衣里，感觉自己离逃生之路越来越近，希望克莱尔不会打退堂鼓。九十分钟后，她就会登上飞机，前往波多黎各。一落地，伊娃就知道上百种消失的方法，改变行装，随后尽快离开这个岛。租一艘船，或租一架飞机。她有足够的钱去做她需要做的任何事。她也不在乎克莱尔最后到底要做什么。

一周前她和德克斯的那段对话又浮现在脑海里，那是在一场篮球赛上随口说的。搞到假身份证的唯一办法，就是找到一个愿意把自己身份证给你的人。伊娃几乎笑出声来，德克斯的话居然在肯尼迪机场四号航站楼的残疾人卫生间里、就在她眼前，得到了验证。

克莱尔摆弄着外套上的一条拉链，伊娃在想可能会有谁在奥克兰等她。他们看到克莱尔穿着伊娃常穿的外套走出机场时，可能会停顿片刻。但相似之处也就仅此而已。

"我希望你不要介意，"伊娃把预付费手机贴在胸前说，"但这里面有我所有的照片，还有一些我存的我丈夫的语音信箱。"她不能冒险让克莱尔发现里面既没有联系人也没有照片，通话记录中只有一个号码。她拿着克莱尔的手机："不过我需要你禁用你的锁屏密码，这样我才能扫描电子机票。或者你想打印一张机票，留着自己的手机？"

"让他跟踪我吗？不用了，谢谢。"克莱尔说着划了一下设置，取消了密码。"但我确实需要先抄一个号码。"

伊娃看到克莱尔从手提包里拿出一支笔，在一张旧收据的背面潦草地写了些什么。

就在这时，广播通知飞往奥克兰的航班已经开始登机。她们看着彼此，脸上混杂着恐惧和兴奋。

"我想差不多就是这样了。"克莱尔说。

伊娃想象着克莱尔登上飞往加利福尼亚的航班，然后在那儿下了飞机。她走到外面明媚的阳光下，一点也不知道她可能会在那里发现什么，她试着让自己不觉得内疚。但克莱尔看起来天生就有股不服输的劲儿，又很聪明，她会想出办法的吧。"谢谢你帮我重新开始。"伊娃说道。

克莱尔把她搂在怀里，低声说："你救了我。我不会忘记的。"

随后克莱尔便走了。她走出隔间，消失在繁忙的机场，安全摄像头记录下一个穿着绿色外套、戴着纽约大学棒球帽的女人走向了不同的生活。

伊娃又锁上了门，靠在冰冷的瓷砖墙上，让早上的肾上腺素都退去，她四肢无力，脑袋发昏。她还没自由，但她比以往任何时候都更接近自由了。

伊娃在锁着的隔间里等了很久，想象着克莱尔向西飞去，与太阳赛跑，奔向自由。

"飞往波多黎各的 477 号航班已经开始登机。"头顶上传来声音，于是伊娃走了出来，大步穿过等候的长队。她用眼角的余光看着镜子里的自己，惊讶地发现自己看起来是那么平静，其实她内心欢呼雀跃，翩翩起舞。她挽起克莱尔那件粉红色羊绒毛衣的袖子，迅速地洗了洗手，把她的新手提包挎在肩上，然后走回大厅。

她在门外等着，出于习惯，眼睛扫视着人群，不知道自己是否能学会在一个不需要评估风险和危险的地方待下去。但她周围的每个人似乎都沉浸在自己的想法中，急切地想逃离纽约寒冷的气温，到更温暖的地方去。

一名登机口服务员着急地把扩音器拉到嘴边说："我们今天上午的航班没有客满，请候补登机的旅客到柜台办理登机手续。"

穿着度假衣服的人们争先恐后排队，都想第一个登机，但由于只有一名登机口服务员值班，队伍变得混乱，前进也很缓慢。伊娃留意着自己一直站在一个喧闹的六口之家旁边。这时手提包里克莱尔的手机嗡嗡地响了。出于好奇，她把手机拿出来看讯息。

你他妈的到底做了什么？

让她顿住的不是这些话，而是背后的刻薄恶毒，这一切她太熟悉了。这时电话铃响了，她一个激灵，手机差点从手里脱落。她把电话转到了语音信箱。可是它又响了。她只好又转到语音信箱。伊娃看了看队伍，数了数前面的人，催促队伍快点走，好让她快点登机，快点飞上天空，快点启程。

"哪里堵住了吗？"她身后的一个女人问道。

"我听说舱门还没彻底打开。"

"真行。"女人说。

轮到伊娃时，她把手机递给了空乘人员，空乘人员看都没看电子机票上的名字，就把它交还给伊娃，伊娃立即把手机关机，放回克莱尔的手提包里。队伍慢慢向前移动，伊娃站在登机门的门槛上，淹没在一长排不耐烦的旅客中间。有个人的包从后面撞了她一下，把手提包撞到了地上，克莱尔的东西掉得到处都是。

她弯下腰捡东西时，又回头朝人群瞥了一眼。队伍已经围住她，挡住了检票员的视线，她意识到溜走是多么容易。飞机没有满员。他们可能不会注意到她的空位。她已经接受了乘务人员的登机扫描，而克莱尔也应该已经在去奥克兰的路上了。

伊娃只有一瞬的时间，可她还是做出了决定。她知道自己该怎么做。她站到一边，靠在墙上假装又要打电话。她只是另一个旅行者，为自己的生活而忙碌，走在去往新生活的路上。她可以离开机场，前往布鲁克林，找一家愿意接待她的发廊，把头发染成棕色。然后用克莱尔的身份证和现金购买晚点的航班。很可能有两个克莱尔·库克，去了两个完全不同的地方。一旦她落地消失，数据就变得无关紧要了。

而她，也就一样无关紧要了。

克莱尔

2 月 22 日，星期二

直到起飞一小时后，我的心脏才停止狂跳，这么多年来，我第一次深深地舒了口气。我看了看表。原本我要搭乘的飞机此刻正远在数千公里之外的大西洋上空。我想象着它降落在波多黎各，滑行进航站楼，随后度假的人们走下来，伊娃从他们每个人身边溜过，毫不起眼。罗里现在应该已经发现了联邦快递里的东西，他开始找我的时候，他只会去查克莱尔·库克或阿曼达·伯恩斯。他根本不知道伊娃·詹姆斯是谁。我似乎已经胜利大逃亡了，这简直太容易了。

回想起十三岁那年的一个夜晚，我和母亲一起坐在门廊上。几个星期以来我被一群喜欢霸凌的女孩儿盯上了，她们自己平日里却很受欢迎。她们跟在我身后，小声说些残忍的话，等到走廊里或浴室里只有我一个人的时候，她们才会放声说那些尖酸刻薄的话。我母亲曾想介入，但我不会让她这么做，因为我知道那样只会让事情变得更糟。"我好希望自己能够消失。"我低声道。我们一起注视着三岁的维奥莱特在小院子里跑来跑去，玫瑰在微微的晚风中摇曳。

"克莱尔，你若留心，解决的办法总会有的。不过，你要足够勇敢才能看到解决之道。"母亲说着，从我的腿上牵起我的手，攥在她的手心里。

当时她的话让我觉得困惑。但是现在我意识到，她一直在给我建议，让我坚持下去，为以后做准备。我曾陷入两个可怕的抉择之间，要么是气势汹汹的罗里，要么是尼科可能会派来帮助我的那群人。接着，伊娃出现了，竟让我摆脱了困境。

我想到了伊娃，想到了那些她所失去的。我希望，无论她最终何去何从，她都能找到一种与自己和平相处的方式。我想象着，她会逃到某个偏远的村庄，在海边找到一间小小的房子，如瀑的阳光倾泻在她的双肩之上，仿若上天的宽恕，晒黑的皮肤与金色的头发形成鲜明对比。终于远离了一切。那会是一个新的开始，就像我盼望着能给自己创造的那个开始一样。

　　我们能邂逅，能找到彼此，这是多么非比寻常啊。

　　愉快的泡泡在我心中滚来滚去，于是我大声地笑了出来，把坐在我身边的男人吓了一跳。"抱歉。"我说道，然后头转向舷窗，望着我们下面的土地从城市变成大片农田。每一秒，我和罗里之间的距离都在变远。

　　六小时之后，飞机在奥克兰上空颠簸。我们在旧金山上空盘旋，飞行员指出了海湾大桥和泛美大厦等地标建筑，但是我太兴奋了，几乎没留意到它们。我排队等着下飞机，后面的人群向我挤来，我闭上眼睛，想起我和维奥莱特过去常玩的一个游戏，叫"你宁愿"。我们会花上好几个小时来做那些不可能的、滑稽的选择，比如：你是愿意吃十只蟑螂，还是愿意一年里每天晚上都吃肝脏？我暗笑，想知道维奥莱特和自己现在能想出什么来。你是愿意嫁给一个狂暴但有钱的男人，还是愿意在一个既没钱又没身份的地方重新开始？这个很好决定。

　　最后，舱门打开，人们开始排队下飞机。我混入人群中，把帽檐拉低遮住眼睛，至少在离开机场和监控摄像头之前都是这样。我要做的第一件事就是打电话给佩特拉告诉她我在奥克兰，然后找到一家不会过多盘问身份、便宜一些的汽车旅馆。毕竟钱包里只有四百美元，我得放聪明点儿。

　　下飞机之后，我绕过人群去找公用电话。但走出大门时，我意识到有些不寻常。好几群人聚在各家酒吧和餐馆的电视屏幕旁，异常安静。

一定是发生了什么事。我蹑手蹑脚地走向奇利酒吧外的一群人，从他们的肩膀上瞧过去。电视转到了有线新闻台，但音量调小了。一个表情严肃的女人正在讲话，屏幕上闪过了她的名字——希拉里·斯坦顿，美国国家运输安全委员会高级通信官员。我读着屏幕底部的字幕。

我们还不知道坠机的原因，现在下结论还为时过早。

之后屏幕切换到一个新闻主播，我看到了之前被字幕覆盖的标题。

477 号航班坠毁。

我又读了一遍，试图重新排列单词，拼出不同的意思。

477 号原本是我去波多黎各的那架航班。

我凑近些，更多的文本跃动着显示出来，这次是主播在讲话。

目前当局仍未推测出飞机坠毁原因，但他们表示不太可能有幸存者。477 号航班目的地是波多黎各，机上载有 96 名乘客。

画面切换到海上的直播，一片片飞机残骸漂浮在海面之上。

脚下的地面似乎在摇晃，我倒向站在我身旁的男人。他稳住了我的肘部并维持了足够长时间，以防我摔倒。"你还好吗？"他问。

我甩掉他的手，挤过人群，仍然不能将自己在电视屏幕上看到的画面和脑海中关于伊娃的清晰记忆结合在一起——当初那扇残疾人卫生间的门在我身后关上后，她的声音我现在仍能听到，她的微笑仍在我眼前。

我低头穿过人群，突然意识到在那里有多少电视屏幕，而所有的屏幕都在播放刚刚发生的事情。我咽下从喉咙深处涌上来的胆汁，找到了洗手间旁边的一部公用电话。

我手指颤抖着抽出了那张收据，上面有我匆匆记下的佩特拉的号码，随后我拨了出去。一个声音引导我投入 1 美元 25 美分。我在伊娃的钱包里翻来翻去，数出五个 25 美分的硬币，一个一个塞进投币口。我的心怦怦直跳。

可我听到的却不是铃声，而是嘟嘟嘟三声，还有一个自动提示音说：对不起，本号码已停机。

我一定是在匆忙中拨错了，不小心重复输入了某个数字，于是我深吸了一口气，希望自己的手别再抖了。我把退出的硬币塞进去，又拨了一次号码，这次动作慢了些。

再一次，我被告知号码已停机。

我放回电话听筒，感觉自己已经与现实分离，从身体里径直升起。我神志恍惚地走向一排空椅子，瘫坐下来，盯着对面的人群。他们在我的视野里进进出出，或拖着行李箱，或看着孩子，或对着手机说话。

我一定是抄错了号码。我回想起在洗手间隔间里，胡乱记下佩特拉的号码，肾上腺素让注意力像散弹一样分散。

现在，我与所有人完全断联了。

对面的电视屏幕又变了，把我的注意力拉了回来。

> 乘客的名字还未公布，但是国家运输安全委员会的官员表示，他们将在今晚晚些时候举行一场新闻发布会。

我意识到自己将会变得多么无助，这样的事情又会如何尘埃落定，牵动全国人民的心。首先是那些可怕的细节，关于出错原因的猜测。然后是人们感兴趣的：那些受害者，他们的生活和他们的希望。他们一张张微笑着的脸，还有的大笑着，根本想象不到事情竟然会以这种方式终结。因为罗里的身份，我的故事将被放大，我能湮没无闻的时间也会以惊人的速度流失。我的照片很快就会出现在媒体显眼的版面上，任何人一看便知。我将和玛吉·莫雷蒂一样声名狼藉。这又是一个罗里不得不勇敢承受的悲剧。而我则会被困住，没有钱，也没有身份证明，无处安身。

我的目光落在伊娃的手提包上，我把手伸进去，掏出一串钥匙和她的钱包。我把钥匙放进口袋，然后打开钱包，记下了她驾照上的地址。勒罗伊543号。我没有犹豫，径直走出机场，站在加州明亮的阳光下，叫了一辆出租车。

我们在高速公路上疾驰。海湾东岸的工业建筑群之间，微微露出了旧金山的天际线，但我几乎没有注意到。相反，我回忆起伊娃在卫生间和我待过的最后时刻，她决心为自己争取第二次机会，没想过她将永远无法做到。我把头靠在车窗上，试图把注意力集中在紧贴着肌肤的冰凉玻璃上。再坚持一小会儿。进入锁上门的房间之前，我都不能让自己崩溃。

很快，我们驶入挤满了大学生的街道，这些孩子朝气蓬勃。我试着想象罗里此刻可能在做什么。最有可能的是，他已经取消了在底特律的活动，正在返回纽约的途中。他会暗中把那四万美元存回银行，然后将其余所有东西都藏在他的秘密抽屉里。

经过大学时，我凝视着窗外，学生们随意地穿过马路，显然只有大学生会这样做。我们绕过校园的东面，进入北侧有着群山和蜿蜒街道的住宅区。独栋、复式和出租公寓并排坐落在高大的红杉间，我在想，打开伊娃家的前门后会看到什么。作为一个闯入者走进她和她丈夫的家，这个家在她离开后便没人动过了。我会看着他们的照片，用他们的浴室，睡在他们的床上。我不禁打了个寒战，尽量不去想那么多。

司机将我放在一幢白色的双层复式公寓前，公寓有一条长长的前廊，两端各有一扇一样的门。右边的门被窗帘遮住，阻挡了窥探的视线。一棵高大的松树将门廊的一部分笼罩在阴影里，树下的土壤看上去黝黑、新鲜。左边的门没有遮挡，窗户敞开，可以看到有冠饰条装饰的几间空房间，一面红色的主题墙，还有硬木地板。我放心了，我不用回答邻居"你是谁？"或"伊娃去哪儿了？"之类的任何问题。

　　我胡乱试着钥匙，终于找到对的那把，推开了门。当我意识到可能有警报时，已经太晚了，我旋即僵住不动。然而，一片沉寂。空气里弥漫着封闭房间的气味，还有一种介于花香和化学品之间的味道，很快就消失了。

　　我关上门，锁住，小心翼翼地走过一双好像几分钟前刚被人踢掉的鞋子，竖起耳朵警惕各种声响，以防另有他人。然而，尽管杂乱，整个房子还是一片寂静。

　　万一需要迅速撤离，我就把包放在了前门，接着蹑手蹑脚走到厨房瞥了一眼。厨房是空的，不过柜台上有一罐打开的健怡，水槽里还有一些盘子。有一扇门通向后院，但门被一条链子锁住了。

　　我慢慢走上楼梯，仔细留意着动静。上面只有三个房间：一间浴室、一间办公室和一间卧室，衣服散落在卧室的床上和地板上，好像有人刚刚匆忙离开。但房子里只有我一个人，一直憋着的一口气终于呼了出来。

　　回到楼下，我瘫倒在沙发上，头向前倾，用双手托着，终于能好好想想今天的事情了：从最初的恐慌，到从每个人身边溜走的激动和开心。

　　接着，我想到了在大西洋海底的伊娃。飞机坠入水中时，她是否痛苦不堪？飞机坠毁前漫长而短暂的时刻，是否充斥着惊恐的尖叫和哭泣？或者，因为缺氧，声音戛然而止？我做了几次深呼吸，试图镇定下来。我现在安全了。我现在挺好的。屋外，一辆车驶过安静的街区。远处，钟声响起。

我抬起头，看到墙上有一些镶框的抽象画，沙发两侧各有柔软的扶手椅。房间虽小，却很温馨；家具高档，但不奢侈。这和我刚离开的家截然相反。

虽然扶手椅上有一处朝向电视、磨损得厉害的凹陷，但是其他部分看起来崭新如初，好像从来没有人坐在那里过。房间里有个东西让我心烦，我试图搞清楚是什么。也许是房子里留下的景象，就好像有人才刚刚离开几分钟。我扫视四周，想找到伊娃丈夫的病床。在那里，临终关怀工作者可能会数药片，衡量用药，洗手。可是所有的证据都消失了。地毯上连一点草和泥土都不见。

远处靠墙的书架上摆满了书，我走过去，看到一些有关生物和化学的书名，最下面还有几本教科书。我辞职来照顾他。也许她是伯克利的一名教授。或者她丈夫是。

这时从厨房里传来一阵嗡嗡声，在安静的房子里尤其刺耳。我走到门口，看到厨房柜台上有一部黑色的手机，塞在两个罐子中间。我拿起手机，有些困惑，想起伊娃在纽约的机场里用过的那部。弹窗来自一个短信软件，一段时间后就会消失。是一个叫 D 的联系人发送的。

你怎么没来？发生什么事了吗？

我手里的手机嗡嗡作响，又来了一条消息，把我吓了一跳。

立刻打电话给我。

我把手机扔回到柜台上，紧盯着它，等着再来一条消息，可是手机一直没有动静。不管 D 是谁，我都希望他别再来短信了。

我走向洗碗槽，从小窗往外看，是一个小小的后院。院子被灌木丛环绕，被一条通向后篱笆大门的砖砌小路一分为二。我想象着伊娃站在这里，注视着此刻暮色降临，随着天空渐暗，影子变成绛紫和蓝，而她的丈夫则奄奄一息。

电话又嗡嗡作响，声音在空空的厨房里回荡，我有一种不祥的预感。这所空房子在我面前展露无遗，却又什么都没透露。

伊娃

加州伯克利

8 月

空难前六个月

伊娃在他的宿舍外面等他。这不是多年前她住过的那栋房子，而是一栋新房子，边缘更柔和，深色木质装饰，似乎想让学生们觉得自己住在意大利别墅，而不是学生公寓里。她目光向上移动，窗户开着，能让人感受清晨凉爽的空气，她看见一些她从未听说过的乐队的海报，有照片的一面贴在外面。校园中心的萨瑟塔敲响了钟声，她站在人行道上，靠在一辆不属于她的汽车上，早上有课的学生从她身边走过。没有人看伊娃。他们从来都不会。

最后，他走了出来，扛着单肩背包，低头看手机。他没有注意到伊娃，直到她走到他旁边。

"你好，布雷特。"她说。

他受惊般抬起头，看清是谁时，脸上闪过一丝担心。但随后他强颜欢笑地说："嘿，伊娃。"

街对面，两个男人小心翼翼地从一辆停着的汽车里钻出来，朝同一个方向安静地缓慢走着，尾随着他们。

伊娃开了腔："我相信你知道我为什么在这里。"

他们穿过街道，经过咖啡馆和书店，穿过校园的南边。走到一条狭窄的砖砌走道入口时，她走到布雷特的前面拦住他。这条走道通向一个小画廊的入口，而这个画廊要到十一点才开门。

他们后面的两个人也停住了脚步，等待着。

"听我说，伊娃，"布雷特说，"真的很抱歉，可我还没有钱，没法还你。"他一边说，一边在清早人烟稀少的大街上搜寻熟悉的面孔，想找个朋友来帮帮他。但伊娃并不担心。对于所有可能旁观的人来说，布雷特只是一个在人行道上和一个女人聊天的学生。

"你上次就是这么说的，"伊娃说，"还有上上次。"

"是我的父母，"布雷特解释说，"他们要离婚了。他们把我的零用钱削减了一半。我连啤酒都要买不起了。"

伊娃同情地歪着头，好像她能理解这样的难题，好像她没有在伯克利的短短三年里被迫以极低的日均收入生存，也没有从食堂里偷取多余的食物来熬过漫长周末。没有人给她一分零用钱。没钱付啤酒的窘迫从来不可能出现在伊娃的焦虑清单里。

她打断了他。"这是一个悲伤的故事。可惜，这不是我的问题。你欠我六百美元，我懒得等了。"

布雷特向上提了提搭在肩膀上的背包带，看着一辆公共汽车隆隆驶过街道，他的目光一直追随着那辆车。"我会解决的。我发誓。只是……这需要一些时间。"

伊娃把手伸进口袋，掏出一块口香糖，小心地打开包装纸，然后塞进嘴里，慢慢地咀嚼着，好像在考虑他说的话。尾随的两个人看到了伊娃的信号，开始向他们走来。

布雷特立刻就注意到了，他看出他们大步向前的目的，看出他们朝着他和伊娃走来。他向后退了一步，好像要跑，但那两个人很快就把他围住了。

"哦，天哪！"他低声说，他的眼睛里充满了恐惧。"伊娃，我求求你了，我发誓我会还你钱的。我发誓！"他开始往后退，但两人中体型较大的索尔把手放在布雷特的肩上拦住了他。伊娃可以看到他粗大的手指在握紧，布雷特哭了起来。

她慢吞吞地回到街上，她的戏份演完了。但布雷特的眼神挽留住了她，那是在默默地恳求她改变主意，伊娃犹豫了。也许是因为晨光正斜照在他们身上，秋天只是空气中的一种暗示，提醒着她新学期有新的课程和新的东西要学。她想起曾经爱过的生活，想起那还没被夺走的生活。

也可能是因为年轻的布雷特呜咽的样子，他前额上有一个鲜红的丘疹，脸上的胡子还柔软而稀疏。他只是个孩子。她记得自己也曾是个孩子，也会犯错误，也会求别人再给一次机会。

然而没有人给过她机会。

她后退了几步，让他们带着布雷特进到那条远离人行道的小巷。

一个声音从背后把她吓了一跳。"必须得这么做啊。"

是德克斯。

他从一家关着的商店门口的阴影下走出来，点了一支烟，示意她和他一起走。从他们身后传来拳头砸在身上的声音，混着布雷特的哭求声。然后是尤其响的一击——也许是一脚踢在了他肚子上，或者把他的头撞到了墙上——之后布雷特再也没有发出声音。

伊娃目不转睛地看着前方，她知道德克斯也在打量她。"你在这儿干什么？"

他耸了耸肩，抽了一口烟。"我知道你不喜欢干这种活儿。我得过来看看你。"

他在说谎吗？还是真的？对于德克斯，这很难说，但伊娃这些年已经知道，德克斯不会这么早起床，除非他们的老板菲什让他这么做。

"我很好。"她说。

他们一起慢悠悠地向山上的体育场走去，经过另一家咖啡店，白色的遮阳篷覆盖着露台，露台上的桌椅仍然堆放在角落里，里面挤满了教授和大学的员工，他们在上班前喝着早餐咖啡。外面，一个乞丐坐在轮椅上吹着口琴。伊娃扔给他一张五美元的钞票。

"祝你好运。"男人说。

德克斯翻了个白眼。"滥好人。"

"是因果报应。"伊娃纠正。

他们在国际学生公寓外面的山顶上停下，德克斯看着她身后的海湾，似乎在欣赏美景，她顺着他的目光望去。那两个人从巷子里出来，往西朝电报大道走去。后面没有布雷特的踪影，他可能已经被他们放倒在血泊之中。或许画廊老板会在几小时后发现他，然后报警。也可能布雷特会强撑着站起来，跟跟跄跄地回到宿舍。他今天上不了课了。

那两个人从视线中消失后，德克斯转过身来，递给她一张小纸条。"新客户。"他说。

> 下午四点半，布列塔尼。蒂尔登。

伊娃转了转眼珠。"没有什么比布列塔尼这个名字更能代表'90年代的孩子'了。你是怎么找到她的？"

"一个我在洛杉矶认识的人推荐的。她丈夫刚被调到这里来。"

伊娃突然停了下来。"她不是学生？"

"不是。但你不用担心，"他向她保证，"她是安全的。"他把烟头扔在地上，用鞋踩灭了。"今天下午三点见。"

他转身便下了山，没有等她答应，也不需要等。在与德克斯共事的十二年里，伊娃从未错过一次会面。她注视着他，直到他走过人行道，还是没见到布雷特。然后，她朝北往家走。

穿过校园中心时，记忆与她擦身而过。伯克利的夏天即将结束。伊娃的生活节奏与这所大学的起起伏伏是如此紧密相连，可现在这种平衡被德克斯夺走了。她在想他今天早上来找她的真正目的是什么。

伊娃听到身后有人说："打扰一下。"

她没有理会，跨过一座小桥，桥下有一条小溪蜿蜒流过校园中心。

"打扰一下。"那人提高声音又说了一遍。

是一个年轻的女孩儿，从外表看是个新生——紧身的牛仔裤，靴子，还有一个看上去很新的背包——她走在伊娃面前，气喘吁吁。"您能告诉我坎贝尔大厅在哪儿吗？我要迟到了，而且今天是开学第一天，我睡过了头……"她逐渐放低声音，伊娃盯着这个眼睛明亮的女孩，她一直在等伊娃回答。

另一个布雷特。还要在伯克利学习几个月，压力才会慢慢把这个女孩劈成两半？多久之后她会第一次考试不及格，或者第一次论文得C？伊娃脑海中浮现出一幅画面，有人在图书馆的木制书柜上滑动一张写着德克斯名字和号码的纸片。还要等多久，伊娃就会在坎贝尔大厅外和她见面？

"您知道在哪儿吗？"女孩又问了一遍。

伊娃受够了这一切。"No hablo inglés[1]."伊娃干脆说了西班牙语，假装不会说英语，只想摆脱这个女孩和她的问题。

女孩惊讶地后退了几步，伊娃从她身边走了过去，沿小路而上。让别人来帮她吧。伊娃还没准备好找上她。

几个小时后，德克斯的意外出现仍然困扰着她。她站在厨房的水槽边洗盘子，又在热水下旋转着洗杯子，一不小心，杯子从她的手指间滑落，碎了，碎片飞进瓷盆里。

"该死。"她骂道，然后关上水龙头，用抹布擦干双手，接着小心翼翼地捡起大块的玻璃碴，扔进垃圾桶。她能感觉到物品在重新排列和移动，就像动物能感觉到地震，那些地壳深处微小的震动，

1　意为"我不会说英语"。

提醒她注意。去寻求安全。

她拿了一些纸巾，把剩下的碎片收拾起来，然后查看了一下她从地下室拿上来的计时器。五分钟过去了。

她把空的健怡可乐罐扔进回收箱，从厨房的窗子看后院。绿色的灌木和玫瑰四处蔓生，需要修剪。在远处的角落里，她发现了一只猫，蹲在一棵低垂的灌木下一动不动，眼睛紧盯着一只小鸟，那只鸟正在早晨洒水车洒出的水坑里扑打水花。伊娃屏住呼吸注视着，默默地催促这只鸟环顾四周，离开危险的后院。

突然，那只猫扑了过去。在翅膀和羽毛的一阵无声乱舞中，它抓住了那只鸟儿，把它重重地摔在地上，几下迅速的猛击使那只鸟昏过去。伊娃看着猫叼着鸟偷偷溜走，就好像宇宙在向她传递某种信息。唯一的问题是，她不知道自己是猫，还是鸟。

计时器响了，伊娃从沉思中惊醒。她看了看炉子上的钟，又透过窗户看了一眼后院，那里只剩下散落在砖砌走道上的羽毛。

她离开柜台，经过装满她从未用过的东西的滚轮架，这只是道具罢了，后面有一扇被遮挡的门，她顺势溜到地下室去收尾。

克莱尔

伊娃的房子实在太安静了，我感觉它好像正在看着我，等着看我会不会解释自己是谁，为什么会在这里。我打开冰箱，发现最上面的架子上摆满了健怡可乐，就没什么别的了，只有一个被推到后面挤得变形的外卖盒。"大家都喝健怡吗？"我喃喃道，又把冰箱门关上了。我的目光从墙上那排满烹饪书和搅拌碗的架子上掠过，之后落到水槽左边的碗柜上。我打开碗柜，看到一些玻璃杯、盘子还有碗。最后我找到了伊娃存放食品的地方。今晚有乐之饼干和健怡就够不错的了。

终于吃饱了，让咕咕叫的肚子安静下来后，我回到客厅。墙上的时钟显示六点。我拿起遥控器，尽量不去想伊娃和她的丈夫，蜷伏在毯子下面看电影，或是在一片静谧里坐着划动他们的手机。我扫视房间，想找到这段幸福婚姻的证据，无论是照片，还是度假纪念品。可是我一无所获。

我找到了电源键，不停换台，终于停在了美国有线电视新闻网。

电视屏幕上显示的是纽约机场的特写镜头，配着搜救队的小图画面，一艘海岸警卫队的船正在快速移动，周围尽是幽暗的海水，在探照灯下闪着亮光。我把音量调大。政治评论员、《今日政治》主持人凯特·莱恩正在说话，她的声音低沉严肃，屏幕上满是我和罗里去年在一场晚宴上的画面。我的头发梳成精致的法式塔尖状，正对镜头笑，脸上化着浓妆。凯特·莱恩的声音说道："官方证实，参议员玛乔丽·库克之子，同时也是库克家族基金会执行董事的慈善家罗里·库克，其妻曾计划前往波多黎各进行人道主义旅行，现已确认，她是477号航班的乘客。"

随后我的照片被切换到机场外的现场直播，镜头近景拍摄了大型平板玻璃窗后一个看似禁区的地方。"维斯塔航空公司代表今晚将与遇难者家属会面，与此同时，搜救团队沿佛罗里达海岸工作至深夜。美国国家运输安全委员会官员已迅速否认坠机是恐怖主义导致，并表示当下天气不稳定，以及该架飞机四个月前才停飞检修过。"

之后镜头拉近，播放人们抱在一起哭泣、安慰彼此的画面。我走近电视机，睁大眼睛寻找罗里是否在其中。不过我无须费心。好像听到了我的暗示，场景切换到一排麦克风前，罗里跟在他们后面走出房间。"据悉，库克先生将代表遇难者家属发表一篇简短声明。"

我暂停了电视画面，仔细看他。他穿着一条昂贵的牛仔裤，配了一件上镜的淡蓝色纽扣领衬衫。可是他的面庞却流露出悲伤，凹陷的眼睛发红。我身子向后靠，脚后跟撑地，想知道他是真的崩溃了，还是这一切只是一场精心策划的表演——深埋在表象之下的，是罗里铁青的脸色，现在他一定已经发现了真相。

电视上的画面依旧暂停着，我从包里抓过电脑，一步两级上到伊娃的办公室。网络路由器在桌子的一角闪着绿灯，我把它翻过来，发现密码就在背面，我只好祈祷伊娃从不多事去换密码。虽然试了三次才把密码和网络名匹配上，但我成功了。

我点击了昨晚打开过的窗口，趁罗里正在电视上直播，迅速浏览他的收件箱。里面有丹妮尔发的几条信息，是她今早发邮件抄送给了罗里的，告诉底特律酒店罗里会用我预订的房间，并通知学校罗里会来办活动。

还有坠机消息传出不久之后，布鲁斯和罗里之间的往来邮件。

我认为我们需要推迟宣布。

罗里的回复很简短。

　　绝对不行。

但布鲁斯没有让步。

　　你好好想想舆论。你妻子刚刚去世。你不可能下周就宣
布。简直是疯了。应该让国家运输安全委员会先找到尸体。举
办葬礼。然后再宣布。告诉他们你参加竞选正是克莱尔会希望
看到的。

　　虽然这并不让我感到惊讶，但我仍然感到心痛，他们此时居然
还在担心参选声明。尽管我和罗里之间有问题，尽管罗里脾气暴躁，
但我知道他爱我，以他扭曲的方式爱着我。不过在内心深处，我感
到了一丝欣慰，因为我知道自己摆脱这一切是正确的。如果让罗里
选择，他绝不会放弃自己的野心来选择我。

　　我打开一个新标签，在谷歌上搜索佩特拉·费德托夫。一长串
像是艺术品目录的东西弹了出来，上面有色彩鲜艳的图案和我念
不出的名字，一页又一页。我把搜索改为佩特拉·费德托夫电话号码，
结果稍微多了一些——波士顿的一家比萨店，收费三十美元、提供
寻人软件的网站链接。但是我可以肯定尼科已经把他们的信息从那
些数据库中删除了，很有可能也从全网删除了。

　　我没有关电脑，回到了楼下。屏幕里，罗里仍僵在那，他的手
刚要拨开一缕耷拉在前额的头发。如果有来生，我一定会伸出手，
温柔且充满爱意地将其抚平。我盯着他的脸，回忆起爱他是怎样一
种感觉。最初，他从拍卖行接我回来，为我准备惊喜，在伯纳丁酒
店吃晚餐，或者在公园里享受夏日野餐。我想起他偷偷带我溜进一
家俱乐部后门时的狡黠一笑，还有，他会在吻我之前用拇指温柔地
轻拭我的唇角。

那些记忆并没有消失，只是已被埋葬。或许某日我会再次将它们捡起来，捧在手里客观审视，留下美好的，扔掉其余的。

我按下了电视的播放键。罗里清了清嗓子，随后说道："今天早上，就像我身后的许多家庭一样，我和我的妻子克莱尔最后一次吻别。"他停顿了一下，深吸一口气，呼吸十分不平稳，继续说了下去，声音嘶哑而颤抖："这本应是去往波多黎各的一次人道主义之旅，却把我和477号航班上其他95名乘客的家属推入一场活生生的噩梦。但是，请大家放心，直至得到答案并完全了解到底是哪里出了问题之前，我们都不会放弃。"他用力吞咽，咬紧牙关。再次看向镜头时，他的眼睛闪着更多的亮光，双目噙满的泪水从眼角滴落，向下划过脸颊。"我不知道该说些什么，只感觉伤心欲绝。我们代表遇难者家属感谢大家的关心和祈祷。"

记者们向罗里大声发问，但他转身背对摄像机，无视了那些提问。他撒起谎来多么轻而易举。他并没有和我吻别，也没有说再见。而且我现在意识到我已经死了，关于我和我们的婚姻，罗里可以想怎么说就怎么说。已经没有人能反驳了。

场景缩至一个特写，我们又看到了凯特·莱恩，屏幕里满是她熟悉的灰色短发和黑框眼镜。我是在几年前认识她的，当时她正为玛乔丽·库克的遗产栏目采访罗里，她对罗里的冷静态度给我印象很深。她总是在适当的地方微笑和大笑，可我能感觉到，她心里有双眼睛正在远处审视着他光鲜亮丽的外表，并且认定这不真实。

她现在的表情既严肃又镇定。"一直以来，库克先生都是本节目的常客，我和《今日政治》的所有人，向库克家人以及所有受今日悲剧重创的家庭致以最深切的同情。我曾有幸在几个场合遇见过库克夫人，她是一位聪慧、慷慨的女性，同时她也是库克家族基金会的不懈倡导者。我们将深深地怀念她。"在凯特·莱恩身后，一名男子出现在罗里刚刚离开的一排麦克风前，凯特说道："看来，国家运输安全委员会部长将对一些问题进行解答。让我们听听他怎么说。"

这群记者开始大喊着提问，然而我关掉了电视，让喧闹声安静下来。我盯着自己映在黑色屏幕上的模糊轮廓，不知道接下来会发生什么。

我拿起包返回楼上，走进主卧室，把床上一堆丢弃的衣服——一条运动裤和一件T恤——拨到一边，坐了下来。卧室里摆有一个深色的木制梳妆台，抽屉紧紧地关着，衣柜门没有完全关上，露出里面乱七八糟的一堆衣服。就在这时我猛然意识到：伊娃再也不会笑，不会哭，也不会感到惊讶了。她不会衰老，感到髋痛或背疼。她不会再弄丢钥匙，也不会再听到清晨的鸟鸣了。

昨天她还在这里，怀着一颗跳动的、破碎的、深藏着自己秘密和欲望的心。然而今天，她一生积攒的全部记忆都消失了，荡然无存。

那我呢？我，克莱尔·库克，也消失了，仅会在那些认识我的人的记忆里出现，不再行走于人世间。然而，我却仍可以携带着属于自己的所有东西，我的欢乐，我的心痛，我对所爱之人的回忆。我有一种自己并不配拥有的优越感。我能保留所有记忆，伊娃却不能了。

我将双拳压在两眼之上，试图让思绪停止跳跃——女佣在为我重新收拾行李；打电话给底特律酒店；在肯尼迪机场从电话里传来佩特拉的声音；伊娃在洗手间隔间把她的包递给我，相信我能解决她的问题，就像我相信她能解决我的问题一样。

我需要睡眠，可我觉得我没法拉开被子爬到床上，至少今晚不行。于是我拿着毯子，抓起一个枕头，抱到楼下的沙发上。之后我踢掉鞋子躺好，打开电视陪伴自己。我快速跳过那些新闻频道，找到一个正在重播《我爱露西》的电视台，让录制好的笑声伴我入睡。

忽然我被罗里的声音惊醒——他正在我的耳边轻声说话。我吓得一个激灵，从沙发上跳了起来，黑暗的房间里，电视屏幕的蓝光正在闪烁，我脑子里一片混乱，迷失了方向，一时忘记了自己如今身在何处，发生了什么。

接着我在电视屏幕上看到了他，比现实生活中的小，但同样令人畏惧。不过是新闻发布会的重播罢了。我又瘫倒在沙发上，摸索着找到遥控器关掉电视，让伊娃家里的声音——冰箱低低的嗡鸣声，厨房水龙头轻微的滴水声——减缓我的心率。我提醒自己，罗里根本不可能知道我在哪里。

我盯着天花板，看着街灯的影子在上面摇动，终于意识到消失是多么艰难。我藏在哪里、用什么名字都不重要。每次我打开电视、翻开报纸或浏览杂志，罗里都会躲在那里，等着跳出来扑向我。他永远不会走开。

伊娃

加州伯克利

8 月

空难前六个月

伊娃的手在明亮的灯光下机械地移动，而在高处，电扇呼呼作响，把地下室里实验室的空气排到后院，这是一种白噪声，令她变得迟钝。她似乎无法抹去脑海中那只猫的形象，它是多么安静地等待着一击毙命，而那只鸟儿的生命又是多么迅速地就结束了。

她摇了摇头，强迫自己集中精神。她必须在中午前完成这批。她三点要去见德克斯，把菲什的那份交给他，之后就马上要去见她的新客户了。

她称了些原料，仔细地掂量和调整，觉得自己放松下来了。即使这么多年过去，发生了那么多事之后，混合物质、加热、创造出全新的东西，依旧像个奇迹。

她把混合物放在野营的炉子上，加热成浓稠的糊状，现在，她对那些在她工作很久之后还在鼻子里燃烧、沾在头发和衣服上的苦涩化学气味已经没有任何感觉了。正因如此，她花大价钱买了昂贵的乳液和洗发水来掩盖她所做东西的气味，这是唯一的办法。

准备好后，她将液体倒进药片模具，再次设置了计时器。她用各种咳嗽感冒药和一些常见的家庭用药混合，制成一种类似阿德拉的治疗多动症的药剂。不过，它的制作过程要安全得多，避免了大多数甲基苯丙胺的爆炸特性。成品是一种小药片，制作简单，但具有强大的药效，能让像布雷特这样表现不佳的学生连续数小时保持头脑清醒、思维敏捷。

做完之后，她在角落的水槽里清洗设备，几年前她把买来的便携式洗碗机装在了那里。多年来，化学教授的声音一直回荡在耳际：实验室的清洁度是真正专业人士的标志。她绝对专业，但没人会来这里检查她是否遵守了标准的实验室规程。她擦了擦台面，确保不会留下任何她工作的痕迹，或是她开车到湾区买来的原料。

没人会来这里。很久以前，她就想出了把这间旧洗衣房的入口藏起来的最好办法：在门前摆上一个带滚轮的架子。从外面看，你永远不会知道门在那里。架子至少高一米八，后面有一块严实的板子，架子上摆满了一位业余厨师的烹饪书、搅拌碗、盛有面粉和糖的罐子，还有几个大的餐具架，里面塞满了一把把抹刀和伊娃从来没用过的超大号勺子。她在世上生存的方式也差不多。表面上，她是个生活单调的服务员，三十多岁，努力工作维持生计，住在北伯克利的复式公寓里，开着一辆十五年的本田。但事实恰恰相反，是她让伯克利的学生保持清醒，在四年内顺利毕业。也是她，会迅速处理掉那些制造麻烦的家伙。

她抓起台面上的计时器，关掉身后的灯和电扇，爬上地下室的楼梯。寂静笼罩着她，她在厨房里停下来，等着邻居的声音传入耳朵。

她听到了隔壁新邻居——一位白发苍苍的老妇人——打开前门的声音。几周前她刚搬进来时，伊娃看得出她想表现得友好一些。她的目光会停留在伊娃身上，虽然伊娃也礼貌而简短地问候了她，但伊娃能感觉到那个女人深沉的目光，她期待着更深入的交流。

科萨蒂诺先生，一开始住在那儿的一位老人，就比她好应付多了。他们只说过一次话，去年她用现金向他买了这套复式公寓的一半。她想知道他发生了什么事，是生病了还是去世。他只有那天在，第二天就不见了。而现在这个女人，会露出友好的微笑并跟她进行眼神交流。

伊娃没把架子推回去，就一步两级地爬上楼梯，来到她的家庭办公室。这是一间可以俯瞰前院的小房间，只用来付账单和放她御寒的外套，别的什么都不做。但她把它装饰得和家里其他房间一样——墙上刷了暖色调的黄色和红色，与她从小住的教养院的灰色墙壁截然不同。她精心挑选了每一件物品——松木书桌、深红色的地毯、小桌子和窗下的台灯——来温暖从孩提时代起就深深扎根在心中的冰冷。

她坐在笔记本电脑前，打开新加坡银行的登录页面，凭记忆输入账户信息。她勤于核对自己的存款余额，在过去的十二年里，她看到存款稳健地增加，从五位数增长到六位数，最后达到令人愉悦的七位数。旧金山金融区到处都是道貌岸然的人，他们知道如何歪曲法律以达到目的，在这儿，也很容易找到一个税务律师，他知道能在哪家国外银行另寻出路，又不会问太多问题，他还愿意帮忙建立一个假的有限责任公司，帮她把非法收入转移到安全的地方。

总有一天，她得金盆洗手，没有人永远做这行。到了那时，她会买一张机票，飞到很远的地方，干脆消失。她会把所有事情抛到脑后，包括这所房子、她的营生、她的衣服、德克斯和菲什。她要摆脱掉这种生活，如同蜕下一层旧皮，然后重生，过更好的生活。她以前就这么做过，以后她还会这么做。

药片做好后，她把它们从模子里取出，放进不同的袋子里。她用蓝纸包好给德克斯的，绑上一条丝带，然后开车去了北伯克利的公园，他们约好在那里见面。多年来，她学会了如何隐藏自己。如何在外面的各种场合穿梭。此刻，她正在散步，就像某个带着一份包装精美的礼物在公园里与朋友会面的女人。如果你够聪明的话，这工作并不难。而伊娃总是比大多数人都聪明。

她发现他坐在一张野餐桌旁，望着一个又小又脏的游戏区。孩子们分散在游乐设施之间，每个都由父母或保姆照管。伊娃停了下来，在德克斯的视线之外，看着孩子们。如果她母亲是另一个人，她可能也会是这群孩子中的一个。也许她会在放学后带伊娃去这样的公园放松，或者周末在这儿消磨几个小时。这么多年来，伊娃一直在她的记忆中寻找一幅画面，任何一幅关于她和她原生家庭短暂生活的画面，但她在前两岁的记忆是空白的。

伊娃还是个孩子的时候，不止一次地想象过家人们的各种样子，这些想象几乎像是真实的记忆。她的母亲留着金色长发，回眸看着伊娃笑。她年迈体弱的外祖父母为他们不省心的女儿担忧，凑钱又送她去了一次戒毒所。这是一个表面平静却存在很大问题的家庭。她试图在他们身上感受到什么，但她只有疏离感，就像一盏没插上电源的灯。灯的背后没有电，没有连接线，所以也没有光。

但这些母亲和女儿总是吸引着伊娃的目光，她们像锋利的指甲一样勾住她的注意力，把她本该痊愈很久的地方再次刮伤。

她只知道两件关于她母亲的事：她的名字叫瑞秋·安·詹姆斯，她曾是个瘾君子。这个消息到来得毫无征兆，是伊娃大二那年伯纳黛特修女写信告诉她的。那一页纸上满是她一丝不苟的笔迹，熟悉得让伊娃回到了从前还是个小女孩的时候。

这感觉像是一种入侵，她早已放弃提的问题，答案却突然出现在邮箱里。就在她开始觉得可以摆脱过去的自己时。

伊娃不知道那封信现在在哪里。可能被她扔进盒子里或埋在哪个抽屉里了。这样她更容易假装她那部分生活从未存在过。就在几公里外不远的旧金山，从刚到伯克利的那天起，她才真正开始自己的人生，真正地形成自我。

她把目光从孩子们身上移开，走完最后几步，来到德克斯坐的地方。

"生日快乐。"她说着，把那包药片递给了他。

他微笑着把药片塞进大衣里。"用不着的。"

她和他并肩坐在长椅上，一起看着孩子们玩耍——从滑梯上跳下来，绕着秋千互相追逐——他们总是会待一会儿，就像两个正在享受阳光的朋友。德克斯多年前的口头禅，现在成了他们的惯例——只有当你表现得像毒贩时，你才看起来像毒贩。

"我在这个公园完成了我的第一笔个人交易，"伊娃指着停车场说，"我到这里的时候，有两辆警车停在路边，警察就站在车旁边，好像在等我一样。"

德克斯转过身来面对着她。"那你做了什么？"

伊娃回想起那天看到他们的时候，她是多么害怕，她的脉搏跳动得多么剧烈，她的呼吸多么急促，她看见他们全副武装，每个警察手里都拿着枪和警棍，胸前的徽章闪闪发光。"我记得你跟我说过，我必须自信地走路，我必须直视前方，不要犹豫。"

伊娃记得她和警察擦肩而过，与他们的目光飞快地对视了一瞬，她因为害怕而微笑，然后走向操场，一个学法律的大三学生要在那里和她见面。"我想象自己是在一间没有窗户的办公室里工作的人，午休时间来这里享受一点阳光和新鲜空气。"

"这就是做女人的优势。"

伊娃并不觉得这是什么优势，但她懂他的意思。像她这样的人一般既不制毒也不贩毒。她们要么是老师，要么是银行出纳员。她们是某人的保姆或母亲。她还记得交出毒品，把第一个两百美元放进口袋的那一刻，是多么尴尬。她没有经验，整个交易既沉默又不自然。她记得离开时，她想，完了，我成了一个毒贩。感觉自己即将成为的人已经死了。

但她好了。对现在的生活感到释然。她的一部分获得了自由——这么多年来一直遵从别人的期望。有人告诉她，生活是一条单行道，带着你径直向前走。如果你努力工作，好事就会发生。但她一直知道生活更像是弹球游戏，无止境地颠簸，无止息地较劲。令人兴奋的事只会偶然发生。拥有自由才能支配自己的命运，但她的生活却变得一团糟，虽然她有所成就，但那他妈的都是什么啊。

德克斯打断了她的思绪。"有时我后悔把你卷进来。我以为我是在帮忙，可是……"他没再说什么。

伊娃从桌子上拿起一块木屑，夹在手指间，仔细研究了一下，然后扔到地上。"我现在很高兴，"她说，"没什么可抱怨的。"

这确实不假。她看着德克斯，那个踏进她生活的废墟，把她拽出来的人。在伊娃大三的时候，韦德·罗伯茨提出在化学实验室制毒的主意。但伊娃才是有技术的那个人。她不该答应他，但她答应了。

她竭力不去想在院长办公室的那一天，不去想韦德是如何摆脱一切，回到他那令人神往的生活中去的，也不去想他是怎样得逞的，更不去想他是怎样引诱那些笨姑娘的，她们根本不懂自己在做不该做的事。

在他们护送她离开大楼之后，她收拾好行李，交还宿舍钥匙，深深的恐惧席卷了她的全身，她浑身僵硬。她无路可走，也无处可去。当时，她站在宿舍外面的人行道上，就在那一刻，德克斯出现了，靠在她身边，就像那天早上她靠近布雷特身边一样。

当时，她只知道德克斯有着一头黑发和令人惊心的灰色双眸，经常和韦德同他那帮朋友在一起。他不是学生，伊娃从来不知道他是怎么融入的。像她一样，德克斯很少说话，但他观察着一切。

"我听说了发生的事情，"他说，"我很抱歉。"

她看向别处，为自己的天真感到羞愧。韦德操纵她是多么容易啊。他是怎么逃脱的，她又是怎么被开除的。

德克斯朝她身后看了看，说道："听着，现在情况有点儿糟糕，但我想我能帮到你。"

她把双手插进口袋，抵御着凉爽的秋夜。"我不相信。"

"你有一项我认为对我们双方都有利的技能。"

她摇了摇头。"你在说什么？"

"你做的药很棒。我认识一个人，他能帮你安排设备和原料供应，让你继续生产。他的化学家要离职了，他急需人手。如果你愿意，这是个好机会。很安全的。你做了药，他会让你留下一半自己卖。你一周可以赚五千多美元。"德克斯笑了笑，苦涩的声音弥漫在周围的空气中。"这样的学校总是需要甲基苯丙胺的。这些小药片能让孩子们通过下一次考试、下一堂课。"他指着一群喝醉后大笑着、正换场去下一个酒吧或聚会地点的学生，他们早已分不清南北，感觉良好。"他们不像你我。他们拿着爸爸的钱，或者捐赠者的钱，还认为没有什么能动得了他们。"

他看着伊娃的眼睛，于是她感到了一线希望。德克斯给了她一条救生索，她不接受就太蠢了。"怎么做呢？"她问道。

"我在附近有个地方，"他说，"有一间空房，你可以住上一阵子。我帮你，你帮我。"

"我该怎么帮你呢？"

"你正是我老板要找的那种人。聪明，而且不引人注意。"

伊娃本想拒绝，但她身无分文。她没有地方住。没有找工作所需的技能。她想象着自己把行李袋背在肩上，走向电报大道，和一群乞丐一起讨钱。或者回到圣约瑟夫，伯纳黛特修女会失望无比，凯瑟琳修女则会微微点头，好像她早就知道伊娃会变成她母亲那样。

伊娃一直是个幸存者。但当你已经失去一切的时候，你确实容易什么都不怕。"告诉我该怎么做。"

德克斯的声音把她拉回现实。"我们几个晚上要去城里看新乐队阿里纳演出。和我们一起吧。"

伊娃斜眼瞅了他一下。"不去。"

"来吧，会很有趣的。你今晚的健怡我都包了。你需要多出去走走。"

她打量着他，胡楂在靠近下巴的地方开始变灰，卷曲的发梢垂到衣领附近。她有时不得不提醒自己，德克斯是她的联络人，不是她的朋友。他只是想监视她，而不是让她出去玩一晚。"我经常出去。"她说。

"真的吗？"他追问，"什么时候？和那个？"

"是和'哪'个。"她纠正道。

德克斯轻声笑了。"教授，别用语法课分散我的注意力。"他用胳膊肘碰了碰她的胳膊。"你需要社交生活。你做这行这么久了，应该知道你不需要逃避这个世界。你是可以有朋友的。"

伊娃看到一个母亲和她的儿子坐在树下看书。"我的时间都用在向大家隐瞒这些事上了。相信我。这对我来讲更容易。"

但这也是她喜欢的。她从来不需要解释任何事情，也不需要回答熟人间会问的问题：你是在哪里长大的？你在哪里上的大学？你现在做什么？

"不过，这真的更容易吗？"德克斯似乎不太相信，"那，说到工作，你怎么说？"

"我从不嫌钱多，能赚就赚？"

德克斯咧嘴一笑。"别吧，你这个只工作不爱玩儿的人。"

"只工作不爱玩，会使伊娃成为一个小富婆。"她接着说。他没有笑，伊娃又说："谢谢你担心我。但真的，我很好。"她把外套裹得更紧了。"现在，如果你不介意的话，半小时后我要去见一个新客户，然后我要在餐厅里轮班。"

多年来，伊娃每周在杜普里轮两个班，这是一家位于伯克利市中心的高档牛排和海鲜餐厅。那里小费给得多，而且让伊娃有地方交税，从而不会被国税局发现事有蹊跷。

"我不明白你为什么要费心思在那儿装样子，"德克斯说，"你又不缺那点钱。"

"细节决定成败。"伊娃从长凳上站起来，"今晚玩得开心。不要碰任何毒品啊。"

离开时，伊娃又瞥了一眼操场。一个小女孩站在滑梯顶端不敢动，脸上满是恐惧。眼泪开始流下来的时候，她的呜咽变成大声的哀号，想让母亲跑过去帮助她。伊娃看着那个女人把小女孩从滑梯上抱下来，把她带回她刚坐过的长凳上，一边走一边亲吻女儿的头顶。

小女孩的哭声在伊娃关上车门开走后的很长一段时间里，都一直在她的脑海里回荡。

克莱尔

2 月 23 日，星期三

我醒得很早，好让身体和大脑适应新的环境。这是我获得自由的第一个整天。我感到头昏眼花，十分想喝咖啡。可是当我在伊娃的厨房里翻找时，却找不到咖啡机或任何一种咖啡，而我又不想用健怡将就。肚子咕咕叫，提醒光吃饼干还不够。于是我上楼到浴室冲了澡，抓过伊娃的手提包，又一次把头发塞进纽约大学的棒球帽里。

到了楼下，我站在挂在客厅墙上的镜子前，镜子里的倒影正回望着自己。昨夜没睡好，脸上起了痘痘。我看起来仍然很像我自己，任何一个想找我的人都能认出来。但没人会找。这个想法穿过全身，一个绝妙的机会一闪而过，令人无法忽视。

街道一片漆黑，鸦雀无声。我的脚步声在一栋栋昏暗的房子之间回响，直到我来到校园外围。街角有一家亮着灯的咖啡店，一个年轻的女人在柜台后走动，一边煮咖啡，一边把糕点放进展示柜里。我在暗处人行道的安全范围内观察她，权衡着想喝咖啡、吃东西的需求与被人认出的风险。

可肚子又在咕咕乱叫，推着我走进咖啡店大门。混搭风格的音乐在空间里回旋，有种东方冥想的感觉。烘烤咖啡的香味径直穿透我的身体，我不由得吸气回味着。

"早上好。"咖啡师说道。她的长发绾用一条彩色头巾系在身后，笑容明亮灿烂："想来点儿什么？"

"大杯手冲，加奶油，如果有火腿芝士羊角面包的话，也来一份。

带走。"

"好的。"

随后她开始为我制作咖啡，我环顾四周。墙上布满插座，临近中午时，那里会挤满学习的学生和评分的教授。咖啡做完时，我的目光被一沓报纸吸引。《旧金山纪事报》和《奥克兰论坛报》。不可能看不到头条。

一份上写着："477号航班的命运"。

另一份上写道："477号航班失事，无人生还，令人悲痛。"万幸，编辑们定下的报道重点是跟拍飞机残骸，而不是人情故事，否则我的脸肯定会被放在头版博人眼球的。我犹豫片刻，把报纸和一张二十美元的钞票放在柜台上推了过去。

咖啡师把咖啡和一个装着羊角面包的袋子放在旁边，递给我找零："真令人悲痛，不是吗？"

我点点头，不敢从帽檐下正视她的眼睛。我把零钱塞进口袋，报纸夹在胳膊下，又走进了黑暗的街道。

我穿过空荡荡的马路，沿一条通向校园中心的人行道前进。美丽的红杉耸立在头顶，盏盏路灯还没熄灭，投下片片光影。我沿着一条小路穿过一片茂密的树林，来到一处宽阔的草地，继续走，能到达一座巨大的石头建筑。我坐在长凳上啜饮着咖啡，由内而外地感到温暖。这里很冷清，但在几个小时内便可能挤满学生，他们要穿过校园去上早课或去自修室。我打开袋子，咬了一口羊角面包，嘴巴因为味道过于浓郁而酸痛。我已经有将近二十四小时没好好吃饭了，也有好多年没吃火腿芝士羊角面包这么实在的东西了。很快我便吃光了，把袋子攥成一团。

周围树上的鸟儿逐渐醒来，起初它们的叫声柔和，但随着光线爬上东边的小山，叫声越来越大。身后，一个马路清洁工正沿着空旷的道路行进；头顶上，一架闪着灯的飞机飞过。我想到飞机上的人，他们和 477 号航班上的人毫无二致，不过是想坐飞机到达目的地，带着些许疲劳和坐久了起褶的衣服下飞机。这无异于搭乘地铁从 A 点到 B 点，确信会按时到达。

飞机从树后飞过，随后，我开始一边研究周围的建筑，一边回想自己在瓦萨学院的日子。母亲曾非常为我骄傲，因为我是家里第一个上大学的。我离开时，维奥莱特还哭了，她紧紧地搂着我，母亲不得不从我腰上拽开她的双臂。

我十岁时，维奥莱特出生了，她是母亲和一个男人在一段短暂且不稳定的关系中生下的孩子，那个男人在母亲告诉他自己怀孕后不久便离开了小镇。不过我却松了一口气，我想母亲也应该长舒了一口气吧。她总是"慧眼识珠"地找到那些不合适的男人，他们唯一的本事就是不可靠，就像我的生父一样——他是在我四岁时消失的。在那段关系中，我占了便宜，母亲总是这样说。她似乎一直认为，有我们三个人就够了。只是，我一直希望她能找个人分担，让我们感觉更像书中读到、电视上看到的那种家庭。我知道她很孤单，而且经常为钱发愁，她要打两份工，还什么事都要自己做，终日筋疲力尽。

因此，我一直努力做事让她省心一些。从第一天起，我就是一个事事亲为的姐姐，给维奥莱特喂奶，给她换尿布，当她哭闹时我抱她几个小时。母亲工作时我会照看妹妹，教她玩"大富翁"游戏，教她系鞋带。离家远行是我做过的最艰难的事，但我想看看，除了做孝顺的女儿和尽责的姐姐，我会是什么样的人。我在高中过得很痛苦，因为我渴望将自己改造成一个全新的人，渴望能建立起自己一直梦想的生活。如今，我却感觉沉重，那是离家太远、贪心太多的代价。

我原可以上本地的大学。我可以白天兼职工作，晚上和母亲还有妹妹围坐在摇摇晃晃的餐桌旁，我们原可以坐在温暖的黄色灯光下，母亲玩填字游戏，我和维奥莱特没完没了地玩纸牌。

然而，我却离开了，再也没有回家，真正意义上的一次也没回。

天空中掺着几道粉红色的云，天亮了，人行道上的灯也随之熄灭。坐在这里自怨自艾，抱怨发生在自己身上的一切，这很容易，可是我负担不起。我需要集中精力做一些决定。我需要什么？

钱，还有藏身之处。两者之间，哪怕只有一样也不赖啊。

我不能在伊娃家待太久。只要伊娃下周没有出现在市中心，人们就会来找她，我很想在那之前就离开。但现在，待在这里还是我最好的选择。在伊娃家住是免费的，而且很安全。

我站起身来，把空的咖啡杯和皱巴巴的袋子扔进附近的垃圾桶，把报纸塞进伊娃的手提包，朝校园外围走去。在我身后，钟声敲响报时，我停下倾听。钟声似乎在我的体内振动，我开始想象住在这里会是什么样子。走在这些街道上，去我还没找到的工作单位上班，过着我一直梦想的离开罗里后的宁静生活。我知道在自己设想的所有场景中，麻烦和失误不可避免，然而我从未想象过如此干净的决裂。没有一个人知道我发生了什么，我必须用尽我每一分的小心机来守护这个机会，这个不可思议、令人心碎的机会。

我在学校西侧几个街区外找到一家二十四小时营业的药房。一进去，明亮的灯光便射进我的眼睛。我垂下头，把帽檐拉得很低，找到护发区。如此多的色调，从亮红到乌黑，以及其间的所有颜色。我想起伊娃的金色精灵发型，便选择了所谓的"极致白金"。在低点儿的架子上有一个齐全的理发工具包——操作简单的电推子！不同颜色的梳子！步步教你打造最流行的发型！——正在打折，二十美元，我也拿了一包。

店前只有一个人在收银台工作，那是一个长着青春痘的大学生，临近换班，他看上去半睡半醒，眼睛呆呆的，耳朵里塞着耳机。我把东西都放在柜台上，盘算着这会花掉多少我那为数不多的现金。

我犹豫了一下，从伊娃的钱包里拿出了她的借记卡，沿着边缘摸索着，想知道是否可以当作信用卡使用。在把它塞进机器之前，我快速地扫视了一下空荡荡的商店。伊娃应该不会回来指责我偷她的东西吧。

我跳过了密码请求，选择了信用卡支付，这时我的心疯狂地跳动着，我敢肯定，无论这孩子耳机里放着什么音乐，他都能听到这边的动静。

但是收银机有了什么反应，我看不到，把孩子的注意力吸引回来了。"信用卡吗？我得看看您的身份证。"他说。

我僵在那儿，就像被一盏明亮的汽车大灯照到了一样，我的每一寸脆弱都暴露在外。三十秒。一分钟。永恒。

"您没事吧，女士？"他问道。

接着我迅速回复。"没事，"我说，假装翻遍了钱包，最后说，"我一定是把身份证忘在家里了，抱歉。"我把卡塞进钱包里，快速地取出现金支付。在他递给我收据后，我以最快的速度冲出了商店，整个身体都因紧张和恐惧而颤抖。

我快速走回伊娃的家，稍微平静下来。到家后，我把所有东西都拿到楼上的浴室，然后脱下衣服，把电推子的指示贴在镜子上。这时，我第一次注意到柜台上摆着一排昂贵的护手霜。我拧开其中一个的盖子，是带有淡淡薰衣草气息的玫瑰香。接着，我偷偷看了一下药柜，本以为会看到很多她丈夫病后留下的处方药，比如止痛药和安眠药，可柜子是空的。里面只有一盒卫生棉条和一把旧的剃须刀。我轻轻关上药柜，不安的感觉戳中了我，就像袜子里一个很小的毛刺，似一道警示的白光闪过，随后消失，无从寻找。

我最后看了一眼镜子里的自己——头发乱糟糟地缠绕在脸颊上。我做了一次深呼吸，然后把中等大小的梳子装在电推子上，接着打开了开关。我提醒自己，即使我搞砸了也没关系。我想起伊娃说的关于伯克利的那些话。很容易融入，因为每个人都比你古怪点。没有人会对糟糕的发型多看一眼。

我很惊讶头发居然这么容易就被剪掉了，只留下三四厘米长的贴在头皮上。我的眼睛看起来更大，颧骨更明显，脖子也更长了。我转向一边，接着又转向另一边，欣赏着自己的侧面，然后转向了那盒染发膏。还没完成呢。得染完发，才算大功告成。

染料要在头发上保留四十五分钟，于是我一边等，一边把打开的报纸摊在咖啡桌上阅读。头皮有些刺痛和灼烧感，化学品的强烈气味让我头晕。这些文章通篇都是坠机的细节，尽管并不完整，只有从与空中交通管制员的无线电通信中搜集到的信息，却也足以让我冷静下来，迫使我反省自己做过的事。起飞大约两小时后，他们飞越了佛罗里达，来到大西洋海面上，此时飞机的一个引擎熄火了。飞行员试图掉头，用无线电呼叫迈阿密方请求紧急着陆，但是没有成功，最终在离海岸近六十公里的地方坠入了大海。文章里全是国家运输安全委员会官员的各种声明，当然，还有罗里代表遇难者家属发表的声明。目前还没有关于营救细节的报道，只称仍在进行中。

我试着想象，自己的包、手机、粉色毛衣都从伊娃的身体上甩下来，漂在水里，等着人们捞起来辨认。或是，它们和海底的沙堆融为一体，很快就消失无踪。我不知道他们是否会试图找回那些遗体，甚至不知道能不能找得回。如果他们发现有的牙齿记录与旅客名单上的人并不匹配，又会发生什么呢？

我做了几次深呼吸，专注于背后的生物原理。氧气会进入我的血液，滋养我的细胞，然后把二氧化碳释放到周围安静的空间里。

吸进，呼出；一次，又一次。每一次呼吸都在提醒着自己：我成功了。我活了下来。

四十五分钟后，我盯着伊娃浴室镜子里的自己惊讶不已。单独看——我的眼睛、鼻子和微笑——我能认出原来的自己，正回看着我。但是作为一个整体呢？我是一个全新的人。如果有人觉得我很熟悉，他们会去自己心底的不同角落和生活里的不同地方寻找。会不会是工作中或大学里认识的人呢？或许是以前邻居的女儿？他们是不会想到曾死于空难的罗里·库克之妻的。

这个外观很适合我，我喜欢它带来的自由气息。以前，罗里总是坚持让我留长发，这样我就可以在正式场合绾起头发，在休闲场合散下头发，因为他认为这样更有女人味。我咧嘴一笑，惊讶地看到似乎是母亲和维奥莱特在对我微笑。

伊娃床边，床头柜上的时钟指向七点，我不禁想到如果我仍在纽约过自己以前的生活，那此刻我正在做什么呢？或许我会坐在丹妮尔对面的办公室里，概述我们今天的日程安排。她把这叫作早会。我们会讨论日程表，包括会议、午餐，还有晚上的活动。我会把我需要她在今天完成的任务交代给她。不过如果我的计划成功了，我可能正身处加拿大，也许是在一列向西行驶的火车上。我会在新闻中寻找任何关于自己失踪的线索，飞机失事只是一个悲伤的故事，可能会吸引一会儿我的注意力。然而，这却成了我一生的转折点。

我回到我的电脑前，打开美国有线电视新闻网的主页，点击一篇名为《罗里·库克的第二次心碎》的感人短文，我的照片和玛吉·莫雷蒂的照片放了一起。他们重提二十五年前玛吉的死亡以及针对罗里是否涉案的后续调查。我第一次意识到，自己和玛吉有多么相像。关于她的信息我已经知道了一些。她是耶鲁大学的田径明星，在那里她遇见了罗里，而且她也来自一个小镇。但我并不知道，她在比我还小的时候父母也去世了。看见我们两人的照片摆在一起，我不禁怀疑，罗里心中是否有喜欢的类型，锁定了那些孤身一人在世、或许会渴望加入像库克这样显赫家族的女人。我知道我一开始是这样的。

大学毕业两年后，我们在一个外百老汇的剧场相遇。他坐在我旁边的座位上，开演前便和我攀谈起来。我立刻认出了他，但他本人的魅力和风趣让我措手不及。罗里比我大十三岁，身高至少一米八三，淡棕色的头发中挑染着金色，蓝色的双眸似乎可以直接看透我。我在被他注视的时候，感觉整个世界都淡去了。

幕间休息时，他请我喝了一杯饮料，告诉我库克家庭基金会将为市中心贫民区的学校举办一个艺术项目。这些都使他变得立体，不仅仅是我从杂志上认出的一张脸。他热爱教育，愿为世界变得更加美好付出一腔热血。戏剧结束时，他问我要了电话号码。

最初我一直保持着距离。像罗里这样的成熟男人——有金钱、有权力、有关系——不是我能觊觎的。我既不博学，也没有那么好的行头。但他一直在以微妙的方式坚持着，比如当基金会为了艺术教育项目与某组织接洽时碰了壁，他会打电话询问我的建议，或者他会邀请我去他们的一所项目学校里参加一个展览。他想用家族的资金去改善他人的生活，正是他这种慈善的愿景吸引了我。

这些都给我留下了深刻的印象，可我爱上的却是罗里的脆弱——他曾经努力争取，却未能得到过他母亲的关心。"我当时还是一个小男孩，很难不怨她离开那么久，她曾在华盛顿待上数月。"有一次，他告诉我，"母亲不断地竞选——为她自己，或为他人，还有那些她为之鞠躬尽瘁的事业。但是现在我明白为什么竞选对她如此重要了。她给人们的生活留下了如此巨大的影响。我甚至会被人当街拦下，他们是想告诉我，他们有多么敬爱她。多年前母亲做的事，至今依旧影响着他们。"

可是继承这种荣耀总要付出代价。不管罗里喜不喜欢，他都被母亲定义着。若你在谷歌上搜索罗里·库克，结果里也总是会出现他的母亲，比如她和小罗里一起度假或竞选的照片。罗里十三岁时参加过一次他母亲的政治集会，背景里他闷闷不乐，双手抱肘，脸上长着青春痘，还眯着一只眼睛。

还有数百张罗里遵从库克家族基金会命令拍摄的照片，这是他母亲留给世界的临终礼物。人们喜欢罗里，因为他几乎就要成为的样子。他已用整个成年时光试图从母亲长长的阴影里走出来。

我关掉美国有线电视新闻网的主页，切换到罗里的收件箱，小心翼翼地避免打开任何未读邮件。收件箱左手边至少有五十个文件夹，每个文件夹都对应着基金会资助过的机构。有一个命名为克莱尔的埋在这一长串文件夹之下。我点开后浏览着里面的唁函，成百上千，一页又一页，来自他的家庭朋友，他母亲的参议院同事和那些曾与基金会共事过的人，大家很快便表达了慰问之情。若有任何需要请告诉我们。

我点开一封关于坠机的最早报道出现几个小时之后，布鲁斯发给丹妮尔的电子邮件，那时我还没有被公开列为遇难者之一。布鲁斯给罗里发了抄送。邮件标题写的是细节。

> 我已经在起草声明，应该能在所有筹备中的新闻发布会之前准备好。丹妮尔，请处理好在纽约的工作人员。他们不可以和任何人通气。提醒他们，他们都还在保密协议期内。

另一个名为谷歌提醒的文件夹里大多是未读通知。每当罗里的名字出现在网上，他都会收到一封相关邮件。丹妮尔的收件箱里也有这些信件，因为她的工作就是对此进行分类，并向罗里简要汇报他可能漏掉的重要信息。我的思绪又飘回到上周，丹妮尔和我参加完图书馆之友的活动，回家的路上，我盯着窗外曼哈顿泥泞的街道，丹妮尔翻阅着当日的谷歌提醒。"《赫芬顿邮报》上的一篇糟糕文章，"她几乎是自言自语地说道，"垃圾。"我转过身，看到她正一个接一个地删除提醒，只打开来自主流媒体的信息。她看了一下我的眼睛，说："只要竞选一开始，我们就要招一名实习生干这事。现在每天几百条，到时会变成每天几千条。"

如今，我浏览着空难之后长长的未读通知列表，不禁戏谑一笑。太惨了，丹妮尔。

我点开了"文档"。一片空白。现在最上面写的是布鲁斯·科科伦于三十六小时前最后编辑。

我喝了一口健怡，碳酸让我鼻子有些发痒。没有人会想到我竟不在那架飞机上。太阳已经升起来了，我打量着房间，硬木地板上铺着深红色地毯，与涂成暖黄色的墙壁形成了美丽的对比。这让我想起了我母亲客厅里的颜色，就在这一刻，我感觉到自己被保护起来，像一只冬眠的熊。世界在没有我的状态下继续前进，我就藏在这里，没有人看得见，我可以等安全了再出来。

出于好奇，我小心翼翼地拉开伊娃桌子顶层的抽屉。我住在她家，穿着她的衣服，以后我将不得不使用她的名字——至少要用一段时间。如果能了解她是谁，将对我很有帮助。

刚开始我有点儿犹豫，似乎在害怕如果自己移动太多东西，就会有人知道我来过这里。大部分我找到的都很普通：褪色的、看不清的收据，几支没水的笔，几本当地房地产中介的信纸。我愈加放松下来，往抽屉里面伸，把一堆乱七八糟的图钉、回形针，还有一个小小的蓝色手电筒拨到前面，想透过这堆乱七八糟的东西，看到背后那个把它们胡乱扔进来、相信会有时间来整理的人。

两个小时后，我坐在办公室的地板上，文件在我身边散落一地。我已经清空了桌子，把里面的东西都翻了一遍。银行对账单，水电费和有线电视的账单，这些都在伊娃名下。我还在壁橱里发现了一个盒子，里面装着更重要的文件，包括她的车辆登记证和社会保障卡等。但是我对没有的东西感到震惊。没有结婚证。长时间患病、死亡后，应该看到的保险文件也没有。我又想起了昨天回来一直困扰我的伊娃家的事，只是这次问题更突出了。这里没有一点人情味。一点照片或带有感情的物件都没有。没有任何证据能表明除了伊娃还有其他人住在这里。如果说她无法直面挚爱亡夫的所有物，那这里真没有留下任何能让人想起他的东西。

　　我努力为没有的东西找一个借口。也许是她丈夫信用不良，所以全部账单都在她名下；也许是由于太过悲痛，所有与他有关的东西都被装箱放进了车库，在房子里什么都没有留下。然而，这些感觉都经不起推敲，不过是一些褪色的捏造，根本不真实。

　　我从盒子里拿出最后一份文件，打开。这是两年前以现金全款买下这一侧复式公寓的第三方托管文件。最上面只有她的名字。伊娃·玛丽·詹姆斯。在名字下面，单身旁边的框打了钩。

　　我脑海里还能听到她的声音，想起她谈起丈夫的样子。他们从高中起相恋，已经在一起十八年了。伊娃描述她要帮助丈夫死去的决定时，她声音里的情绪难控，泪水夺眶而出。

　　她说了谎。她他妈的说了谎！全部。

伊娃

加州伯克利

8 月

空难前六个月

在约定与布列塔尼会面的十分钟前，伊娃把车停在了蒂尔登公园外的停车场，而不是开到里面。她更喜欢默默进出，悄无声息地来，再悄无声息地走。她把包裹塞进大衣口袋，转身走向一条小路，小路通向一片小空地，她曾在那里学习，那都是她上辈子的事儿了。

茂密的树在小路上投下斑驳的阴影，尽管夏季还有一个月，可已经有清凉的风从海湾吹来。虽然天气晴朗，万里无云，伊娃也只能遥遥望见远处的旧金山湾，看到太平洋上方聚集的云团，她知道再过几个小时景象就会改变。她把手深深地插进她最喜欢的军绿色外套的拉链口袋里，隔着包装纸摸着药丸的轮廓。

身边的那些树是伊娃的老朋友。她从树干的形状和树枝的伸展样貌就认出了它们。她试图让自己回到过去，那时她下课后会来这里，如果天气暖和，她会把书摊在野餐桌或草地上。有时伊娃会看到那个女孩儿的身影，就像路过的火车影像。她看见了一种不同的生活：若依旧是那样，自己会有一份固定的工作，还有一些朋友。只要这样一想，她便会难过好几天。

到达空地发现只有她一个人时，她松了一口气。那张伤痕累累的木桌仍然立在一棵巨大的橡树下，树上拴着一个混凝土垃圾桶。她走到桌子旁边坐下，又看了看时间，那个熟悉的地方把她的思绪拉回到过去。

菲什在伯克利和奥克兰经营地下毒品组织，德克斯为他卖命。"大多数毒贩很快就会被抓起来。"德克斯一开始就警告过她。他带她去索萨利托的一家海滨餐厅吃午饭，向她解释以后要做的工作。海湾对面，旧金山被浓雾笼罩，只能看见最高建筑物的顶部。她想到了抚养她长大的圣约瑟夫和修女们，这些被深埋在她假想的浓雾里——假想自己还在学校钻研化学，未来顺利毕业，载誉而归，而不是被开除三天后睡在德克斯的备用卧室，还要去药物销售和分销速成班上课。伊娃把目光移开，又集中在德克斯身上。

　　德克斯继续说道："你做的产品有一个非常特殊的市场。你只能卖给我介绍给你的人。这样才能保证你的安全。"

　　"我很疑惑，"伊娃说道，"现在我是制药的还是干销售的？"

　　德克斯双手交叉抵在桌上。他们已经吃完了，服务员把账单塞到德克斯的水杯旁边，走开了。"这些年，菲什一直希望能长期留住优秀的药剂师。可他们总认为自己单干能做得更好，事情就变复杂了。所以我们要在你身上尝试一些不同的东西。"他说，"你每周要制得三百片药。作为报酬，你可以留下一半，菲什会让你自己去卖，获得百分之百的利润。"

　　"我要卖给谁呢？"她问道，突然觉得不自在，想象自己正与吸毒成瘾的人面对面。他们可能会变得十分暴力，像她母亲那样。

　　德克斯笑了。"你要为特定的客户提供重要的服务——学生、教授和运动员。五片可以卖到两百美元左右。"德克斯告诉她，"你每年可以轻松净赚三十万美元。"看到她惊愕的表情，他笑了，"这只在你遵守规则的情况下才有效。"德克斯又警告道："如果我们听说你在拓展业务，或向瘾君子出售毒品，你就把所有人和所有事都置于危险之中了。明白了吗？"

　　她点了点头，向门口焦急地瞥了一眼："菲什呢？我还以为他今天会来呢。"

德克斯笑着摇了摇头。"老天，你还是新手呢。我忘了你根本不知道这是怎么回事。如果你的工作做得好，你永远不会遇到菲什。"她肯定一脸困惑，因为他接着解释道："菲什把上下线分隔开来。这是他保护自己的方式。任何一个人知道得太多，就会成为别人的目标，不是竞争对手的，就是警察的。我是你的联络人，会确保你的安全。"德克斯把几张二十美元的钞票扔在桌子上，然后站了起来，用餐结束。"如果你照我说的做，你就会过得很好。只要你遵守规则，就会很安全。"

"你不担心被抓住吗？"

"不管你在电视上看到的是什么，警察只了解他们抓到的人，而且他们只能抓到愚蠢的人。但是菲什并不愚蠢。他这么做不是为了权力。他是一个考虑长远利益的商人。也就是说他扩展业务很缓慢，这样可以更好地选择客户和为他工作的人。"

她早就迫不及待地要开始了。这听起来很简单。而且系统很有效。唯一的困难是在校园里和同龄人待在一起，她不得不面对刚刚失去的生活。走过她的宿舍，里面还是原来住的那些人。没有她，化学楼还是正常上课。体育场上韦德继续闪耀。还有一年后，本该属于她的毕业典礼。她仿佛跨越了某种屏障，在那里她可以看到自己过去的生活仍在继续，但没人能看见她。只是随着时间的流逝，学生们变得越来越年轻，很快校园里就全是新人了。一时的损失烟消云散，正如所有的损失一样，取而代之的是更坚硬、更强壮的东西。伊娃现在能看到她当时看不到的东西。所有的选择都有其后果。重要的是你如何处理这些后果。

伊娃的目光追随着一条蜿蜒的小路穿过蒂尔登公园数百英亩的土地。这次会面让人感觉有些不对劲。她的直觉经过这么多年的精心调整，发出了强烈的声音。她会再给布列塔尼十分钟，然后离开。回到她的车里，开车回家，然后关上门，忘记这个女人。伊娃努力保持头脑清醒。不要自满，也不要马虎。尽管这份工作有时感觉很单调——在实验室里没完没了地工作，与德克斯或客户快速交接——但这份工作很危险。

以前，在她第一年开始这一行当时，德克斯有时在黎明前就会叫醒她，轻轻敲她的门。"跟我来。"他说。于是她从挂钩上拿下外套，跟着他穿过空荡荡的校园，小路上仍然亮着灯。

他们一言不发地向西走，经过田径场、餐馆和在黎明前关门的酒吧。她在一个街区外就看到应急灯闪烁。警察，救护车，犯罪现场黄色警戒线封锁了一家廉价汽车旅馆外的人行道，他们只能过马路。

德克斯用胳膊环住她，紧紧地搂着，好像他们是一对深夜外出后正要回家的夫妇。他们走近时放慢了速度，伊娃能辨认出一具尸体，一摊血从下面渗出，一只没穿鞋的脚，白袜子几乎在发光。

"我们为什么要来这里？你认识那个人吗？"

"嗯，"他回道，声音沙哑，"他叫丹尼，给菲什提供毒性更大的东西。可卡因、海洛因之类。"

德克斯拉着她走了过去，他们拐过街角，红色和蓝色的灯光仿佛仍在眼前闪烁。"他怎么了？"

"我不知道，"德克斯告诉她，"像你一样，我只看我被允许看到的东西。但如果要我猜的话，他要么是为两家服务——为菲什的某个竞争对手工作——要么就是搞砸了，被警察抓住了。"他停顿了一下，"这就是菲什的特点。他不会花很多时间问问题。他只会解决问题。"

伊娃无法从她的脑海中抹去那个形象，那个扭曲的身体，那惊人的血量，比她想象的还要多，这是一个只有在噩梦中才会出现的黑红色调。

德克斯把手臂从她身边放下来，早晨的冷空气使原本被他胳膊覆盖过的地方感到阵阵寒意。"菲什是强大的盟友，但也是无情的敌人。他会毫不犹豫地除掉任何背叛他的人。也许把你带到这里是个错误，但我需要你亲眼看看如果你跟他作对会发生什么。"

伊娃使劲咽了咽唾沫。在那之前，她一直自欺欺人地相信这份工作和其他工作没有什么不同——大部分都是例行公事，也许在某种抽象意义上有点儿危险。德克斯让她远离了最糟糕的情况。直到那天早上。

"你没有任何秘密可言。"德克斯警告道。他们走回她所在的街道时，夜空终于变成了浅灰色。他把她送到走廊里，随后消失了，这让伊娃怀疑这一切是不是她做的一个梦。

伊娃正要从野餐桌上离开回到自己的车里，这时一辆奔驰越野车停在了路边，方向盘后面是一个漂亮的女人。在后座，伊娃可以辨认出一个儿童座椅，谢天谢地，里面是空的。伊娃那挥之不去的不安在加剧，她深吸了一口气，提醒自己是她在掌控着一切，随时都可以离开。

她看着那个女人下了车。"谢谢你来见我！"她叫道。她的衣服都是昂贵的休闲服，头上顶着一副香奈儿太阳镜，脚上穿着及膝的 UGG 靴子，搭配着名牌牛仔裤。这样的派头和伊娃以前那种只吃得起拉面的穷学生简直大相径庭。

离近一些，伊娃可以看到那个女人红肿的眼睛，尽管她的妆容无可挑剔，她的皮肤仍看起来疲倦而松弛。另一种恐惧感掠过伊娃的全身。

"对不起，我迟到了。刚才我得等保姆来。"她伸出手和伊娃相握，"我是布列塔尼。"

伊娃忽略了那只伸出的手，双手插在口袋里不动。于是布列塔尼放下手，开始在手提包里翻找，好像刚刚想起了她为什么来。"我希望能买到比我们说的更多。我知道我要求了五片，但我真的需要十片。"她从手提包里掏出一沓现金递给伊娃。"这是四百，不是两百哟。"

"我只带了五片。"伊娃说道，没有接过钱。

布列塔尼摇了摇头，仿佛那只是一个小插曲。"我可以明天再来见你一次。同样的地方，如果你可以的话。"

海湾上的云团终于朝这边涌来，掠过太阳，投下灰色的阴影，光线随之变暗。突然起风了，伊娃把外套拉得更紧。布列塔尼回头看了看，然后压低了声音，尽管周围只有她们俩。"我们周六要去旅行，"她继续说道，"要到下个月才回来。我只是想确保自己不会缺药。"

伊娃的身体绷紧了。这个女人开着一辆豪车，穿着昂贵的衣服，手指上还戴着一颗大钻石，但有一件事，她需要药丸来完成一项艰巨的任务。这个女人似乎得靠药来维持日常生活。但伊娃的抗拒与自身有关，好像恐惧是从她内心最黑暗的角落冒出来的，那种滚烫令她吃惊。这是一个像她母亲一样的女人。

"我觉得我帮不了你。"伊娃说。

"至少让我把你带的东西买下来吧。"布列塔尼大声说，声音好像能穿透这片空旷之地。"求你了！"

伊娃的目光扫到布列塔尼手背上的几块痂，这些痂被紧张的手指抓得又红又疼，她狂躁地用力抠着手。而伊娃只想离开。

"我们到此为止了。"伊娃说。

"等等！"布列塔尼说道，伸手去抓伊娃的胳膊。"告诉我怎么做才能让你改变主意！"

伊娃猛地往后一拽，转身走开了。

"别这样！"布列塔尼在她身后劝诱道，"这就是我们在这儿相见的原因。你完成交易，拿到钱，而我得到我想要的，我们双赢啊！"

"我不知道你在说什么，"伊娃回过头来喊道，"你一定是认错人了。"然后她大步走向蜿蜒穿过树林的小径，走下山坡，来到停车场。

经过越野车时，她向车窗里看了看。后座上散落着麦片，一个空的吸管杯，还有一条粉色的发带。伊娃放慢脚步，想知道这个孩子的生活是怎样的，因为她和一个需要足够药品来满足毒瘾发作需求的母亲住在一起。她想知道自己的母亲是否也像布列塔尼一样，在一个废弃的公园里买毒品，而伊娃则被留在家里，由保姆照看。在这一切的背后，她恨自己那一闪而过的嫉妒的低语，因为这个小女孩还能认识她的母亲，而伊娃却不能。

当伊娃走进树林时，她听到布列塔尼在她身后大声咒骂。然后她听到车门砰地关上，引擎加速，轮胎嘎吱作响离开了路边。她回头一望，看见那辆车在路上转弯时撞到路缘打了滑。伊娃屏住呼吸，准备好听到撞击声，但她并没有等到，于是她匆匆回到了自己车里。

伊娃在红灯前等着时又见到了那个女人，她在停车场出口正对面的加油站。还是那辆越野车，布列塔尼从敞开的车窗探出头来，和一个站在一辆矮轿车旁的男人说话，那辆车的车窗是有色的，挂着政府牌照。布列塔尼递给那人一张纸条，他把纸条塞进了运动外套的口袋里。

绿灯了，伊娃仍然盯着布列塔尼，先前的不安又回来了，很快变成黑暗的恐慌。在她身后，有人按喇叭，让她把注意力转移到道路上，继续往前开。当伊娃开近时，她试图尽可能多地捕捉细节。那个男人留着棕色短发，戴着镜面太阳镜。她还注意到他运动外套下面的枪套轮廓。开车离开时，她还在想布列塔尼刚才到底是在扮演什么角色。

回到家，伊娃把车开进房子旁边的小车库，随后关上大门，用挂锁锁上。她很想进去给德克斯打电话，但她的新邻居正坐在前门的台阶上，好像在等她。"该死！"她低声嘟囔着。

看到伊娃后，女人脸色缓和了。"我摔倒了，"她说，"踩空了最后一级楼梯，摔了一跤。我想我的脚踝扭伤了。你能扶我进去吗？"

伊娃朝街上瞥了一眼，又想起加油站的那个男人，想起他塞进外套里的纸条。她没时间管这些。但她不能把那个女人留在门廊上。"好。"她说。

伊娃扶着女人站起来，这才惊讶地发现她竟然这么瘦小。她只有一米五多点，六十多岁，身子骨虽然瘦削但很结实。伊娃扶着她，她一边抓着栏杆使自己身子向上挺，一边单脚跳着来到台阶上面。伊娃让女人喘匀了气，然后一起走到门口，走进她的房子。

地板上铺着暖色地毯，搭配米色沙发。餐厅的一面墙被漆成了深红色，空了一半的货运箱凌乱地堆放在角落里。伊娃把她扶到椅子上，女人坐了下来。

"你想要冰块吗？"伊娃问道，急切地想马上料理完这里的事。她需要联系德克斯，弄清楚发生了什么事，问问该怎么做，而不是在这儿给邻居当保姆。

"我们从名字开始吧，"她说，"我叫莉兹。"

伊娃努力抑制住越来越恐慌的情绪，感觉到时间在流逝，而她却陷入了和话痨邻居的某种闲聊"异时空"中。但她还是微笑着说："我叫伊娃。"

"很高兴终于见到你了，伊娃。是的，我想要一些冰，从那儿穿过去就能看到，如果你不介意的话。"

伊娃终于被放行了，她走进空荡的厨房，里面除了水槽边柜台上的几只盘子和玻璃杯，什么也没有。莉兹在冰箱里放了一盘冰块，于是伊娃把冰块掰开，堆在抹布上，用抹布包好。接着她从水槽旁边的碗碟架上拿了一只杯子倒满了水。她注意到自己的手在颤抖。然后她把这些都带回客厅，递给莉兹。伊娃正要找借口离开，莉兹开口道："请坐，陪我待一会儿吧。"

伊娃又飞快地瞥了一眼窗外空荡荡的街道，然后坐到一把椅子上，好盯着外面。

莉兹笑得更开心了。"我在这里认识的人还不多，"她说，"我是普林斯顿大学的客座教授，这学期教两门课。"

伊娃礼貌地笑了笑，莉兹说她多么期待加利福尼亚的冬天时，她只是漫不经心地听着，然后又想了一遍和布列塔尼的相遇。布列塔尼说的话，颤抖的手，还有她那么渴望达成交易的样子，任何交易都行。渐渐地，伊娃的思维变慢了，恐慌的情绪逐渐平息。她刚才十分紧张，但她总是提醒自己，她没有做过任何违法的事。此刻她在莉兹的起居室里很安全，可以清楚地看到街道，听莉兹解释为什么她宁愿租一套公寓，而不愿服从政策住在教师公寓。她几乎能感觉到自己的血压在下降。

"现在告诉我吧，"莉兹说道，"你是做什么的？哪里人呀？"

伊娃把目光从窗口移开，给出了标准回答。"我在旧金山长大。目前在伯克利市中心的杜普里餐厅当服务员。"然后她把话题转回到莉兹身上："这么说您是教授？您教什么呢？"

莉兹拿起水喝了一口。"政治经济学，"她说，"经济理论和伴随的政治经济制度。"她笑了笑，"我向你保证，这是一门迷人的学科。"

莉兹把冰块拿了下来，查看自己的脚踝，小心翼翼地转动着。伊娃看着她。莉兹抬起头，咧嘴笑了："不是扭伤。真是松了口气，要不，挂着拐开始新学期可真是个挑战。"

尽管莉兹身材矮小，但她的声音低沉而洪亮，这让伊娃平静下来。莉兹的声音在伊娃体内震动，使她呼吸得更深，也听得更认真了。伊娃想象着莉兹站在一个大讲堂前，声音传到最远的角落。笔在纸上涂写，沙沙作响，有人在笔记本电脑上快速敲击，学生急切地记录下莉兹所说的一切。

　　伊娃坐在莉兹的沙发上，看到一辆政府轿车沿街开过去，慢慢停在了路边。在加油站和布列塔尼说话的那个人下了车，走到她们前面的小路上。

　　她把自己都没意识到的脑子里的点联系起来，从他是怎么找到她家这个问题，来到必然的答案——一定有别人在跟踪她。一个她没见过的人。

　　伊娃突然站起来，朝莉兹走去，远离了窗户。"您确定不需要看医生吗？"

　　莉兹把冰块放回脚踝上，说道："我跟你说我需要什么吧。你把这杯讨厌的自来水倒掉，然后给我倒满伏特加。你自己也去拿一个杯子。酒在冰箱里。"隔壁传来的微弱敲门声引起了莉兹的注意。"我想有人在敲你家的门。"她说道。

　　伊娃透过百叶窗窥视，看见那个男人往她的信箱里塞了什么东西。她身上的每一根神经都因恐惧而发麻，催促着她赶快逃跑。她朝门口匆匆看了一眼，进到莉兹的厨房，想象着自己冲出房子后门，又穿过后院的栅栏门，沿小巷一路狂奔到德克斯家，问他要答案。

　　但她深吸了一口气，提醒自己她所做的只是在公园里和一个女人说了话。她没有卖给她任何东西，甚至自始至终都没有给她看任何东西。德克斯过去经常在她害怕时给她建议。只有心虚的人才会逃跑。这正是他们等着你做的。所以不要跑。

　　"我见过这家伙，"伊娃撒了个谎，"警报公司卖套餐的。你得假装不在家，否则他会唠叨个没完。"

"我讨厌上门推销员。"莉兹说。就算她觉得接下来他没有到她家门口来很奇怪，她也没有说出来。

伊娃站起来说："我想我得去拿些酒来。"她至少得喝上一杯。

克莱尔

我离开伊娃堆满文件的办公室，穿过走廊，决心弄清楚我的怀疑——伊娃跟我说的关于她自己以及她在逃避什么的话都是假的。我快速打开壁橱门，在一堆衣架里翻找，想找到她那"深爱着的丈夫"的证据。至少，他以前放衣服的地方应该空出一大块吧！但是我只找到几件漂亮的上衣，几条裙子，几双靴子，还有平底鞋，都是伊娃的。我拽开梳妆台抽屉，看到一些衬衫、牛仔裤、内衣和袜子。我被梳妆台镜子里闪过的那个陌生、崭新的自己吓了一跳，这样看真的和伊娃很像，像得我几乎一瞬间以为是她回来了，是她在这里，而死的人是我。去他妈的《辣妈辣妹》！

我倒在伊娃的床上。自己相信的一切——关于伊娃，关于她的生活，关于她为什么不想待在这里——都在我的脚边变得支离破碎。如果她没有丈夫，那么就不存在他的死亡调查。如果没有调查，那一定还有别的原因让伊娃迫切地想要与我交换目的地，然后消失。

我笑了起来，我这个筋疲力尽的女人，疯狂不断升级，在理智的边缘摇摇欲坠。我想到她说过的所有谎言，那副一本正经、严肃认真的样子。我在脑海里听到她的声音，告诉我要冷静，快点滚出她的房子。我傻笑，她的声音听起来是多么刺耳，我居然还能这般清晰地回想起来。

我们谁也没想到会发生这样的事。我们只是在交换机票而已。我不应该打车来她家，不应该打开她的家门，更不应该走进她的生活。不管我走进了什么地方，现在我人都已经在这儿了，这都是我自找的。

我回到了伊娃的办公室，面前的屏幕上有打开的文档，于是我仔细查看了伊娃的一份银行对账单，浏览了她每月的开支，比如买食品、给车加油、去咖啡店等。银行每个月都会自动扣除所有费用，包括有线电视和废品服务，里面还有两千美元的余额。从一个叫杜普里牛排屋的地方直接打来的，每笔九百美元。伊娃远没有足够的收入支持她全款购买现在的房子。

正如我所料，既没有医疗账单，也没有共同支付，更没有药店支出。我感到一丝佩服，一个骗子能用尽花招编造出如此离谱的谎言。当时我全神贯注，并没有注意到，她把登机牌平稳地放在我们之间的吧台上时，不过是一场安静的引诱。她那番对融入伯克利是多么容易的形容，以及让我意识到自身渴望和恐惧的巧妙方式，都在诱惑我与她同流合污。

伊娃的车辆登记证显示，她开的是一辆旧本田，极有可能藏在附属的车库里。一个聪明到策划出这种事的女人是不会把车停在机场或火车站，把那些地方当作出发点的。不过我不想跟她的车扯上任何关系。如果有人在找她，肯定会从她的车开始。不过若我需要车子的话，知道在哪儿有辆车，也不错。

很快我就把伊娃桌子上的其他东西整理完毕，都是些没有水的笔和缠在一起的回形针，一些空信封，还有几个没有数据线的充电宝。然而我没有看见自己想找的东西。这里并没有留下生日卡片或约会提醒，也没有照片、笔记或感伤的纪念品。我开始怀疑不仅是伊娃的丈夫，连她自己的身份也都是编造的。

我看了看桌子的左边，那里有一个空垃圾桶，接着我的目光落在半露在桌子后的一张小纸片上，似乎有人想扔却没扔掉。我捡起纸片，抚平。这是一张小卡片，上面字迹很小，这种歪歪斜斜、模糊不清的字体只会在小学看到。战胜恐惧之后，你才能得到你想要的。

我试着想象伊娃写下这张卡片，后来又把它丢弃的画面。也许她不需要了，又或者，是她不再相信了。

我拿着卡片穿过走廊来到伊娃的卧室，然后把它塞到梳妆台上方的镜子后面，开始整理被自己弄得乱七八糟的东西。在叠伊娃的衬衫时，混着化学品气味的花香弥漫在周围的空气里。无意间，我看到一件红辣椒T恤，拿到身前比量。T恤很大，而且穿得很旧，是母亲和维奥莱特在加州之旅时穿的那款。红辣椒乐队是维奥莱特最喜欢的乐队之一，我曾答应过她，等她十六岁时我会带她去听一场他们的演唱会。这是她诸多再也没机会做的事情之一。我把T恤搭在肩上，随后关上抽屉。这件我要了。

我整理好梳妆台，确认真没有藏起来的钱或珠宝，也没有日记或不想让别人偷看所以藏起来的情书。除了虚构的丈夫，或许还除了住在罗里家中的我，再没有人过着如此空虚的生活了。

在房间另一侧，我坐到她的床边，打开了床头柜最上层的抽屉。里面有另一管昂贵的护手霜，我把它擦到胳膊上，闻起来是玫瑰香。还有一瓶退烧止痛的泰诺。不过在抽屉内侧的边缝夹着一张照片，这是目前为止我在伊娃家里看到的唯一一张。这是一张拍摄得很新奇的照片，伊娃和一个年长的女人在旧金山的一个体育场外摆着姿势。夸张的"巨人棒球队"横幅挂在真人大小的球员立牌后面。两个女人摆着姿势，头靠到一起，伊娃笑着将手臂搭在女人的肩膀上。她看起来轻松愉快，好像那道追赶她的暗影还没有出现。我很好奇，这是伊娃的朋友，还是另一个被她骗了的人。我想知道，伊娃所做的一切是否都仅是为了她自己的利益。

我想象着伊娃谎话连篇，让这个女人相信她需要帮助。我研究着这个女人的脸，想知道现在她在哪里，会不会来找伊娃，如果她瞧见我又会说什么——我的发型、发色都和伊娃一模一样，并且住在伊娃的房子里，穿着她的衣服。现在谁又是骗子呢？

在抽屉最里面的一把剪刀和一些胶带下面，我找到了一个信封，里面是一张十三年前手写的纸条，夹在后面的几页纸上。我把夹子拿下来，翻了一遍，文件来自旧金山一个叫圣约瑟夫的地方，是修道院还是教堂？上面的笔迹细长，且已褪色。我把纸条斜着侧向窗户，这样我能看得更清楚。

亲爱的伊娃：

见信好。希望你身体健康，读书用功，学到诸多！我写这封信是想让你知道，经过八十余年，圣约瑟夫教养院终于被县寄养系统正式接收管理。这可能是最好的方案，毕竟我们都在老去，包括凯瑟琳修女。

我记得你过去经常问起你的原生家庭，当时我们不允许回答你的问题，现在你已满十八周岁，我想把我们掌握的所有信息都告诉你，随信附上关于你入院的笔记复印件以及这些年你在这里的常规记录。若你想知道任何细节，需向县里申请官方记录。我想，克雷格·亨德森是负责你的社工。

你应该知道，上次寄养失败后，我找到了你生母的父母，希望他们能改变主意，但他们没有。因为你的母亲当时在与毒瘾作斗争，她的父母被看管和照顾她的重担压得喘不过气来。这是他们当初最先想到弃养你的主要原因。

然而，尽管有这样的开端，你已经成长为一个了不起的人。请你知晓，我们仍然会谈论你，并为你的许多成就感到骄傲。凯瑟琳修女经常在报纸上仔细找你的名字，希望重大的科学发现能和你有关。只是我得提醒她，你还在上学，可能还有几年才能毕业呢。我们欢迎你到访或来电，如此便能了解你在伯克利为自己构建的美好生活。你注定要去做伟大的事。

　　　　　　　　　　　　　　　爱基督的
　　　　　　　　　　　　　伯纳黛特修女

　　我把信放在一边，看着夹起来的其他文件。这些是三十多年前手写笔记的复印件，里面描述了一个两岁女孩来到天主教教养院逐渐适应的过程。

　　　孩子伊娃于晚上七时来到；母亲瑞秋·安·詹姆斯拒绝接受采访并签署了终止母亲权利的文件。圣约瑟夫已向县里提交了文书，正在等待回复。

　　另一页的日期是在二十四年前，相比之下没有那么官方。

　　　伊娃昨晚回来了。这是她第三次被寄养，恐怕也是最后一次了。只要上帝指示，我们便会一直留住她，在圣约瑟夫给她一个位置。克雷格·亨德森是负责她这次寄养的社工，也就是说我们以后不会再怎么见到亨德森了。

　　我脑海里浮现出一个伯克利的学生在楼下讲解科学课本的画面。也许她从未完成学业，要么是负担不起学费，要么是成绩不够好而无法毕业，导致她成为一家牛排餐厅的服务员。而且还是个骗子，在纽约机场谎话连篇。

　　这也解释了为何房子这般空空如也，没有任何伊娃可能积攒下来的家人的东西，比如相册、生日卡和笔记。我知道每天独自醒来是什么感觉，没有家人关心你的安危，你的内心，你的喜怒哀乐。至少在我生命的前二十一年里，我曾有过来自家人的关心。然而伊娃可能从来都没有过。

　　这就是死亡的感觉，遗留下太多未完成的事。这种感觉仍然像一条牢固的线束缚着你，总是把你引向"要是……该多好"的思考。

但"要是……该多好"只是一个无用的问题，就像聚光灯照亮了一个空荡荡的舞台，照亮了从来没有也永远不会出现的东西。

我把信塞进信封，放回到抽屉里，试图想象这个新伊娃。可是她舞动着，像水银一样转瞬即逝。从不过多停留，让我没法看清，一直在我的视野之外。

我要去冲个澡，掉落到脖子后面的头发很痒。我唯一的衣服就是在肯尼迪机场洗手间从行李箱里掏出的几件：牛仔裤和一套内衣。除了身上的，并没有其他文胸和袜子。我看了看包和伊娃的梳妆台，里面装满了不属于我的衣服，不只牛仔裤和衬衫，还有贴身衣物。这再次击中了我——我几乎一无所有。再次拉开装着她内衣的抽屉之前，我很犹豫，胃在收紧，抗拒着穿她衣服的想法。我闭上眼睛，想到其他人不得不依靠比"穿别人的内衣"更可怕的方法生存下去。这是纯棉的，有弹性，我对自己说道，也干净。

我从包里拿出自己的衣服，想知道一个人能否在只有两套内衣的情况下无限期地生活下去。然后我快速走到走廊，从毛巾柜里拿出一条毛巾，在浴室里打开热水。房间蒙上水汽，模糊了我在镜中的倒影，直至变成一个隐约的轮廓——一个匿名女人的模糊复制品。我可以成为任何人。

冲完澡穿好衣服，我站在伊娃房间的镜子前，空气中弥漫着她的香皂和乳液的陌生玫瑰香味。镜子里一个留着金色短发、颧骨尖尖的陌生人回看着我。我走到梳妆台前，伊娃的钱包就放在那里，我掏出她的驾照，和她的脸一比，一股乐观的情绪在我心中滋生。

我熟悉这种即将开始新生活的兴奋感。遇见罗里时我也有这种感觉，彼时一切似乎都闪烁着希望的光芒——站在曾经的自己和想要成为的自己的分界线，一切都有可能。

一个掩人耳目、隐匿自己的故事逐渐成形了，我可以给任何询问的人一个解释。伊娃和我一起在教养院长大。我可以跟警察聊伯纳黛特修女和凯瑟琳修女。如果他们问伊娃去哪了，我又为什么在这里，我就告诉他们我准备离婚，而伊娃正在旅行，所以就让我住在她这里。

她去哪儿了？

我盯着镜子里的自己——不完全是伊娃，也不完全是克莱尔——演练似的回答："纽约。"

回到伊娃的办公室之后，我便开始整理起来，把她的文件分类装好，不知道下一步该做什么。就在这时，我的电脑屏幕上突然有文本弹出，首先是一个罗里打的句子。底特律之行。然后在电脑的右手边，他添加了一条评论。

> 罗里·库克：
> 那个联邦快递包裹你怎么处理了？

几乎立刻跟来一条回复。

> 布鲁斯·科科伦：
> 钱放在了抽屉里。身份证、护照，还有其他东西，都撕碎了。

> 罗里·库克：
> 信呢？

> 布鲁斯·科科伦：
> 扫描后撕碎了。

> 罗里·库克：
> 那女人他妈的是怎么搞到假护照和假身份证的？

省略号表示布鲁斯正在打字回应，我屏住呼吸。

布鲁斯·科科伦：

不知道。国土安全部早已对伪造者进行严打，但克莱尔的那些看起来是真的。我查了她旅行前几天的手机活动，她那天早上打过一个号码，可我们匹配不上任何她认识的人。我们还在调查中。

我等着他们继续，然而没有新的消息出现。随后评论一个接一个地消失，"文档"本身里的字也都消失掉。而且右上角布鲁斯的图标没有了，只剩下罗里的图标。我得小心点儿，因为在"文档"里没有办法区分我和罗里的操作，一旦我开始点击一些东西，这些活动就会显示在他那边的电脑上，带着他的名字。所以我不能有任何动作，只能作为一个沉默的观察者，既无法追问，也无法让我的问题得到解答。我能做的，不过是眼睁睁看着对话在面前的屏幕上进行。

我没有任务了，而且距睡觉还有好几个小时，于是我打开了一个新标签，点开美国有线电视新闻网的主页，搜索有关坠机的新闻报道。有一条小新闻称他们已经计划好我的葬礼，安排在三周后的周六。罗里有足够的时间来策划一场盛大的招待会，可能就在纽约市内，很多达官贵人的名字都会出现在宾客名单上。

随后我点击凯特·莱恩的照片，我可以重看她最近的电视节目。我向下滚动鼠标，点开昨晚的新闻发布会，听国家运输安全委员会会长的答记者问。

在重新讨论了已经公布的细节之后，他结束了新闻发布会。我们仍在搜寻遗骸，进行家属认领工作。接下来会有更多信息出现。请公众对此保持耐心。维斯塔航空公司一直在配合联邦政府的所有要求。

　　正如我所预料的那样，提问比回答多。但就在镜头切回到演播室里的凯特之前，我的目光在人群之中捕捉到了什么。于是我把视频倒回去，重看了一遍结尾，看到时，我按下了暂停键。左手下方的角落里是一抹熟悉的颜色，淹没在常见的黑色和棕色派克大衣还有海军蓝风衣之间，那是一个身影模糊、发色淡金、穿亮粉色毛衣的女人，这样的形象显然与纽约二月寒冷的夜晚格格不入。

伊娃

加州伯克利

8 月

空难前六个月

这个人是卡斯特罗探员,接下来的几天里,伊娃到处都能看到他的身影。伊娃扔掉了男人塞进信箱里的名片,尽力装作对方并没有跟踪到自己家,还穿过走道敲了门。但他不断出现,她经常在超市的停车场遇到他,或者在走出一家咖啡店时看到他开车驶过班克罗夫特大街。他甚至出现在杜普里餐厅,每次都坐在不同的区域,让伊娃搞砸了好几单生意,而对方却悠闲地吃着上等肋排晚餐,喝着吉尼斯黑啤,惬意得很。

他完全不怕被人看见,却使她很担心。她很想知道此人在决定现身之前已暗中观察了自己多久。

后来德克斯终于给她回了电话,她要求立即见面。"布列塔尼是怎么介绍给你的?"她问德克斯。当时他们面对面坐在电报大道一家体育酒吧的地下餐厅里,身前的桌子上粘着啤酒渍,旁边是一张台球桌,周围半醉的学生正在看电视大屏幕上的橄榄球赛季季前赛。

"我有个从小一起长大的兄弟,后来他搬到了洛杉矶。他在城里认识了这个女人。她来这边后,他把我的名字告诉了她。他说这个女人会成为我的固定客户。怎么了?"

伊娃仔细观察他的脸,试图发现任何说谎、紧张的迹象或一丝内疚的神色。"之前她想从我这儿买货,但我没有卖给她。后来我看到她和一个联邦探员交谈。现在那个探员正在跟踪我。我去哪儿都能看到他。"

德克斯放下汉堡，表情严肃。"告诉我到底发生了什么。"

伊娃描述了布列塔尼如何被毒瘾折磨，还有她说话时战战兢兢的样子，以及她手上的那些痂。"我就想问，你为什么把一个你自己都没有审查过的人派给我呢？这不合规矩。"

德克斯注视的目光变得阴沉。"你想说什么？"

"我想说的是，在我见过你介绍的客户后不久，我就被一名联邦探员跟踪了。"

"他妈的。"德克斯把餐巾扔在桌上。"我要你停止一切工作。在收到我的消息之前，不要制造或销售任何东西。"

"你要怎么跟菲什解释呢？"她问道。

"我会处理好的。"德克斯告诉伊娃，"我的工作是保证你的安全。"

伊娃盯着他，掂量着他的话，她知道这个游戏是怎么玩的。到了最后，如果要选择是坐牢还是出卖朋友，他们这一行的人会做他们不得不做的选择。她并没有自欺欺人地认为德克斯会有什么不同，而且她也不能完全确定自己会有什么不同。

然而，是德克斯教会她如何评估风险，如何识别卧底探员和可能会让她暴露的瘾君子。她无法想象他会把她带入深渊，那样他自己也无法独善其身。

她被开除之后的几个月，住在德克斯家的空余卧室，用他厨房里的旧设备制毒时，他们一直在见一个人。他们看到他时，他就是一个头发蓬乱的学生，还不到二十岁，戴着耳机，套着松垮的裤子。

"你看他。"德克斯说。他们站在一个公交亭后面，好像在查看时刻表。那人等待时有点抽搐，耸耸左肩，摇摇头，但都不易察觉。

德克斯低声说道："你一定要先观察，看看有没有异常情况，比如他们是不是在 27 摄氏度的高温下还穿着毛衣，或者在下雨的时候穿着背心。这些都是线索，你必须要注意。看他的耳机，看有没有接入任何东西——线明明在他前面的口袋里，后面的口袋却显出手机轮廓，看见了吗？"伊娃点点头，把这些都记在心里，她知道记住这些才能保全自己。德克斯继续说："发现任何类似情况，你就继续往前走，因为有些事情不对劲。他不是瘾君子就是警察。"他神情严肃地看着她，灰色的眼睛紧盯她的双眸。"你的第一要务，也是菲什的第一要务，就是保证自己的安全。这就是他能在这一行坚持这么久的原因。"德克斯轻轻一笑，"也是伯克利和奥克兰警局内部那十个人能为他卖命这么久的原因。"

他们从公交亭后面走出来，没有完成交易，就转身离开了，把他留在路边，等待着永远不会出现的毒品。

"你卖东西给她了吗？"德克斯现在问伊娃。

"没有。她很狂躁，很不正常。我告诉她认错人了，就离开了。"

德克斯点了点头。"很好。在我们弄清楚发生了什么之前，你要出去躲躲。"

"这家伙好像就想让我看见他。"

"很有可能。"德克斯说，"人在紧张的时候就会犯错，而他显然想让你紧张。他这么显眼，说明他没有你的把柄，而且他正变得越来越绝望。"

"我该怎么办？"

"让他跟着你。他什么也发现不了，最后就会转移目标了。"

德克斯把几张五美元的钞票扔在桌上当小费。周围爆发出欢呼声，所有人都盯着电视，刚刚有人触地得分。伊娃正要起身，但德克斯说："你应该再待一会儿。"

伊娃坐了回去，注视着德克斯离开，努力克制住不断蔓生的恐慌，那感觉像是在等着轮到自己登上救生艇，还发现自己会是沉船上留下的最后一个。德克斯已经在试图与她保持距离了。

伊娃周围的大学生一边喝酒一边大笑，他们最担心的事不过是伯克利金熊队能不能打到季后赛。她一生中从未感到如此放松过。甚至还是学生时，她就被看管着，做一个安静的孩子。在教养院长大的她从小就知道，最安全的做法是观察，而不是放声大笑或哗众取宠。圣约瑟夫教养院的修女鼓励她们用功读书，成为值得尊敬的人。伊娃也确实成了这种人，不过她一直在琢磨怎么悄悄地打破规则。

但那不是家。修女们年纪较大，而且非常严格，不好说话。她们认为孩子应该安静又顺从。伊娃还记得在教养院后面宿舍走廊里的寒冷，周围散发着蜡烛和潮湿的气味。她记得其他女孩，但不是她们的名字，而是她们的声音——时而咄咄逼人，时而阴森恐怖。她记得晚上的哭声。她还记得在一天结束后，她们每个人是多么孤独。

伊娃喝光了最后一口啤酒，站起身来，摇摇晃晃地走向通往主餐厅的楼梯。她看着紧急出口，想象着警报声，那声音已经在她的脑海里尖叫。但是她忽略了那个声音，她知道现在还不是绝望的时候。

把车停到车库前的小路时，伊娃看到莉兹锁上门，沿着门前的路走向她的车。伊娃扫视了一下街道，强迫自己冷静下来，表现得像个正常人。

"嗨！"莉兹喊道。

自从那天下午第一次走进莉兹的公寓，伊娃就对莉兹感到好奇。她发现自己不仅会认真听她说话，还会看着她来来去去。莉兹的声音仍然在她的脑海里回荡，伊娃无法否认，她被这个女人吸引了。

伊娃锁上车，转向莉兹，微笑地指着她的新泽西车牌。"你从新泽西一路开车来的？"伊娃试着放松肩膀，把注意力集中在莉兹身上，而不是去想卡斯特罗探员的车可能随时拐过来。

但今天不是聊天的日子，莉兹只是说："我原以为这是一次有趣的公路旅行，但我已经开始害怕开车回去了。"伊娃松了口气。莉兹绕过车，朝她挥了挥手，坐到驾驶座上；伊娃则沿着小路继续往前走，打开门，进了屋。

安静很能抚慰人心。伊娃走到沙发前躺下，强迫自己做了几次深呼吸，但她无法放松。她能感觉到卡斯特罗就像观众一样，看着她所做的一切。每一次进出，去市场，去杜普里餐厅，每次与人交流，比如刚刚和莉兹那样，都记录在别人的观察笔记里。下午 4 : 56，伊娃在草坪上和老邻居聊天。她盯着隔在她和莉兹公寓中间的墙，想知道莉兹能否成为她身边有用的人，成为她想让卡斯特罗相信她的故事的一部分：她只是个服务员，过着平凡琐碎的生活，无聊到没什么可记录的。伊娃晚上和邻居朋友出去玩。或者伊娃和邻居朋友在导游的带领下参观伯克利玫瑰花园。他们会觉得什么最无聊呢？

当天晚些时候有人敲门。伊娃从窗户往外一瞥，发现莉兹正站在门廊上，手里端着一锅炖菜。"我不知道什么时候才会记得把菜谱的量减半。"尽管莉兹这样说，伊娃猜想，她其实就是乐意给别人做饭的。

莉兹把菜递给她，走了进来，伊娃有些忐忑，把锅端进厨房。她刚刚关上冰箱门，转过身来，就看到莉兹正弯腰读客厅书架上书的标题。有人在她的空间里看着她的东西，这使她感到不安。但她深吸了一口气，还是面带微笑，以掩饰内心的不安。晚上 7 : 45，邻居给伊娃送来食物。她们聊了12分钟。她可以的。

"你对化学感兴趣？"莉兹问道。

伊娃耸耸肩。那些大多是她大学最后一年的旧课本，伊娃已经好几年没打开过了。但是她不能扔掉它们，好像这样做就会丢掉自己重要的一部分。"我研究过一阵子，在学校读书时。"

"这些是大学课本。"莉兹抽出一本说。她翻开书，看着内封上伯克利学生商店的印章。"你是在伯克利念书吗？你从来没提过。"

"念过一阵，"伊娃说，"但我没毕业。"

"为什么没有？"莉兹问道。伊娃就知道她会这么问。

"因为一些事情。"伊娃希望她那半遮半掩的回答和打岔能让谈话就此结束。

台面上伊娃的手机嗡嗡作响，屏幕亮了起来，是德克斯的短信。伊娃赶紧拿起手机，按了屏幕上"稍后再读"的选项，就把手机塞进了口袋。

莉兹看着她，等着她说点什么，见她什么也没说，便指着台面上开着的健怡可乐罐说道："那东西可是毒药，有百害而无一利。"

伊娃看了看表，突然感觉这次逢场作戏耗尽了她的精力。她还要招待这个女人多久？"我得去洗个澡。今晚要在餐厅轮班。"

莉兹等了一会儿，好像在试图解读伊娃话语背后的真相，然后说："你知道，人生很长，很多事情都可能出错，但最终还是会好起来的。"

伊娃想到了她制毒的实验室就藏在她们站着的房间下面。她认为这是一个恰当的比喻：莉兹只看到了眼前的东西，而伊娃担心的是隐藏在水面之下却可能会浮出水面的一切，而卡斯特罗探员就在那儿等着收集这一切证据。

"谢谢你给我送吃的。"伊娃说。

莉兹把课本放回书架上，不在意地说："不客气。"

莉兹离开后，伊娃拿出手机，看到了德克斯的短信。

　　菲什正在处理这件事。这几周不要有动作，这家伙会走的。

　　伊娃彻底放松下来。就像一场幸免于难的撞击，卡斯特罗从她身边飞驰而过，而她身体虚弱、摇摇欲坠，但最终，毫发无损。

　　"一切都会好起来的！"她对着空荡荡的房间大声说。隔壁，莉兹打开音乐，微弱的爵士乐环绕着伊娃，呼唤着她，让她短暂瞥见了她可以拥有的那种生活。

　　那天晚上晚些时候，伊娃从小巷走进杜普里餐厅，急忙跑到储物柜前，希望经理加布不会注意到她迟到了。再次出现时，她发现对方正在指挥一个小工清理桌子。"终于，你还是来了，"他说，"你处理五号区域。"

　　伊娃抓起记事本，和厨房的副厨师长过了一遍特色菜，走进了餐厅。

　　伊娃很快就开始埋头工作：点餐、和顾客聊天、送餐。这会儿，她可能就是大家想的那样，只是个努力工作的服务员，攒着小费去卡波度个长周末或者买件新皮夹克。她感到很放松，因期待而兴奋，就像一个放暑假的孩子。

　　加布在厨房里找到伊娃，她正在告诉厨师做一份素食订单。加布四十多岁，秃顶，穿着一件似乎总是绷得很紧的衬衫。他是一个公正的老板，但对员工似乎有些粗鲁和不耐烦，不过他总是在他们需要的时候给他们放假。"伊娃，"他说，"你打算什么时候让我给你安排更多的轮班？你一周来两次是不够的。"

　　"不用了，谢谢，"她说，"那样的话，要继续我的业余爱好就太难了。"

　　"爱好？"加布表示疑惑，"什么爱好？"

伊娃靠在厨房的墙上，对这短暂的休息心怀感激，掰着手指细数起来："针织、陶瓷、旱冰。"

一个洗碗工轻蔑地哼了一声，伊娃冲那人眨眨眼。

加布摇了摇头，低声嘟囔着，怎么就没人替他考虑。

有人从厨房另一头喊道："伊娃，四号桌好像可以点菜了。"

她回到前厅，快九点了，这里很空。到了四号桌，她突然停住了。坐在那里的是她最好的客户之一杰里米，左右两边坐的应该是他父母。

杰里米是传播学的大三学生，他的父亲要求他成为全优生，如此才会继续支付他的学费，满足他奢侈的生活。他有一辆宝马，在伯克利市中心有一间阁楼公寓，还要买伊娃制造的毒品。和布雷特不同的是，杰里米总是全额支付，货到付现。和他合作很愉快。

时不时地，她会在现实世界的正常生活中遇到她的客户，这总会让他们有点不知所措。杰里米也一样。看到她时，他脸色苍白，眼睛扫向最近的出口。他的母亲在研究菜单，父亲在翻看手机。伊娃微笑着，希望能让他放松。"你们好，我来给你们介绍一下特色菜。"她开始背特色菜单，而杰里米一直拒绝看她。她理解他的恐慌。她花了好几年的时间才确定，人们不会识破她的表演，她在公园或杂货店旁的街角遇到别人时，他们不会知道她在做什么。世人都有自己的秘密。没有人会完全是他们看起来的样子。

吃甜点前，杰里米把她堵在洗手间旁边。"你在这儿干什么？"他咬牙切齿地说。

"我在这里工作。"

他越过她的肩膀朝餐厅望去。

她顺着他的目光看去，然后说："听着，杰里米。你可以放松一点儿。听我一句劝：只要你不犹豫，人们就会相信你想让他们相信的任何事情。你不认识我，我也不认识你。"说完伊娃便离开了，留下杰里米愣在男厕和紧急出口之间。

　　伊娃下班后在停车场经过卡斯特罗探员的车，和他对视了一下，就离开了。不管他在玩什么游戏，她都能奉陪到底。

克莱尔

我盯着电脑屏幕上的静止画面，直到开始流泪，直到我看见的只是一堆像素的叠加——粉色的阴影，深色的阴影，还有在淡金色头发下看不清的脸。

有一年圣诞节，罗里的姑妈玛丽把那件粉色的羊绒毛衣送给了我。"一件能温暖到你的东西，你生活在冰冷如石的库克家里，这件衣服能带给你温暖。"她放声大笑，又无可奈何，摇晃着几乎空了的杯子里的冰块，好像要把可能残留在杯底的杜松子酒稀释开来。

我把那件柔软舒适的毛衣放在大腿上，等着有人插进来解释一下玛丽姑妈的话。但是众人只当没听见。罗里悄悄朝我眨眨眼，似乎现在我已经知晓了家族秘密。

还是那个圣诞节，晚些时候，玛丽姑妈喝醉了，凑到我面前说道："全世界都喜欢罗里·库克。"玛丽是罗里父亲的大姐，因为一直未婚而被家族视为负累。她压低声音，呼吸中充满了杜松子酒的气味："但你要小心别惹到他，否则你会像可怜的玛吉·莫雷蒂一样。"

"那是个意外。"我一边说道，一边眼睛紧盯房间另一边的罗里，他正在和表弟表妹们开着玩笑。我仍然在试着相信我已经得到了一直想要的生活，和库克一家三代人聚在一起庆祝节日。我想融入他们的传统，一起在儿童医院里唱圣诞颂歌，然后去烛光教堂做礼拜，最后共进午夜晚餐——这是我小时候一直渴望的家庭生活，与我童年时度过的寡淡假期截然不同。

但直觉迫使我留了下来，要听听看她会说些什么，因为我对罗里的看法已经开始转变，他对我的关注的光芒开始弄痛我。我开始看到自己付出的代价，我不能再做那些过去认为理所当然的平常小事。比如自由地交友，拿上车钥匙随心所欲地去某个地方，而不是像现在这样，需要经过至少两个助手和一个司机的许可。

玛丽姑妈咯咯笑起来："噢，所以你和世界上其他人一样，都站在可怜的罗里那一边。"她啜饮一口酒后说道："让我来告诉你吧，我弟弟买通了所有牵涉其中的人，这就是那个保不住的家庭秘密。如果没什么好隐瞒的，他为什么要那样做呢？"她对我诡秘一笑，我看到她嘴唇周边皮肤的裂纹里渗有粉红色口红。"只要你做他们想让你做的事，库克家的男人就是纯良无害的。但如果你越界，你就得小心了。"

房间另一边，罗里仰起头，被一个表弟说的话逗笑了。玛丽姑妈跟着我的目光望去，随即摇了摇头。"你让我想起了玛吉。她是一个背景简单的好女孩儿。和你一样，她看起来很正直，这正是我们家完全没有的。但是她和罗里能因为任何一件小事吵得不可开交。"玛丽姑妈看着我，露出因酒精而迷离的傻笑，"她都不能控制住他，我猜你也不能。"

"您为什么要告诉我这些？"我问道。

玛丽姑妈的泪眼与我相对，一道道岁月的痕迹深深印刻在她眼眶周围。"这个家族就像一株捕蝇草——表面上闪闪发光，背后却很危险。一旦你知道了他们的秘密，他们就永远不会放你走。"

她喝醉了，感到苦涩，就是个散播毒汁的犯嫌老女人。然而这些年里，她说的话却一直萦绕在我心头，伴随着罗里慢慢变得沉默。接着是愤怒。最后变得狂暴。我很想去相信那个在世人面前精心表现的罗里，然而他一次又一次地将我的期望击败，每一次都打到我淤青、骨折。

玛丽姑妈几年后便去世了，她是库克家她那一代最后离开的人。

可每当我穿上那件毛衣，她的话便会跟随在我身后，像是一种低语，或是一个警告——玛吉·莫雷蒂的命运，也可能是我的命运。

一只狗在外面吠叫，把我的注意力引回到房间和电脑上。我向前拖回鼠标，从头开始重播视频。我目不转睛地盯着那个模糊的粉色身影，接着双眼开始发热。然而不管我怎样努力，都看不到其他东西，只有分辨不清是长还是短的金发。视频仅仅捕捉到了那抹一闪而过的粉色——出现，旋即消失。我试着提醒自己，人们在各种天气里都会穿粉色毛衣，而且伊娃是经过了安检和机票扫描登上的飞机。这是造不了假的。

周四清晨，我对咖啡师说道："请来一杯手冲，加奶油。"我躲避人们的视线，仍然戴着纽约大学的帽子，因为太紧张而不敢露出整个脸颊。难道以后都要这样吗？永远不敢直视别人的眼睛，也不敢笑？

一整晚我都辗转难眠，脑海里反反复复都是新闻发布会上那抹闪过的粉色。但不论我为伊娃想象多少种其他可能，我总会回到这个事实：我的机票是被扫描过，有人登了机的。伊娃未必有足够的时间说服别人和她再交换机票，而且如果她在起飞前下了飞机，机组人员在清点旅客时就会注意到。今早醒来时，我还是坚信这只是个巧合，我只是出于内疚，希望伊娃的结局不是这样。

付完咖啡钱，我在一把柔软的皮革扶手椅上坐下，咖啡店门和外面的街道一览无余。

昨晚我很想尝试再给佩特拉打一次电话，于是在谷歌上搜索如何重置预付费手机的密码，成功解锁了伊娃的手机。正如我所料，里面并没有透露太多信息，没有照片，也没有邮件。她用了个叫"密语"的软件，我第一天晚上收到的短信都不见了。如果自那以后还收到过其他短信，那也没了。

电话一联网，我便又拨通了佩特拉的电话号码，想象着听到她的声音时自己会有多么宽慰。我设想着看到她站在伊娃家的前廊，租来的车就停在路边，准备把我从这个噩梦里解救出来，然后将我安置在一个安全的地方，我们会在旧金山的一家豪华酒店里叫客房服务，等尼科的人再给我做一套新的证件。

可是电话又嘟嘟嘟三声被挂断了。已停机。我试了好几次，调换数字位置，用不同的数字替代。我接通了一家熟食店，一位只会说西班牙语的老妇人，一所幼儿园，才终于放弃。尼科的话又浮现在我的脑海里：你再也回不去了。一次也不行。用任何方式都不行。我从咖啡店的窗户往外望去，看到伯克利热闹起来。一小拨人进到店内，点餐，再离开。早高峰时段与大学城较晚的上课时间一致。到了六点半，咖啡店内又空空荡荡，我的咖啡也快喝完了。

咖啡师从柜台后面走出来，开始擦我旁边的桌子。"你不是本地人吧？"她问道。

我僵住了，不知该如何回答，很害怕被认出来。但她一直在滔滔不绝，让我有时间思考。"我几乎认识每一个来这里的人，就算不知道名字，也记得他们的长相。但你是新面孔。"

"我只是路过。"我说完便收拾好东西准备离开。

她最后擦了一下桌子，然后看着我。"别着急走呀，"她说，"有的是时间。"随后她走到柜台后面，开始煮一批新咖啡。我向后靠在椅背上，看着十字路口的信号灯一闪一闪地由红变绿，再变回来。

到了七点半左右，店里人越来越多，我只好离开。走出门时，柜台后面的女孩朝我挥挥手笑笑，我回以一笑，感到有一小簇快乐环绕在身边。

我决定逼自己到外面的世界走走，因为我知道自己不可能永远躲起来。于是我没有回伊娃家，而是从赫斯特大道向西，沿着校园最北边走，一路惊叹于建筑和草地间茂密的巨大红杉。走到校园西边时，我转身向南，绕回到东边。这就是人们在电视上看到、在书中读到的伯克利。学生活动大楼外，有人带着鼓围成一圈，行人从他们身旁成群而过，走在上课或上班的路上，低头呼吸着早晨清新的空气。爬上山去石头体育场时，我转身向西望去，一阵刺骨的寒风穿透了薄薄的衣袖。我打了个冷战，凝视着旧金山市白茫茫的一片，灰色的海水与北面镶着金边的深绿色群山形成强烈对比，金门大桥则是一片灰蒙蒙的橘黄色剪影。在那里，有一个地方是伊娃从小长大的修道院，她在那些建筑里度过了整个童年，然后与之告别。这些建筑似乎在远处闪动着微光。

我一边穿过校园，一边想象着在这里上学会是什么样子。就像很多急匆匆赶去上课的人一样，我试着想象伊娃也是他们中的一员。走近一座横跨小溪的桥时，我放慢脚步，斜倚栏杆，看着打着旋的溪水向下流入大海。头顶上，微风穿过高大的树木沙沙作响，好像在低声诉说着什么，这种突如其来的安静令我的思考变得缓慢。我无法想象会有人愿意离开这样的地方。

我离开栏杆，走回伊娃家。经过咖啡店，店里的咖啡师还在上早班，还经过了其他几家关着门的店铺——一间二手书店和一家美发店——直到再次回到伊娃家所在的社区。爬上蜿蜒的斜坡，我的呼吸变得急促起来，两边是与伊娃家类似的公寓。我往房子里瞥了一眼：有一个女人坐在餐桌前，正在给高脚椅上的婴儿喂奶；还有一个头发乱蓬蓬的大学生，眼睛浮肿，像是没睡醒，正在朝厨房窗户外看。

转过街角，走到伊娃家所在的街道时，我撞上一个向我这边走来的男人。他扶住我的胳膊以免我摔倒。"抱歉，"他说，"你没事吧？"

他有一头黑发，但过早地生出了星星点点的灰白，不过他的年龄看起来并没有比我大多少。太阳镜遮住了他的眼睛。他穿着一件长外套，内搭的颜色一闪而过，配着黑色的裤子和鞋子。

"没事。"我说道，随后看向他身后，朝伊娃家所在的街道望去，想知道他是从哪里来的，会不会是伊娃的邻居。

"喝杯咖啡散散步，一个美好的早晨。"他说。

我勉强笑了笑，从他身边绕开，仍然能感觉到他的目光压在背上的重量，转过街角才甩掉。

我把身后的门关上并锁好之后才放松下来。他怎么知道我只是去喝杯咖啡散个步？一种强烈的恐惧感从体内穿过，这阵轻微的颤抖让我更加紧张不安。

回到电脑前，我查看了罗里的电子邮件，发现了他转发给丹妮尔的一封来自国家运输安全委员会的新邮件，邮件里要求提供我的DNA 样本和牙齿记录。罗里的指示简明扼要：处理掉。

我望向窗户，明亮的晨光洒在玻璃上。如果他们在寻找我的尸体，迟早会发现我并不在其中，只会多出一具不应该在那儿的其他人的尸体。

我及时切换到"文档"，赶上了罗里和布鲁斯对话的结尾。我不得不向上滚动鼠标，找到开头。但对话并不像我预料的是关于寻找尸体的，而是关于昨天深夜一个叫查理的人发来的邮件。

我几乎能听到罗里在用尖锐的语调下达干脆利落的指示。

> 罗里·库克：
> 这件事很多年前就解决了，用现金。你要提醒查理站出来会付出什么代价。

查理？我唯一能想到的查理是查理·弗拉纳根，库克基金会的一名高级会计师，两年前就退休了。我看了他们剩下的对话，注意到罗里的言辞逐渐激动起来，布鲁斯则一直在安抚和调解。但最让我困惑的是罗里最后一条评论，因为在他那一贯恃强凌弱的语气中隐藏着一丝软弱。

罗里·库克：

现在这件事爆出来的代价我承担不起。我不管你怎么处理。也不管要花多少钱。给我解决掉。

我搜索了罗里的收件箱，想找到查理发来的邮件。倒是有很多叫查理的发件人，可都不是罗里和布鲁斯讨论的那位，也没有最近发来的。据我所知，查理的每封邮件都会抄送给至少另外两名基金会人员。

我把 U 盘插进电脑，搜索，但搜到的都是所有员工签署的标准保密协议。于是我按字母顺序整理了从罗里电脑上复制的包含数千份文件的文件夹，重点关注以 C 和 F 开头[1]的文件。查理是不是掌握了可能会影响罗里竞选的财务失误或造假？因为只有这种东西才会让罗里如此慌乱——这种能泄露玛乔丽·库克的好儿子原来并不是那么优秀的消息。这正是我一开始拷贝硬盘的原因。就像树林里的熊，你并不需要亲眼看见，可你还是知道有一只在那儿。

但我读到的大部分内容都是与之无关的，只有关于新税法的备忘录和季度报告等。偶尔我的名字会出现在战略报告中。或许克莱尔来这儿更合适，一个人说，指的是市中心一家刚开业的美术馆。我逐个浏览文档，但都不过是垃圾、无用的噪声，就像在看别人的垃圾箱一样。

一小时后，我放弃了。不管查理知道什么让罗里害怕的事情，我都不可能轻松找到答案。现在，我只能满足于围观。等他们多说一些。

---

1 查理·弗拉纳根的首字母。

伊娃

加州伯克利

9 月

空难前五个月

九月下旬，一个阳光明媚的周六，莉兹说："穿好鞋，我带你去看棒球赛。"

伊娃和她的邻居去看棒球赛。"棒球吗？"伊娃问道。

莉兹说："不仅仅是棒球。巨人队。主场。"

"我们住在东湾，不是应该去看奥克兰运动家的比赛吗？"

莉兹耸耸肩。"我的系主任有赛季套票。她邀请了我们几个人，我问她可不可以带一个朋友去。"

停止工作后的三个星期里，伊娃享受着她的第一个假期。在杜普里餐厅加班，与莉兹长时间相处。她的感受，就像她想象中一个记账员或会计师在度过一个拖了很久的假期时的感受一样。在某处海滩过了几周，忘记了那些电子表格和财务记录，太阳的热量将体内的压力蒸发掉了。

但是卡斯特罗的威胁从未远离过她的脑海。伊娃发现自己在对着一个观众表演，她的步伐慢了下来，笑声大了起来，也可以在某处逗留更久的时间。她把这件事变成一个游戏。每次莉兹邀请她做什么事，她都会答应。去参观加州大学植物园。去索拉诺大道看电影、购物，然后去扎卡里吃比萨。每一次邀请，都是一个展示的机会，让观众知道她并没什么特别之处。

她们谈论哲学、政治、历史，甚至是化学。伊娃大致讲述了自己的过去，讲述了在圣约瑟夫教养院长大的感觉，她尽可能讲实话，以便让自己的谎言在现实中也有迹可循。她编了一个故事，讲自己为什么没有完成大学学业——因为她的助学金出了问题，她没钱再继续学业了。这让伊娃可以自由谈论她在伯克利的学生时代，而且她俩因为谈论校园生活变亲密了。这个大学的各种怪癖，与斯坦福的激烈竞争，以及没有在这里生活过的人永远无法理解的传统。

"你家还有别人吗？"一天晚上，伊娃问道。

"我的女儿，埃莉，"莉兹盯着摇曳的烛光说，"我独自把她养大，她父亲在她七岁时就离开了。"莉兹叹了口气，低头看着自己的酒杯。"这对我们俩来说都很艰难，但现在回想起来，我认为我们因此变得更好了。"莉兹描述了她前夫的严苛本性，比如他要求烹饪牛排的精确方式，对他年幼的女儿不切实际的期望。"我很高兴她没有在那种无情的压力下长大。"

"她现在在哪儿？"伊娃问道，好奇那个幸运地成为莉兹女儿的女孩儿现在怎么样了。

"她在一家非营利机构工作。工作时间长，难得有一天休息。我在加利福尼亚的时候，她把城里的公寓转租出去，给我照看房子，但我担心她在新泽西就远离了朋友，孤单一人了，"她说着，冲伊娃不好意思地笑了笑，"母亲总是爱操心。"

伊娃盯着她，希望这是真的。

其他时候，伊娃会问莉兹在教什么课，放松地坐着请她讲。莉兹天生是当老师的料，能把复杂的概念讲得通俗易懂，听她讲课，感觉就像回到了大学时代。也许更好。德克斯，在她的生活中经常出现的人，几乎消失了，被这个来自普林斯顿的健谈、矮小、聪明的女人取代了。

所以，莉兹在九月的这个晴朗的周六站在她面前，手里拿着两张棒球票时，伊娃准备再次答应她。她甚至很乐意答应她的邀请。

"当然，"她说，"我只需要一分钟。"

她把莉兹留在客厅，自己跑上楼去换衣服。她把脚伸进网球鞋时，瞥了一眼手机，看到德克斯发来的一条短信。

> 解决了。菲什要你马上回去工作。计划周一在蒂尔登见面，带足货。

她盯着这条信息，直到"密语"软件让它逐渐变暗、消失。

伊娃重重地坐到床上，惊讶地发现她的第一感觉不是解脱，而是悲伤。这是她一直在等待的消息，她和莉兹一直待在一起就是为了等到这个确切的结果——卡斯特罗走了，伊娃回去工作。但这像是毫无意义的胜利，一旦拥有，就不再渴望。她回过神来，目光迅速转向门口，莉兹在楼下等着，却不知道自己已经永远都不必再等她了。

但伊娃仍然会去看比赛，把角色扮演的时间拉长一点儿。她把手机扔在梳妆台上，由于用力过猛，手机滑过抛光的木台撞到墙上，发出尖锐的声音，吓了她一跳。

她们乘车穿过海湾，随着人流一起走向体育场。排队时莉兹把她推到照相台上，人们可以在那儿挨着球员立牌摆姿势照相，那些球员伊娃都不认识。"来吧，"她说，"肯定很好看，我请客。"

伊娃犹豫了。她不怎么拍照，除了没人买的学校照片。她都不记得别人拿着相机对着她说"笑一笑！"是什么时候的事了。但伊娃还是照做了，有点期待能留下点纪念。

进去后，她们找到座位，莉兹来自政治学系的同事热情地向她打招呼。还有莉兹最亲密的朋友艾米丽和她的搭档贝丝，以及系主任薇拉。伊娃坐在上面，听她们闲谈，八卦谁得到了资助，谁没有；谁发表了作品，谁没有；抱怨谁总是用办公室的微波炉烤爆米花。

对伊娃来说，这如同短暂地体验她曾经梦想的生活。在一切都变糟之前，有一段时间，她想象自己就是伯克利大学的教授，想象自己在吉尔曼大厅演讲，指导研究生，在校园漫步，同学们对她说"嗨，詹姆斯博士"的时候，她也会微笑点头向大家示意。

伊娃感到一阵强烈的后悔，这让她惊讶，因为这么多年来她一直认为她已经能够接受自己的现状了。这就是后悔的难以解释之处。它存在于你的内心，不断缩小，直到你几乎相信它已经消失了，却在毫无恶意之人的召唤下重新生长，完全成形。

最终，她们将注意力转向了比赛。薇拉记分，谈论着球员的统计数据和即将到来的换场，而其他人则在争论吐瓜子壳是否比喷电子烟雾更好，还是两者同样糟糕。伊娃边喝啤酒边吃热狗，巨人队进球时，她欢呼起来。伊娃觉得这种生活片段只会出现在电影里，这一切简直太完美了——草地、太阳、身穿雪白制服的球员，越过栅栏打出本垒，以及在旧金山湾，一群人戴着棒球手套在皮艇上等着抓住一个球。

就在第六局之前，艾米丽靠过来说："伊娃，我很高兴你今天能来。莉兹这几个星期一直聊起你。"

伊娃内心涌上一阵欣喜，但她面上只露出了最害羞的微笑，一般她只对银行出纳员和警察那样笑，接着她说："感谢邀请。"

莉兹很快接话。"我这辈子见过很多聪明人，但伊娃是我见过头脑最敏锐的人之一，"她说，"那天晚上，她几乎让我相信凯恩斯主义经济学可能比自由市场更好。"

这让艾米丽很是佩服。"真不简单，你在哪里上的大学？"

伊娃犹豫了一下，想象如果她说是伯克利，他们会提些什么问题。你的专业是什么？你的教授是谁？你是哪一年毕业的？你认识菲茨杰拉德博士吗？她们中的某人很快就会发现真相——在教师俱乐部的一句单纯的评论，便会引得某人平静地讲述她的故事。化学系人不多，而且人们也不会从伯克利跳槽到其他地方去找更好的工作。那里可能还有几个人会记得她。

幸好莉兹一定是感觉到了她的不自在。"她在斯坦福学化学，"她说着，对伊娃微微一笑，"别针对她了。"

跟众人道别后，伊娃和莉兹沿着内河码头返回车站，伊娃道："你没必要为我撒谎。"傍晚的微风温柔地拂过她的皮肤，斜阳的余晖也还微微地照着。

莉兹挥手打断她。"她们只是一群阿姨。会给你一大堆无用的建议，让你回到学校完成学业。你足够聪明，知道怎么追求自己想要的，她们说什么无关紧要。"

伊娃思索着在海湾的另一边等着她的是什么。当然不是回到大学的可能性。那对她来说是不可能的。在莉兹出现之前，伊娃一直很快乐。但现在有一种渴望在她的内心深处涌动，她渴望有更多时间与莉兹和她的朋友们相处。但不是作为一个过客，她想成为其中的一员，想生活在这个圈子里。伊娃想跟她们抱怨为什么女性不能得到男性能得到的机会，她想感受一下在同行评议的期刊上发表一篇文章时的激动心情，她想成为那个用办公室微波炉烤爆米花的人。

一想到要恢复制毒，每次离开家后都要躲来躲去，东诳西骗，担惊受怕，伊娃便感觉自己的身体在下坠，被压得死死的。一种自被伯克利开除以来从未有过的悲伤一直在她心头环绕，同时，她的脑子已经开始筹划需要做的事。购买更多的原料，清理仪器设备，开始为离开莉兹做准备。她将不得不谈论起要在餐馆做更多的轮班，或许可以编造出一个很快就会占用她空闲时间的男朋友。

但在越发昏暗的暮色中，海湾的海水冲刷着桥墩的石桩，海湾大桥上亮起一排长灯，形成优美的弧线，像一支射向黑暗的箭，伊娃有一股想摊牌的冲动，她想把那些真正发生的事告诉莉兹。"我最后一个寄养家庭就在那座山的另一边。"伊娃指着西边的诺布山对莉兹说。

莉兹看着她。"说来听听？"

卡门和马克曾是最能让伊娃感觉自己有一个家的人。在她八岁时，这对夫妇来到圣约瑟夫教养院，想收养一个小女孩。跟他们一起来的是负责她的社工亨德森先生。他面色苍白，头发稀疏，手里拿着一个装满文件的公文包。妻子卡门聪明又活泼。伊娃见到她时，她似乎充满了活力。卡门的丈夫马克则比较内敛，眼睛一直低垂着，对妻子也比较顺从。伊娃不知道他是否和自己一样，觉得最好让一部分的自己始终与他人保持距离。

"卡门和马克，"她现在告诉莉兹，"一开始挺好的。他们想让我加入学校的天才项目。给我买了很多书、衣服，带我去了博物馆和科技馆。"

"这很好啊，后来呢？"

"后来我开始偷窃。先是钱，然后是吊坠和手链。"

莉兹不可置信地看了她一眼。"你为什么那么做？"

这就是棘手的部分。伊娃想向莉兹解释，好让她看清自己的本质。那就是，从很小的时候起，她就一直以谎言示人，从不相信任何人，不让任何人看清她的真面目。

"不被需要是一种沉重的负担，"她平静地说，"你永远不能真正学会如何融入这个世界，让别人真正认识你。"

一大群人朝她们走来，他们有说有笑，伊娃等他们过去。听卡门和马克夸耀她是多么聪明、拥有她是多么幸运，她该如何解释自己的感受呢？这就像他们把她裹在了塑料膜里。人们仍能看到她，但她的本质却被掩盖在他们的期望之下，她担心万一真相泄露会怎么样。"把他们推开更容易，"伊娃最后说，"他们看着我时，他们看到的是瘾君子的小孩。我做的每一件事——无论是好是坏——都会被这一点影响。只要我和他们在一起，那就永远是我不能说的秘密。伊娃竟然在这么短的时间内克服了这么多困难。或是鉴于她所经历的一切，或许她不应该被责怪。我得让他们知道，他们无法治愈我。我也不想被治好。"

"你想成为那个能够定义自己是谁的人。"莉兹说。随后她挽过伊娃的手臂，伊娃则靠在她身上，享受这种实实在在与对方并肩的感受。她想将这一刻无限延伸，永远不要到达车站，永远不要回到海湾对面，永远不要回到她原来腐臭的生活中去。"所以你又回到修道院一直待到毕业？"她问道。

伊娃点头："一直到十八岁，后来我就来加州伯克利上学了。"

风从海湾吹来，吹过高楼大厦，越发强劲，伊娃用另一只手臂紧紧搂住莉兹，回想着她那几乎已经拥有的家庭，在那儿她会不会变成一个不一样的人，一个更好的人呢？但这种可能性早在卡门和马克出现之前就破灭了。由内而外碎裂，破烂不堪。她远离那些最尖锐的碎片，但莉兹却走了进来，轻柔地展开，让她知道她不需要害怕去想她的过去，她能把碎片拿在手里而不伤到自己。如果她愿意，她甚至可以对这些碎片做些什么。

她们安静地走下楼梯，穿过转门，来到站台上。远处隐隐传来火车的声音，那声音正穿过黑暗的隧道，伊娃想象着她们头顶街面上的人们，他们正在开车，正在走路，正在金融街的高层建筑里工作。这一切没有砸在她们头上真是个奇迹。

"你有没有想过寻找你的亲生父母？"

伊娃摇了摇头。"我做的事让卡门和马克失望后，修女们还做了一次尝试，想让我继续和亲生父母一起生活。"她往隧道里看，看她们的火车来了没有，但一切都很安静。"他们说不可以。"

"她们可能已经为你做了能做的一切。"

伊娃知道的确如此，她不可能跟在一个瘾君子身边长大，但这种认识也伴随着无法消除的被抛弃的伤痛。"我不知道我能不能真正原谅他们。"她说。

莉兹摇了摇头。"你不知道他们当时面对的是什么。你妈妈的问题很可能已经占据了他们心里的每一寸空间。我也只能想象那是怎样的地狱。"她低头看了看站台，然后又回头看了看伊娃。"你不能因为他们已到极限而责怪他们，哪怕你本身就是那个极限的一部分。"

头顶指示牌上闪烁着她们的车次，伊娃可以感觉到脚下火车进站的隆隆声。莉兹把一只手放在她的胳膊上说："你听我说，显然，你知道什么是对你最好的。但我也感觉到一股悲伤，一条将你与世界隔绝的鸿沟。我不想看到你受伤，寻找他们也不意味着就是在期待一个幸福的结局，我也不认为这是你该那么做的原因。但信息就是力量。一旦你掌握它，你就可以决定怎么使用。这才是我想跟你说的。"

两人安静地等车，伊娃则思考着莉兹的话。她想知道找到亲人会是什么感觉。他们应该和她长得很像，带着家族的烙印，自己的尖鼻子和金发就是从那里来的。她从来没有和任何人有过那样的联系。

莉兹继续低声说："你不是唯一一个想从亲生父母那得到答案的养女。"

"我从来没有被收养过。"

莉兹轻轻地闭了一下眼睛，然后又睁开，接着转身面向伊娃。"对不起。你说得对，这不关我的事。"

"听着，我很感激你跟我说这些，真的。但这种抛弃对一个人是有影响的。它会让你彻底崩溃。让你无法继续脆弱，也无法向任何人敞开心扉。"

莉兹看着伊娃，目光坚定，意味深长，迫使后者把目光移开。就在这时，火车进站了，人们从后面向她们挤来，两人被挤进了火车。

在回伯克利的路上，伊娃端详着身边的莉兹，看着她短短的白发和坚实的肩膀，思考着对方的建议。伊娃想象着她的亲人就在那里，试图忘记他们留下的烂摊子——有一个瘾君子女儿的痛苦，还有他们为了救女儿而愿意牺牲的外孙女。如果伊娃出现，他们会得到什么？不过是更多的心痛，更多的苦恼，这也是一个提醒，提醒他们当初放弃她是对的。

伊娃的所作所为比她母亲做过的任何事都糟糕。她的母亲只是生病了，而伊娃却是一个毒贩，为了几百美元而把一个十九岁的孩子打得血肉模糊，她对此毫不在意。伊娃想起在家时她亮起的手机，正等着把她拽回去，从莉兹身边拖走，而莉兹根本不知道伊娃是什么样的人。

当车行驶到山间，车身摇摇晃晃，发出隆隆的声响，伊娃的耳边响起嘶鸣，在她身边灯光忽隐忽现，光影交杂，她想着第二天自己就要回去，推着厨房的架子滑到一边，进去工作。伊娃感到紧张的触须已经扎根并开始向外蔓延。她希望时光倒流，回到莉兹站在门口的那个早晨，那时她的内心充满了兴奋。或许更早，回到在蒂尔登等布列塔尼的那个下午。听从了自己的直觉，回家。准备去杜普里餐厅轮班，远离卡斯特罗和布列塔尼的合作。或者再早一点，走到宿舍外的人行道上，对德克斯说"不，谢谢"。对韦德说"不，谢谢"。这就是愿望的问题所在。它们总是会指向下一个更大的愿望。时光倒流，一个又一个结需要解开，你从来不会注意到它们最初是如何缠上你，直到把你拉扯着坠下深渊的。

但是，伊娃凝视着黑色车窗上自己暗淡的倒影，突然想到了一个如此清晰、如此纯洁的想法，让她打了一个寒战。我不能再这样下去了。

这是一个不可能实现的愿望。菲什和德克斯不会让她离开的。

不仅因为她的能力，还因为她已经知道的一些事。虽然她被划在核心之外，但她知道得还是太多了。

我能发现更多真相吗？

卡斯特罗的出现给人一种威胁。但她现在明白了，这也可能是一个机会，一个成为莉兹眼中的伊娃的机会。她手指拂过照片上在体育场入口的两人，感觉那已经是上辈子的事了。火车在海湾东侧开上来，外面的灯光再次照亮了她们的车厢，伊娃感觉有什么东西渗进她的身体，在曾经黑暗的地方开辟了空间，在曾经绝望的地方创造出了希望。

伊娃会做她应该做的事——她会回去工作，继续毒品交易——但在这一切的背后，她会做她最擅长的事：她会观察，等待，利用每个人的自满。因为她知道卡斯特罗肯定会回来。这次伊娃做好了迎战他的准备。

克莱尔

星期五早上在咖啡店，我一边等着咖啡一边徘徊在招聘板前。我暂定的计划是带上伊娃的社保卡、出生证明和其他相关文件搬到其他地方。不过这就需要准备更多的钱——我现在只剩下三百五十美元了。

我能胜任的最低工资岗位有很多，比如做数据录入，当服务员，甚至是在咖啡店打工，但一想到这些我便十分害怕，束手无策，不断地权衡着申请工作的利弊。因为这将意味着我会以一种非常真实和公开的方式证明自己就是伊娃。用她的名字点咖啡同把她的名字和社保号码写在工资表上还是有区别的。

无论伊娃在逃离什么，有关于此的猜想时常在我脑海中翻涌，一波又一波疑问将我拖至无法预知的方向。我绝不可能从事需要接受背景调查的工作。我将不得不一直四处奔波，无法安定，总是在想何时才能与过去的伊娃最终融为一体。

透过窗户，我看见学生们开始往教室走去，还有一群学生从一辆公共汽车里走下来，他们有些人拿着咖啡杯，戴着耳塞，另一些人由于在星期五早上起得太早，看起来疲倦而憔悴。

学生们一一散去后，我又见到他了，昨天的那个男人，他正站在街角等着过马路。男人穿着同样的长款羊毛外套，胳膊下夹着一份文件，好像是要去上班。我盯着他，想弄明白这个人身上到底有什么让我心烦。他不过是一个正要去某个地方的人而已。只是我在伊娃家待的时间越长，附近的人就会越熟悉我。

然而红绿灯变了，男人回头直直看向我，好像知道我会在这里，我也在看着他。我们的目光交汇在一起，我感受到了他这一眼凝视的重量，里面充满了好奇和探寻。男人举起手无声地示意，跟我打招呼，随后他穿过街道，消失在校园里。

"伊娃？"咖啡师喊道。

我转过身来，仍然很惊讶自己居然有勇气告诉了她这个名字。不过感觉这并没有什么风险，只不过是将名字透露给了一个看起来与全国新闻相比，对当地乐队更感兴趣的咖啡师。

"在找工作吗？"她递给我我点的手冲，这是菜单上最便宜的东西了。

"算是吧。"我说着付给她两美元。

她把零钱找给我时扬起了眉毛。"到底是还是不是呢？"

"我是在找工作。"我转过脸不再面对她，往咖啡里加了够自己饱腹几个小时的奶油和糖。我不知道该怎么告诉她我现在急需工作，我很害怕自己会没钱，永远被困在这里。

"我在一个酒席承办商那儿做兼职，"她一边把咖啡机旁的柜台擦干净一边说道，"他一直在招服务员。你感兴趣吗？"

我犹豫了一下，试着判断自己是否有勇气开口说"感兴趣"或"不感兴趣"。

她看了我一眼，继续清理着。"每小时二十美元，而且……"她狡猾地对我笑了笑，"他是私下付钱。"

我啜了一小口咖啡，感觉滚烫的液体烫伤了喉咙深处。"他会雇一个素未谋面的人吗？"

"他是真的很想招人。这周末他要开一个大型派对，但是有两个服务员都推了，因为要参加什么女生联谊会。"她翻了个白眼，把抹布扔进身后的水槽里，"要是顺利的话，你可以经常去。"

我已经组织过大大小小数百次宴会活动，很想知道幕后工作是什么感觉。成为那种我主持活动时无暇关注的匿名工作人员。"我要做些什么呢？"

"将餐具摆好，端上几盘食物，谁讲的笑话冷场时笑一笑，最后把一切都打扫干净。活动七点开始，但我们是四点开始。星期六三点半在这儿等我，记得穿黑色裤子和白色上衣。"

我迅速地算了一下，这样我可以一小时偷偷地赚二十美元，一晚上就能赚到近两百美元。

"好。"我说。

"我叫凯莉。"她说着伸出手来想和我握。她握得很紧，手也很凉。

"很高兴认识你，凯莉。还有，谢谢你。"

她笑了笑。"不用谢。不过你看起来需要休息一下，这种状态我知道。"

我还没来得及说什么，她便经过旋转门走到后面去了。只剩下我站在那里，仍为自己的好运气感到惊讶。

现在才早上七点，一想到直接回伊娃家，今天余下的时间都得躲起来，我就难受。于是我穿过校园，走到电报大街，站在学生活动大楼外面，注视着人们穿过十字路口，朝着要去的地方走去。他们并没有意识到自己是多么幸运，能有与他人轻松交谈的权利，与同伴争论，一同被笑话逗笑，一起吃顿饭，或许晚些还会躺在一个枕头上睡觉。我很想成为他们中的一个，哪怕只能一会儿。

我穿过街道，保持低着头的姿势，双手深深地插在伊娃的外套口袋里。在我周围，有乞讨者向我要钱，还有一些人试图递给我广告传单，但我摇摇头，继续往前走。

我走过商店的橱窗，在上面看到了自己的影子，我停了下来，盯着自己看。我看到金色短发从帽子底部和伊娃的外套上面露出来，这感觉，就像在看一个鬼魂一样。人群在我身后的人行道上来来往往——那些笑着的学生、无家可归的人、上了年纪的嬉皮士——但我看到的都是我永远无法认识的陌生人。我永远不会有坐下来对别人敞开心扉的自由，永远不能坦率地讲讲我的母亲和维奥莱特，讲讲我是谁以及我来自哪里。这就是我将要过的生活。时刻保持警惕。留心着。隐瞒自己最重要的部分。

等一大批学生回到校园，我加入他们，和他们走得足够近，从而给自己一种错觉，认为我也是他们中的一员。我不会孤身一人被困在这样的新生活里。我会跟着他们穿过那条与校园相邻的繁忙街道，然后在他们走进学生活动大楼时离开。虽然我仍可以混在他们之中行走，但我再也不能成为他们中的一员了。

回家的路上，我在一家超市停下来买了一些基本的生活用品。我拎起一个手提篮，找到母亲过去常买的便宜主食——杂牌面包和花生酱，还有一大盒葡萄果酱。我略过那些她喜欢吃的其他东西，比如大米，还有和洋葱、大蒜一起用文火煮的豆子。我不想在这儿等不要的东西打折了。

我排在结账的队伍里，目光移向了杂志架，看见《我们这样的明星》封面上的标题——"477 号航班坠毁：努力收拾残局的那些心碎家庭"。这是一份介于《人物》和《美国周刊》之间的浮华小报。在封面右上角，我的照片被飞机上其他人的围住，照片的标题是：慈善家罗里·库克之妻也在遇难者名单中。

这张照片是几年前我在纽约大都会歌剧院的一次庆典上拍摄的。当时我正在笑某人在镜头外说的话。但即使我的脸上带着微笑，我的眼睛却看起来很空洞。我比大多数人都更了解那些秘密会怎样爬上你的脸，要把它们隐藏起来是多么困难，因为真相总是会被看到的。

我把杂志倒扣在传送带上，接着读了读那些更令人反感的小报封面。自从玛吉·莫雷蒂一事后，罗里就没被这样报道过。其中一个标题为：《罗里遭重创后悲痛不已，在神秘女人怀里寻求安慰》，旁边是一张罗里和一个我从未见过的女人的照片。突然间我意识到，总有一天，罗里会再次爱上别人。我心中某个角落又为自己的离开而感到内疚，因为我为别人留下了陷阱。

"今天怎么样？"收银员一边问，一边开始扫描我买的东西。

"很好，谢谢。"我回道，声音平静而紧绷，希望在她过于关注我之前赶快付完钱。我屏住呼吸，看见她扫描完开始把所有东西装进袋子里，看也不看第二眼就把杂志扔了进去。我提醒自己，我再也不会像那个女人了。必须有人仔细研究我的五官，我眼睛的形状，我脸颊上雀斑的图案，才能看得清楚。我看起来像伊娃，我穿着她的衣服，我拿着她的手提包，我住在她的房子里。而那本杂志封面上的女人，已经不存在了。

又回到家后，我把买的东西放下，开始研究那本杂志。我看到那些并不像我那么幸运的人的笑脸，一种翻涌的不安掠过全身。我强迫自己去想象伊娃从书页里回望我，以她存在我记忆里、定格在时间里的模样，坚定，充满希望，却也表里不一。

文章一共四页，里面有坠机现场的全彩照片。这篇文章几乎能勾起所有人的同情心，不仅剖析了遇难者的生活，还采访了失去至亲的那些人。其中有一对新婚夫妇刚刚开始度蜜月，还有一个六口之家踏上他们期待已久的回家之旅——最小的孩子只有四岁。有两个老师正要去一个温暖的地方享受他们一年一度的二月假期。所有这些可爱鲜活的灵魂，或许都在那漫长而可怕的坠落海底的过程中逝去了。

我把关于自己和罗里的专栏留到最后来看。罗里给他们发了一张我们婚礼的照片，照片里我和他凝视着彼此的双眼，背景是闪亮的灯光和投下的阴影。遇难者中有纽约慈善家罗里·库克的妻子，库克是已故参议员玛乔丽·库克的儿子。其妻克莱尔此行前往波多黎各协助飓风救援工作。"克莱尔是我生命中的一盏明灯，"库克称，"她慷慨、有趣、善良。她让我成为一个更好的人，爱过她，永远地改变了我。"

坐着的我试图将这些话和我认识的那个男人联系在一起。身份是一种奇怪的东西。我们是自己说的人，还是别人眼中的样子？他们如何定义我们呢？是根据我们选择展示的东西，还是他们看到的东西，无论我们如何隐藏？在那张开心的婚礼照片旁边，罗里的话语勾画出一幅景象；但阅读这本杂志的人却无法看到照片拍摄前后罗里的样子。不过如果你知道去哪里找，就会寻到一些线索。这些线索就在那里——他抓住我手肘的方式，他头低下来的角度，他身体的前倾，与此同时我向后躲开的样子。

我还记得那一刻，并不是因为那多么美妙，而是因为在那之前不久发生的事情。当时我走到房间的一边，和我在佳士得的前同事吉姆聊天。我一直在笑，手搭在吉姆的胳膊上，这时罗里走到我们身边，用冷冷的目光打断了吉姆正在讲的故事。

"笑笑呀，"我责怪罗里，"今天应该高兴才对。"

然而，罗里的手握住我的手腕，十分用力地捏着，痛得我差点叫出声来。"如果你不介意的话，"他对吉姆说道，"我们需要到另一边去拍几张照片。"他声音平稳，丝毫没有让吉姆察觉到问题，但从罗里握着我手腕的样子，和他抿紧的、如钢铁般的嘴唇，还有他眯起来的眼睛里，我看出来，之后我要为自己轻率的放松并表露出真情实感而付出代价。

我发现我的大学室友从房间的另一边望着我们，她正和其他几个朋友坐在调音师的桌子旁边。于是我给了她一个大大的微笑，希望让她相信一切都很好，我也没有嫁给一个逐渐让我感到害怕的男人。

罗里要求我在接下来的招待会上一直待在他身边。他时而款待宾客，时而讲几句玩笑话，在房间里走来走去。但他再也没有直接对我说过一句话。直到我们进了电梯，去往豪华套房时，他才眼神冰冷地转向我，然后说道："永远不要再像刚才那样羞辱我。"

我盯着自己的照片，几乎认不出来上面的那个女人，不禁用手指勾勒着她的面部轮廓。我希望我能告诉她，一切都会好起来的，并且她会以最特别的方式离开，而她所需要做的就是坚持下去。

快速地吃完夹着花生酱和果酱的三明治后，我再一次坐在自己的电脑前，点击并查看了"文档"。但是是空白的。不过我注意到罗里在写我的悼词。于是我点开了，开始细读。

> 我的妻子克莱尔是一位了不起的女性，她不平凡的一生里充满了奉献和牺牲。

我身子抖了抖。还是杂志上那句引语更有感情。这让我听起来像一个八十多岁的老人，度过漫长而富有成就的一生后在睡梦中安详地死去。我不再是曾经那个——现在仍然是的——活生生的人了。只是我很好奇，自己又会希望罗里怎么写呢？

> 我对待克莱尔实在太刻薄了——我本不该对她如此严厉。我知道我吓到她了，而且有时会伤害到她。我以一种摧残而扭曲的方式爱着她，这让我们无法拥有真正的幸福。但是，克莱尔是一个好人，她是一个坚强的人。我摇了摇头。即使在我的想象中，我也没办法让罗里吐露我想让他说的话。我对不起你，克莱尔。我对你做过的事都是大错特错的。

但我面前屏幕上的悼词并没有提这些，只是讲述了我在宾夕法尼亚州度过的童年，接着描述了我的慈善工作，谈到我感动了很多人，我也离开了很多人。即便读至此处，我也没有感到任何真正意义上的悲伤或遗憾。但也许这就是我对他的全部意义吧：一位出身贫寒、不幸失去家人的妻子。她在艺术界十分成功，直到她放弃了艺术，加入她丈夫的慈善基金会。而如今，妻子香消玉殒。这读起来像是一本小说中一个次要人物的情节，反倒不像是我的生活。

我想象着在自己的葬礼上，以前佳士得的同事们坐在教堂后面的角落里。由于罗里，我与原本的世界隔绝，已经许多年没有和他们联系了。又有多少人真的会来呢？四个？两个？从许多方面来讲，我感觉自己很久以前就已经死了。曾经的自己早已无影无踪。这篇悼词里的人不过是个陌生人。

就在这时，罗里的电子邮箱收到了一条新的消息，于是我切换到他的收件箱。是国家运输安全委员会主任发来的，邮件预览让我脊背发凉。

> 亲爱的库克先生，我想跟进我们之前的谈话，关于您妻子飞机上……

我真想打开邮件读个痛快，然后把它标记为未读。我需要知道这句话是怎么结尾的。但我强压着自己，要等待。

我站在房间里，踱来踱去，眼睛一直盯着屏幕，默默催促着罗里赶快查看他的电子邮件。最终，十五分钟之后，邮件状态变成已读，我立刻奔回到桌子前，点开了邮件。

> 亲爱的库克先生，我想跟进我们之前的谈话，关于您妻子飞机上乘坐的位置。我刚刚得知，尽管机身保留相对完好，但救援人员报告称您妻子的座位是空的。我们会继续优先寻找她的遗体，若有任何新进展我会及时通知您。

所有的空气都从我的肺里争先恐后地涌出，我所相信的一切都变了。

罗里的回复立刻出现在这封邮件下面。

这是什么意思？她现在在哪儿？

我向后靠在椅背上，心里翻江倒海。罗里问到我的尸体怎么了，对啊，伊娃是如何做到的，她还操控了谁，她有可能去了哪里……我一点儿也不感到惊讶。她可是一个谎称杀了自己丈夫的女人，而且那个"丈夫"还是一个根本不存在的男人，伊娃肯定能做出这种事来。

几分钟后，回复来了。

在我们恢复黑匣子以获得更多的坠机细节之前，我无法对此进行推测。可能有很多原因导致您妻子并不在我们以为的位置上。我向您表示歉意，并请您耐心等待。还原此类坠机事件需要时间。我们还需要一段时间才能找到答案。

我眼前又浮现出新闻发布会上的那一抹粉色。这是我第一次让自己认真考虑这样一种可能性：尽管扫描了机票，但是伊娃并没有真正登上那架飞机。

伊娃

加州伯克利

9 月

空难前五个月

　　我们换个地方，查韦斯公园见。

　　伊娃希望这条短信，能让德克斯觉得她自己此时正焦虑无比，惊恐万分。

　　查韦斯公园是一片广袤的草地，就位于旧金山湾，外围有一条小径，将整个公园环绕其中。到了周末，公园里就挤满了人，有来这儿放风筝的家庭，有慢跑的人，还有很多宠物狗。然而，在九月末的一个周二，下午两点，这里却十分冷清。伊娃看到了德克斯，他坐在一条长凳上，背对着海湾蜿蜒的景色，双手随性地插在口袋里。他看到伊娃时，便欠身站了起来。

　　"我们走走吧。"她走到他面前时说道。

　　伊娃将手提包紧紧夹在身体一侧，并暗自提醒自己德克斯只是个凡人而已。他既不会读心术，也无法穿透手提包窥探到包内，更别提去发现她在下车前放进包里的那台声控录音机了，尽管上面显示录制中的红灯按钮正闪烁个不停。他能看到的，只是面前这个惊恐的女人。这将会成为她的伪装和优势。这也从来都是她的优势。

　　伊娃无时无刻不在未雨绸缪，就像有的人可能会储存食物和水、绘制逃生路线、打包应急工具，来应对突发的自然灾害一样。卡斯特罗必定会再来，所以伊娃要布好自己的天罗地网，用她已经得到的信息和将要挖掘出的信息作为筹码，来交换一个新身份，在一个从未涉足过的镇上开始新的生活。卡斯特罗会为她的身份编造一个故事，故事中的她没有吸毒成瘾的母亲，不曾被寄养，也从未被学校开除。她那不堪的过去就可以一笔勾销了。不过在那之前，她不得不先在刀锋上走上一遭，还要时刻祈祷着自己千万别失足跌倒，因为稍有差池，就意味着万劫不复。

他们二人肩并肩地走在水泥铺成的小径上，绕着公园散步。一座被草地覆盖的山丘自公园中央高耸而起，挡住了伯克利山和码头的景色。"所以说，你有什么要给我吗？"他问道。

伊娃双臂交叉抱在一起，抵挡着从海湾吹来的凛冽寒风，她说："告诉我真相。那件事真的结束了吗？"

"我告诉过你，菲什都搞定了。"

伊娃盯着他，眼中充斥着难以置信的疑惑。"你怎么可能认为这样对我来说就够了呢？他们盯上了我，还跟踪我到了我家。"她提高了嗓门，声音因情绪激动而颤抖不已。"别他妈的告诉我什么菲什都搞定了，就指望我翻篇了。"

很久以前，伊娃还是住在教养院里的一个小女孩时，她就发现大部分人会因强烈的情绪感到不安，于是她便学会利用愤怒或悲伤向他人施加压力，从而操纵对方，让其陷入一种困境。一旦陷入，人们就会不择手段去驱散这种情绪。不论是阻止对方哭泣，还是消除对方的恐惧，抑或是平息对方的怒气。德克斯也和常人没什么不同，未能幸免。而且伊娃不需要入戏太深便能找到自己内心的恐惧情感，也就不必编造一个有说服力的理由去解释为什么她需要事情的细节才足以让自己安心。

远处，小径上有两个女人朝着他们的方向散步而来，她们正聊得热火朝天，于是伊娃继续说："无论我去哪儿，我都怀疑有人在跟踪我。排队时站在我后面的男人，打电话的女人……"伊娃指向那两个女人，她们更近了。"甚至是她们。我怎么知道她们不是为卡斯特罗工作的？"

德克斯抓住她的胳膊，将她拉近一些，小声说道："冷静点，伊娃。妈的。"

他们挪到小路一侧，让那两个女人先通过，等到她们再次走远，远到听不见他们的对话时，伊娃说："好了，说吧。什么叫'菲什都搞定了'？怎么搞定的？要知道一个值班警官丢了几份文件和一位警长或是中尉叫停一项联邦调查任务，还是有区别的。"

伊娃的最终目的并非是要弄清菲什的人是如何在局里暗中操作的。弄清固然有用，但伊娃是想利用这个刺激德克斯。让他开口。就像墙上的裂缝，会随着时间的流逝和压力的变化，越变越宽。

德克斯将目光从她身上移开，他的声音很低，伊娃向他靠近了一些。"你在公园里遇到的那个女的是个自由职业者，"他说，"你的直觉是对的。她是个瘾君子，她想通过巴结警方来换取减刑。菲什安插在局里的人已经成功解除了她的线人身份。因为你没有卖给她任何东西，也没有任何金钱交易，他们没的调查，就只好罢手了。"

他们又开始缓缓地漫步，二人肩并着肩，此时，风从身后吹来，远处，郁郁葱葱的伯克利山又出现在视野里。伊娃指了指伯克利大学钟楼、体育场和克莱尔蒙特酒店的白色外楼，示意走这条路，却一声不吭，让德克斯觉得他所说的每字每句伊娃都听进去了，正在仔细思考。"所以她怎么样了呢？"

"不知道，"德克斯说，"有可能进了监狱或戒毒所。"

伊娃转过身面对他，伸出一只手放在他的小臂上。"听着，你了解我的。我不会轻易歇斯底里。但我也不可能就在这光天化日下交'货'。除非一切都安排妥当。"

德克斯眯起眼睛盯着她。"这是你的义务。你没有权利提条件。"

"我认为我有，"伊娃说，"技术可是掌握在我的手里。"

德克斯低头盯着她，怒火中烧。"这他妈的可不是游戏。布列塔尼的问题可能暂时被压下去了，但事情不会就那么结束。眼下'清扫'开始了，所有发生过的事都会被调查。谁牵涉其中，他们都知道些什么，什么时候知道的。你现在发难只会将我也置于危险之中。"

他们又走了几分钟，其间谁都没有说话，只有寒风不断抽打着她的大衣，又擒着大衣的边缘将其掀起。沉默之后，伊娃又提出一个问题。"在我之前，为菲什工作的那个化学家怎么样了？"德克斯看着她，一脸惊讶。"你曾告诉我他洗手不干了。其实那并非全部真相，对吗？"

"他拒绝听从命令。"德克斯最后说，"我不想同样的事情也发生在你身上。"

再一次，伊娃让她那恐惧的情绪浮上表面，好让德克斯能够看到她是多么害怕。她双唇紧闭，似乎在竭力让自己保持镇静。"在汽车旅馆，你给我看的那具尸体？就是他吗？"

德克斯摇摇头。"不，那不是他。化学家在你加入之前就不干了。"他压低了声音，伊娃向他凑近了几步，想听清他接下来的话。"你必须和我同心协力。既是为我也为了你自己。如果不这么做，你可就犯大错了。"

伊娃点点头，似乎正在说服自己，让自己去接受事实就是如此。截至目前，她已收集到足够的信息。他们也已走到公园外面，她的车就停在前面。夹在二人和车之间的，只有黑沥青路面和上面散落的垃圾。她把手伸进口袋，掏出一个信封。"周六橄榄球赛的门票，"她解释说，"我们暂时要在'室内'处理事情。"

室内是伊娃和德克斯之间的暗号，当他们感到由伊娃在公园或是餐厅为德克斯提供"周供给"太过冒险时，便会使用这个暗号。许多年前，伊娃就开始购买橄榄球和篮球季票，尽管她几乎不看比赛。但是购买季票会获得进入精英俱乐部级别场馆的权限，这种权限会给予会员享受特权的优越感和安全感，也能让他们进入一个卧底警察无法轻易跟踪到的地方。

此时此刻，她还无法停止为菲什制毒。若是卡斯特罗还在监视她，她就绝不会做任何能被抓到把柄的事，除非到了她可以拿出一些有价值信息的时候。

德克斯把票塞进大衣里，一只胳膊搂住她的肩膀，让她靠近自己。"把活儿干好，就都好说。"

克莱尔

2月25日，星期五

　　但救援人员报告称您妻子的座位是空的。

　　我盯着国家运输安全委员会发来的这句话，试图搞清到底是怎么回事。我的思绪一直在两个毫不相干的问题上跳来跳去——其一，伊娃到底是如何下飞机的；其二，如果救援人员告诉罗里我凭空消失了，他又会采取什么行动。

　　我点开浏览器新网页，谷歌搜索飞机坠入大海，幸存者救援。至少弹出二十篇关于477号航班空难的报道，所有内容都于四天前发布。一篇报道标题为"最新消息：搜救人员找到空难飞机残骸"。另有一篇报道标题为"维斯塔航空公司空难：477号航班在佛罗里达海岸坠毁"。我尝试搜索其他关键词。飞机坠毁后，如何找到人体残骸？我又看到一长串实时更新搜救情况的新闻报道，维斯塔航空公司安全等级较低、推测飞机坠毁可能的原因等等，但并没有看到我想搜索的内容——他们是否能确认我当时并不在飞机上，或者他们有可能无法搜救到飞机上的每一位乘客。

　　还有一个问题，令我倍感困惑：伊娃当时是如何下的飞机？我试图猜想她已成功逃脱，藏身某处，我们用着彼此的身份，也许她只要给前台亮出我的驾照，就能登记入住酒店。或者她在其他城市一落地，就卖掉了我的驾照。我曾付给尼科一万美元，买到阿曼达·伯恩斯的资料。我不知道真正的驾照能卖多少钱。也许窃取身份是伊娃的另一项副业，她还能在伯克利全款买下一套复式公寓呢。

　　我又开始搜索。你能在扫描机票后不登机吗？我在一个留言板上发现了同一主题讨论帖，确实有人想知道他们是否可以通过这种方式来获得足够里程，从而提升飞行常客等级。但回复令人沮丧：

> 根本没有办法逃过最终的数人头。如果人数对不上，所有人都要下飞机，再次过安检。根本没有办法蒙混过关，你只会害了自己和机上其他所有乘客。

另有跟帖是这么回复的：

> 扫描登机牌后不登机，根本不可能。想想吧。一般就在离登机口不到两米的地方就开始扫描登机牌。你以为机组乘务员会在扫描你的登机牌后，眼看着你溜走吗？这个想法太愚蠢，浪费脑力。

对极了。航空公司是要数人头的。那伊娃就不得不乘坐那架航班啊。

伊娃的手机突然嗡嗡响了起来，就在我身旁的书桌上，我又惊又怕。来电显示私人号码。我紧盯着发出亮光的屏幕，因为同一个来电号码，手机已经响了两次、三次甚至四次。我想象自己接通电话。假装是伊娃。问对方几个问题，探知伊娃真实的身份，曾经的过往。为什么她会在机场水吧接近一个陌生人，和人家说自己丈夫生命垂危，这太离谱了。手机的蜂鸣声戛然而止，房间再次陷入沉寂。一分钟后，手机屏幕又亮了起来，显示有一条新的语音信息。我输入几天前设置的新密码，然后点击收听。

电话那头是个女人的声音。你好，是我。想看看你这边进展如何。如果一切顺利。我想现在应该收到你的消息了，所以，随时打给我吧。

就这些。没有留下姓名。没有显示回拨号码。我又听了一遍语音信息，试图抓住任何细枝末节——这个女人多大年纪，任何背景杂音都能提示我她是从哪里打来的——但我一无所获。

妈妈曾经带我和维奥莱特一起去蒙托克的海边度假。她给我俩一人一个装鸡蛋的空纸盒，告诉我们去沙滩捡拾宝贝，把盒子装满。维奥莱特和我走了好几公里，到处搜寻海边的碎玻璃片和表面是黑色的完整贝壳，而当你把贝壳翻转过来，会看到里面呈现出犹如棉花糖和芭蕾舞鞋般的珍珠粉色，或是音乐盒和婴儿毛毯般的紫罗兰色。我们按照不同类型、不同颜色把捡拾来的宝贝进行分类，再装进纸盒，空纸盒装满后，我们便回到租来的度假屋，争相展示给妈妈看。

试图揭开伊娃生活的神秘面纱就好比努力装满其中一个纸盒。一部分空间被毫无意义的东西填满。一部遗留下来的预付费手机，找不到任何个人信息。一栋现金购买的房子。一个询问伊娃事情进展、等她回电的女人。而其他空间空空如也，等待着线索拼凑起来，最终真相大白。

我的心像灌了铅一样，无比沉重。这原非我本意。也许是我太天真了，但我从未考虑过在谎言里求生的紧张焦灼。摆脱罗里、重获自由会是什么感觉——这是我唯一想过的事情。

现在我终于逃了出来。我自由了，但离真正的解脱，还相差甚远。

周六早晨，我起得很早，一边吃香草酸奶，一边看罗里和布鲁斯的对话，对于是否要在葬礼结束后发布罗里为我写的印刷版悼词，两人争论不休。布鲁斯——要发。罗里——不发。

这是此后的对话：

罗里·库克：
你们见面时查理说了什么？

我坐起身子，小心翼翼地把酸奶放到一旁，看布鲁斯接下来如何回答。

布鲁斯·科科伦：

我照你说的做了。我解释说，克莱尔的死让你伤心欲绝，你没办法亲自过来，我还说，现在挺身而出、对外发声，完全是机会主义，违反保密协议条款规定。坚持这么做，等于逼迫我们通过法律诉讼来维权，谁都不希望看到这个结果，尤其是现在这个时候。

罗里·库克：

然后呢？

布鲁斯·科科伦：

并没有起到什么效果。对方一直坚称，如果你要参加竞选，选民需要知道他们投票支持的人到底犯了什么罪。玛吉·莫雷蒂的事需要公之于众。爱她的人应该知道真相。

不出所料，果然是这样！我的所有假设全部重新排列组合形成新线索。一提到玛吉，我感到肾上腺素迅速飙升，我屏住呼吸，等待下文。

布鲁斯·科科伦：

现在你想让我做什么？

我几乎能听到罗里在歇斯底里、大吼大叫，因为他的名字后面文字飞快地显示出来。

罗里·库克：

我要你把该死的工作做好，解决掉这个麻烦。

布鲁斯·科科伦：

我会理清头绪，看看事情是否能够得到解决。耐心点儿。

罗里·库克：

我给你钱，可不是让你告诉我要他妈的耐心点儿。

两人随后下线，我的大脑飞速运转，试图理清查理·弗拉纳根、罗里和玛吉·莫雷蒂之间的关系。

小时候，我常常骑着自行车穿过小镇，来到一片小树林。我喜欢骑到人行道尽头，拐进一条土路，车辙纵横，蜿蜒穿过片片阴凉和斑驳的阳光，藏身于高高的大树下，谁也看不到我。

但我最喜欢的骑行部分是当我重新在小镇出现，那种整个身体在崎岖不平的路面上颠簸了许久，重新骑到柏油路面上来的感觉——所有的颠簸碰撞都再次归于平静，一片坦途，终于还是一切安好。

经过数日的艰苦颠簸，我感觉自己现在充满活力。我已经再次冲出迷雾，能够看清前方的路了。

我重新返回查看 U 盘，发现一个藏在 M 盘里的文档，简单地标注成 Mags[1]。但我点开时，没有太多东西。罗里和玛吉开始约会时还不能上网，也发不了电子邮件。所以只有大约二十张扫描图像——照片、横线纸便条、贺卡、一张酒店吧台的纸巾。每张图片的命名都是一串数字，没有任何意义。我逐一点开，忽然一阵怪异的战栗袭遍全身，玛吉的笔迹如同指纹一般极具个人特点，容易辨别，一切都如泣如诉，似乎在我耳畔低语。

罗里在销毁纸质版之后还一直保存着这些图像，我一点儿都不惊讶。我知道他一直在用自己的方式爱着玛吉。如同一张公路交通图，两人追踪了彼此关系的发展路径，从激情四射的热恋，到进一步的错综复杂，看到这些图像，仿佛听到了我自己婚姻的回声，那音符既熟悉，又空洞。

---

1 玛吉英文名字的简写。

靠近文件夹底部，我点开一张扫描图片，显示的是一张从线圈笔记本上撕下来的蓝色横线纸，边缘参差不齐。日期正是玛吉死亡的前几天。

罗里：

　　你说为了更好地解决问题，建议我们去北部度周末，我思考了很久。我认为这不是个好主意。我需要空间想清楚是否还要继续和你见面。上次我们吵架让我十分害怕。这太过分了，现在我也不知道我们是否还能继续走下去。请尊重我的意愿，我会尽快给你打电话。无论如何，我会永远爱你。

玛吉

我又看了一遍，突然想起很久以前的那顿晚餐，这感觉就像方向盘急转，偏离了路线，带我驶入新的方向。玛吉希望我们能出去度个安静的周末，这样就可以在没有城市干扰的情况下进行真正的交流。

但玛吉并不想用一个周末的时间重归于好。她想要分手。我最清楚一个女人试图离开罗里会是什么下场。

玛吉·莫雷蒂和我都必须得死，才能真正摆脱罗里，获得自由，这真是讽刺得可怕。

伊娃

加州伯克利

10 月

空难前四个月

没过多久，莉兹就开始接二连三抛出各种问题。起先，她总是提起后院有种味道，一种她辨识不出的味道，这就迫使伊娃得在深夜，在她确定莉兹已经入睡之后才开始工作。

"你生病了吗？"一天莉兹问道。伊娃的黑眼圈十分醒目，那是因为她连续彻夜工作了三天。伊娃试图尽她所能将莉兹的问题转嫁于别人，将那奇怪气味归咎于巷子对面的邻居，将那憔悴的脸色归咎于鼻窦感染。

在过去休假的几周内，伊娃的生活发生了急剧的变化，但她也在努力让生活回归正轨。她开始觉得自己的生活像是两条互不相交的轨迹，一条是她当下的生活，将所有时间都贡献给了深夜实验室的工作和满足德克斯及菲什的供货需求，另一条轨迹则是仅仅几周前她所度过的那种生活。比如同莉兹共进晚餐。那是一段极单纯的时光，那种感觉，比她想象中的更加轻松，更加充满光明。

而此刻，她正迤逦而行，穿梭在身着蓝色和金色球服的人群中，爬上通往纪念体育馆的山坡。她大脑一团糨糊，但眼神却很坚毅。她一边在大门口排队等候，一边盯着保安——他们要求每个人都打开手提包和背包接受安检。她胳膊紧贴在身体两侧，能感觉到那一小包药片的轮廓——那包药早已被她安全地塞进了外套内侧的口袋中。

伊娃并未联系她的任何客户，告知他们自己已经复工。她得为菲什制毒，但她的客户以为她还在休假中，而且没有确切的复工时间。她唯一的目标是尽可能多地收集有关菲什及其组织构成的情报，而不是赚取那些实际上她并不需要的钱。

走到队伍第一个时，她打开手提包，看着保安的眼睛扫掠过包中的每一样物品——钱包、太阳镜以及那台微型录音机——和往常一样，她屏住呼吸，似乎在等待别人透过她的一举一动看穿她，最终识破她的真实面目。

但是，今天不会发生这样的事。

她穿过入口，进入体育场，整个球场便呈现在下方，各阵区内都涂着黄色的加利福尼亚州字样，并以深蓝色为背景，标志性的加州手写体落在球场的中线上。伊娃对坐在周围的人视而不见，只是盯着场地对面正在表演的乐队，看着旁边挤满了学生的区域。她感到了这些年来从未有过的孤独。

大学时期，伊娃只看过一场比赛，然而那段记忆，在她每次去球场时都会纠缠着她。等会儿在北通道见，韦德是这么跟她说的。看到那么多人徘徊在那里，等待着运动员的到来，对此她感到很震惊。追求者、追随者，还有姐妹会的女孩儿们，她们不停地撩着头发，检查唇彩。她躲在后面，像往常一样，站在外围观望。他出来的时候，目光在人群中搜寻，接着便落在了她身上。仿佛她身上散发着微弱的光。他穿过人群找到她，一把搂住她，带着她离开，他身上的肥皂味儿和体育场周围红杉的气味混合在一起。那一刻，她意识到，她已彻底迷失，韦德·罗伯茨已经选中了她，不管她愿不愿意，都必须跟着去。

伊娃初次与他相见是在化学实验室，那时她在做助教工作。一开始，她仅仅以为他又是一个试图通过调情来提高成绩的体育生。可是每当韦德看向她时，都会有一种触电般的感觉穿透她的身体。

那学期初，她正在为学生们讲解一些基本的化学反应，这时韦德说道："我们为什么要学这个？在什么情况下，我们才需要知道什么物质会和氯化钙起反应呢？"

她本该重新将他的注意力引导回实验上。但伊娃知道，如果她想引起他的注意，她就需要出其不意。"你喜欢糖果吗？"她问他。接着她向他们展示了如何制作草莓气味的晶体，制作过程十分简单，任何人只要想做，就都能在网上搜索到制作方法。

一切就这样开始了。就像钉在地图上的一根大头针，标志着一段旅途的开启，一段她绝不愿踏上的旅程。就在他们开始约会后没多久，韦德就开始向她施压，让她尝试制毒。一开始，她并不愿意。但他的要求并不难办到，于是她想就做一次吧，让他不再因此烦她。在科学世界中，她总能体会到最强烈的安全感——来源于物理和化学中那些恒定不变的规律。不像生活，会在你两岁时，毫无征兆并且不给你任何选择机会就把你扔进教养院，化学中的一切皆可预料，一切化学反应皆是确定的。韦德是那种每个人都想要接近的人，但他却只想亲近伊娃。所以，他让她再做一次时，她妥协了。并且，在那之后，一遍又一遍地妥协。

体育场里挤满了人。伊娃看了一眼手表，把手伸进手提包里，打开了录音机。场地那头，表演乐队用鼓点敲击出节奏，那节奏与多年前的那天一模一样。周围的人群挤得更紧了，这让她觉得自己快要窒息了，她尽可能地缩紧身体，好多坚持一会儿。耐心等待着。做好她该做的，准备好该准备的。

"等很久了吗？"德克斯问着，一屁股滑进她旁边的座位。

"大概五分钟吧。"她的目光挪向山上，平台上那座从树木中探出的加农炮，在每次触地得分后都会点火发射；山顶，一面白色的加利福尼亚旗帜在风中飘扬着。那是"小气鬼山"，管他什么人，都可以爬上去坐在那肮脏的地上。这该死的伯克利。"天哪，我真讨厌这个地方。"她说。

"把东西给我，我们就可以离开这里了。"他环顾四周，看向身后的人群，又将头转回来，膝盖不安地抖动着。

伊娃摇了摇头。"想都别想。我们要按照我说的来做。"她知道德克斯仅仅说卡斯特罗已不再监视她，但这并不意味着卡斯特罗不会依然在某处，一直盯着她，等着她犯错。

"你真的不需要担心。"

"你都不肯详细说明是怎么一回事，如何让我放心。"伊娃说道。她从座位底下拿出手提包，看了看包的底部，拂去粘在上面的几片枯叶和口香糖包装纸，然后将包放在扶手旁边。"你得告诉我细节。跟踪我的人是谁。为什么跟踪我。还有为什么现在跟踪我的人又不见了。"

德克斯懒散地坐着，他的目光不停地从一件事物上迅速转移到另一件，从不停留。"好吧，"他说，"是一个联合任务行动组，由美国缉毒局和一些当地警察组成，想要抓住菲什，已经行动很多年了。两周前解散了。"

"怎么可能呢，菲什竟能解散联合任务行动组？"她问道。德克斯眯着眼，看向场地对面，此时乐队演奏起《时髦的冷麦迪娜》。最后，他说："监控要花很多钱，况且他们从你这里得不到任何线索。他们也不能永远盯着你。上面拨了款，但任务并未得到任何指向性的线索，于是菲什在局里的那些朋友开始不断抱怨浪费了资源以及预算问题。他们也没有办法，就只能解散了。"

"听听你说的话吧，"她说，"联邦探员、联合任务行动组。都这样了你却告诉我不必担心？"

"我是在告诉你，这个事情已经结束了。你得放下。"

她端详着他的侧脸，下颌的轮廓比以往显得更加柔和，眼和唇周围布满了笑纹。她认识德克斯十二年了。但今天的他有点不对劲。

就在这时，随着加州队拥出北隧道，加农炮一声轰鸣，在她身边，德克斯几乎从座位上跳了起来。乐队开始演奏体育战歌，他和其他观众一起站了起来，试图掩盖，但他并没有骗过伊娃的眼睛。"你还好吗？"她问道。

"挺好的。"他说着将双手插进口袋，又和周围人一起坐了下来，第一节比赛开始了。"就是有点担忧而已。"

"你刚刚才告诉我没事的。到底怎么了，德克斯？"

他摇了摇头。"确实没事。只是，菲什在调查我跟你说过的那个人。我的朋友，是他推荐的布列塔尼。"

"你会有危险吗？"

德克斯发出一声冷笑，看着她，眼睛很悲伤。"我什么时候没有危险？"

中场休息时，他们回到了夹层包厢。人们纷纷走向洗手间或货摊时，伊娃带着德克斯走向标有体育场俱乐部的几扇门。她把俱乐部徽章递给门口的警卫，警卫扫了一眼，挥手让他们通过。她带着德克斯走上一段楼梯，身后体育馆的嘈杂声逐渐消失，他们进入了一个大房间，从这里可以将整个校园尽收眼底，视野可以一直延伸到旧金山湾，还能看到横亘在远处的金门大桥。

"我去拿喝的。"德克斯说，留下伊娃一人望着窗外。刹那间，思绪闪回到曾经的一瞬：那间办公室，窗外的景观几乎和现下看到的一模一样——有关韦德·罗伯茨的记忆仍旧阴魂不散地纠缠着她。

那是伊娃在伯克利这些年来见过的最好的办公室。办公室坐落在校园最高点的一座山丘上，透过窗户可以将金门和更远地方的景色尽收眼底。房间角落里，一只时钟嘀嗒作响，以秒针的运动丈量着伊娃的命运。院长翻阅着她的档案，她又向门口瞥了一眼，期盼韦德会出现，兑现他的诺言。

"我看你得过奖学金。"院长抬起头，等待她肯定的回答。她盯着他的鼻子，尖尖的鹰钩鼻支撑着一副双光眼镜，一言未发。他继续翻阅着。"你是从市里的圣约瑟夫教养院来的？"

话语伴随着目光中投来的第一缕同情。她甚至都能测量出这一丝同情投来的时间。每当人们得知她是在教养院长大时，他们要么回避，要么深入了解。但这几乎总是会在顷刻间改变人们对她的看法。她耸耸肩，又看向了那扇门。"文件里写得很清楚。"她实际说话的语气比自己脑海中想的要更生硬唐突，伊娃希望她能把话收回来，重新说一遍。告诉他自己有多么享受学生生活，告诉他在伯克利，潜力犹如阳光一样洒下来，触碰她的肩膀。然而伊娃从来无法如此坦诚。所以她只字未说，只是静待一切发生。

"为了在化学实验室里制造违禁药品而抛弃一切，这似乎很愚蠢。"他说道。

正当伊娃纠结该如何回答时，门开了，院长助手领着韦德进来，这才替伊娃解了围。伊娃长舒了一口气。韦德答应过她，他会告诉院长，制造违禁药品是他的主意，并承担全部责任。作为橄榄球队的四分卫，他只会受到轻微的惩罚，也许是停赛一场，但没有什么会毁了他的职业生涯。

但加里森教练紧跟着韦德进来时，她本来的如释重负瞬间消失了。伊娃只在报纸上见过他的照片，还有一次是在韦德的要求下观看过一场比赛。那也是她看过的唯一一场比赛，那时她看向球场，教练就像一只小小的蚂蚁在场边踱步。我想让我女朋友看我打球。都是"女朋友"这个词惹的祸。伊娃从未成为过某人的谁——不是谁的女儿，不是谁的朋友，更从未是谁的女朋友。她觉得自己多么荒谬，背叛如此沉重地打击了她，而就在刚刚，她竟然还任由自己去相信韦德会是不同的。

"他们只有白的。"德克斯说着，递给她一些用小塑料杯装着的白葡萄酒。伊娃的目光从眼前的景色移开，将思绪重新聚焦在当下。她相信自己已从灰烬中重生，正在创造新的生活。但这一切都是幻觉。都是妄想。一切都没有改变。韦德走了，又来了一个德克斯补位，从事情发端的那一刻起，一切都没有改变，只是现在的一切比开始时更加危险了。

德克斯喝了一口杯中的酒，做出一副痛苦的表情。"你为了获得喝一口这破酒的特权，每年要花多少钱？"他问道。

伊娃最不需要的，就是一段充斥着抱怨劣质酒的录音。"有时我在想，我是不是曾经遇到过菲什，只是我不知道而已。比如说，也许他就是那些出手阔绰的捐赠者之一。"她指向一群上了年纪的男人，他们聚集在一个奖杯陈列柜旁边，身着深蓝色和金色的衣服。"有可能，这很合理，真的。他就隐藏在众目睽睽之下。"德克斯的视线越过塑料杯顶部盯住伊娃，她继续说着："你认识他。他是什么样的人？"

德克斯耸耸肩。"就是个普通人吧，我猜。没什么特别的。如果你惹毛了他，他也会很可怕。"他打了个寒战，转过来看着伊娃，脸上流露出悲伤的神情。"从现在开始，别再问我问题了。"

伊娃呷了一口酒，强烈的酒味刺痛了她的喉咙。"别担心。我知道你什么都不能告诉我。但我一直在想把药给你后会发生什么。以前我没考虑过，但现在我考虑到了，他们会不会通过这药反查到我身上。他们现在可以利用法医学做一些难以置信的事情。"

"如果你担心的是这个，我可以告诉你药不会留在当地。"

"我想我担不担心取决于你对'当地'的定义。是送去萨克拉门托？洛杉矶？还是更远的地方？"

德克斯又喝了一口酒，把剩下的倒进了脚边的垃圾桶。"咱们快干完正事，离开这里吧。"

他们沿着一条狭窄的侧廊，走向一间无性别洗手间。他们排队站在一个带着孩子的母亲后面。一个年长的男人走了出来，随后母亲和孩子走进去锁上了门。一名服务员从走廊经过，说："需要的话，拐角处有大卫生间。不用排队。"

德克斯和伊娃笑着对她说他们不急。又过去了五分钟，其间紧闭的门后还传来一阵低沉的哭声，终于轮到她了。她锁上门，检查手提包里的录音机，懊恼着德克斯不肯透露给她更多信息。她靠在墙上，瓷砖的凉意渗透了她的衬衫袖子；她试图弄清究竟要问什么，要怎么做才能让德克斯告诉她一些更具体的事情。例如他们把毒品送到哪里，买主是谁，以及关于菲什的细节。最后，她冲完厕所，洗手擦干后拿出包装鲜艳的药片。

她将货放在纸巾盒子上，走了出去，又让德克斯在她之后钻进卫生间。他出来的时候拍了拍身上的外套说："希望你不会介意，但我实在不想在这里待到下半场。"

"我知道了。"她说。他们走出俱乐部，下楼梯，离开了体育场。

体育场外，两人站定。"听我说，"他说，"我们都有点过于紧张了，不过你想要谨慎点是对的。"他指了指他们身后的体育场，下半场比赛开始了。"我们可以按照你的方式来做，直到我们都觉得安全为止。"

她看着他，他脸上的表情变得柔和，因为他已经从伊娃那里得到了他想要的。他既是伙伴又是猎手，既想保护你，又要监视你。不管他表现出哪一面，德克斯都不会是朋友。她必须提醒自己，他并不关心她的处境安不安全；他只担心自己。

她挤出一个感激的微笑，"谢谢你，德克斯。"只要德克斯认为自己还在控制着她，他就绝不会注意到伊娃已反客为主。

那晚，伊娃没有工作。她坐在电脑前，盯着那片空白的搜索区域。回想起今天在体育场时独自坐在那里的感觉，没有人会为自己争取，没有人会说伊娃是个好人，她值得拥有一个改过自新的机会，她开始怀疑这样的机会是否有可能存在。莉兹的话又浮现在她的脑海。信息就是力量。莉兹已经穿破她为自己建立的防线，她不确定这究竟会帮助她重新建立一道防线，还是彻底摧毁这道防线。

伊娃试着为最痛心的结果做好心理准备——她的母亲康复了，正与家人和朋友过着幸福的生活——她把母亲的全名输入了搜索栏，整个房间里唯一的光亮是电脑屏幕散发的微光，照亮了她的脸。外面一辆汽车驶过，轮胎压过人行道，发出轻微的嗡嗡声，在那之后，寂静又被蟋蟀无尽的鸣叫声填满。

她按下了回车键。

出现了一长串点击选项。瑞秋·安·詹姆斯的名字出现在脸书、图片、推特上。其中有一个来自内布拉斯加州一所大学的瑞秋·安·詹姆斯。她向下滚动鼠标，点击了一个免费寻人链接，弹出了十八个可能匹配的对象。但是没有一个与她母亲年龄相当。她的母亲应该在五十岁出头，而这些人要么岁数太小，要么岁数太大。

她的身体因焦虑而颤抖，比她进行最紧张的毒品交易时还要紧张，她很想停下来。关掉电脑，回去工作，把这一切都忘掉。但她又导航到了一个新的搜索引擎，输入了加州，瑞秋·安·詹姆斯的讣告。

这一次，出现的第一个链接就是她要查找的结果。这是伯克利以北几公里的里士满当地报纸上的一小段话，里面没有透露她死亡的细节，只透露了她的死亡年份和年龄，是二十七岁。瑞秋死后，留下了她的父母，住在加州里士满的南希和欧文·詹姆斯，以及三十五岁的哥哥麦克斯韦。没有提到她，可能是因为他们不想要这个外孙女吧。

伊娃盯着屏幕，听着耳朵里的血液在轰鸣。伊娃当时八岁。她试图将记忆中童年的样子与这个新信息匹配起来。那是她与卡门和马克在一起的时光。后来，她又回到修道院，修女们再次尝试联系她的家人。在那里的某个地方，她母亲已经去世了。然而，她的外祖父母欧文和南希终于摆脱了女儿吸毒的噩梦后，仍然拒绝了她。

她想把这份讣告印出来，带下楼去敲莉兹的门，问问她这一消息可以给自己带来怎样的力量。就她而言，这感觉就像一千个微小的伤口刺穿了她的皮肤，没有中心的疼痛，只是一圈辐射的火焰，在慢慢地吞噬她。

但她没有这么做，正相反，她清空了搜索，关闭电脑，让自己沉浸在黑暗中，回去工作，开始努力适应这一新的拒绝，新的心碎，正如其他所有心碎一样。

克莱尔

2月26日，星期六

最后那个周末，罗里和玛吉是在一起的，他竟然撒了谎，这很有趣，但从法律意义上来说也不算违法。当然，在对我——他的新女友——讲述这个故事时，他会让自己看上去可怜兮兮的，我不禁开始猜想玛吉为什么改变了主意，无论如何都要离开。但玛吉提到他们之间发生过很恐怖的争吵，这让我不寒而栗，因为我太了解罗里的脾气了，玛吉很可能轻易就被推下楼梯，就此殒命。

但这张便条证明不了什么，只能说明他们之间有过冲突。当时媒体进行了大肆报道，闹得沸沸扬扬。我一直搞不清楚查理·弗拉纳根和1992年的那个周末到底有什么关联。这是解决一切问题的关键。也许他就是玛丽姑妈提到的贿赂的组织者，是他从基金会账户非法挪用了资金。

我快速看了一下时间，离我和凯莉约好见面的时间只剩三十分钟了，于是我走进厨房，打开冰箱，抓起一罐健怡可乐，抿了一口，凝视着后窗。我一边等着咖啡因撞入血液带来的兴奋感，一边想象着查理向媒体公开他所掌握的随便什么信息。在《纽约客》《名利场》《纽约时报》上曝光，大肆报道，罗里到时也就无计可施、无能为力了。我知道这是一次大胆的尝试，但脑中的幻想仍然使我为之一振。

我把可乐罐放在厨房台面上，朝楼上走去，寻找一条黑色裤子和一件白色上衣。

我到达咖啡店时，凯莉已经到了，正坐在车里等我，我打开车门，滑进了座位。

"准备好了吗？"凯莉问道。

"让我们大干一场吧。"

到街区尽头时，凯莉的电话响了起来。"雅辛塔，"她对着电话说，"我在上班的路上。"她听了一会儿，然后骂了一句，接着说："好吧，我五分钟后到。"

她挂断电话，掉转车头。"对不起，"她说，"雅辛塔，我女儿，一直在忙着艺术史的课程项目，她把海报材料落在我的后备箱里了。"

"没关系。"我告诉她。

"通常，我会让她自己想办法，但这次她有个搭档一起，我不想因为雅辛塔的粗心大意而连累她。"她叹了口气，说道，"这个项目从第一天开始就是个麻烦。"

"什么项目？"

"对比二十世纪两位艺术家。利用视觉手段做口头演讲。"她翻了翻白眼，说道，"伯克利倒很重视艺术教育。"

"你女儿多大了？"凯莉看起来最多也没有三十岁。

"十二岁。"

她瞥了我一眼，注意到我惊讶万分的表情。"我十七岁时就生了她。"

"那一定很不容易。"

凯莉耸了耸肩。"妈妈发现我怀孕时差点杀了我。但后来她又竭尽所能地帮我。"我们在红灯前停了下来，她又看了我一眼。"妈妈就是我的靠山。没有她，我无法工作，也不能去上学。她和雅辛塔关系很好。我若是哪里态度不好、翻白眼，我妈妈就会笑我、揭我的短。"

"你一定忙得要死，要做两份工作，还要去上学。"我说道。

绿灯亮了，凯莉笑了笑。"我想是吧。但我一直在工作，所以已经习惯了。我在咖啡店上早班，白天上课，晚上和周末在汤姆的餐厅做招待。我一直在存钱，好让雅辛塔和我能有自己的住处。现在，我们还和妈妈住在一起，地方确实太小了，很挤。"

我咬了一下嘴唇，希望能告诉她不要这么快离开妈妈，搬出去住。

凯莉的家位于一片单层住宅街区，住户不多，很像我妈妈在宾夕法尼亚州的家，我眯着眼看去，以为又回到了自己的家。车停下后，她扭头对我说："进来见见我的家人吧。"

我犹豫不决，我很清楚自己应该待在车里。毕竟，去晚宴当招待、成为身穿黑白制服的服务员，和在凯莉家人面前握手、介绍自己还是有区别的。可如果我断然拒绝，似乎又有点莫名其妙。

而且我太想进去看看了，这个念头占了上风。这么多天过去了，我一直独来独往，我想在别人的厨房里坐下来，聊聊艺术。"我懂一点艺术史，"最后我说道，"也许我能帮上忙。"

凯莉说："我们当然愿意获得所有能获得的帮助。"

凯莉的家跟我想象的差不多。客厅陈设简约，只摆着一张沙发、一把躺椅和一台电视。门口是空间较小的厨房和用餐区，两个女孩儿坐在那里，弓着背趴在桌子上。走出客厅，是一条很短的过道，可能通往两间小卧室和卫生间。这里和我母亲的房子感觉很相似，边边角角有些许磨损和磕碰，但哪里都擦得锃亮。我能想象她们三个人每晚窝在家里，各自待在喜欢的角落。凯莉的妈妈坐在扶手椅上，凯莉和雅辛塔分别坐在沙发两端，她们的腿交叉搭在一起，就跟我和维奥莱特过去看电视时一样。

一个年长的女人站在台边切菜，此时炉灶上的锅里正小火慢炖着什么，空气中弥漫着迷迭香和鼠尾草的浓郁香气。

我们一进去，其中一个女孩儿就抬起头看了看。"对不起，妈妈。"她说。

　　凯莉带我走进了厨房，说道："雅辛塔，打个招呼。这是伊娃。"

　　"很高兴认识你。"我说。

　　雅辛塔笑了笑，从她那双棕色的眼睛和突出的颧骨里，我能依稀发现凯莉的影子。"我也很高兴认识你。"

　　"这是她的朋友，梅尔。"

　　另一个女孩抬起手，在半空中挥了挥，然后转过来对凯莉说："谢谢你能回来，凯莉。"

　　凯莉捏了捏她的肩膀说道："我们是为你才回来的，梅尔。"

　　年长的女人从厨房台面那插话道："很抱歉在你离开前我没有确认，"她朝雅辛塔瞥了一眼，"她当时告诉我需要的东西都准备齐全了。"

　　凯莉转向我说："伊娃，这是我妈妈，玛丽莲。"

　　我浑身紧绷，强撑住自己，等待她眼中闪过一丝疑惑，我很清楚每当我和新朋友见面时，总会是这样的反应。但她笑了，用毛巾擦了擦手，然后握住我的手，"很高兴认识你。"

　　信任的力量使我震撼不已。从一个人转变成另一个人原来如此轻而易举。凯莉相信我就是伊娃，现在毫无疑问连她的妈妈也这么认为。我看看凯莉，又看看她妈妈，她们与彼此的关系亲密得就像一个人和她最喜欢穿的旧外套一样。这种氛围在我四周萦绕，我想在桌旁坐下来，再也不离开。"告诉我你们的项目课题都选了什么内容。"我对女孩们说道。

　　雅辛塔将笔记本电脑稍稍转了一下，我看到屏幕上并排显示了两幅绘画作品。贾斯珀·约翰斯的《错误开始》和让-米歇尔·巴斯奎特的《消防栓上的男孩和狗》。

　　"选得很棒。"我说，"巴斯奎特是作为涂鸦艺术家开始在纽约街头创作的，他对看到和经历的社会不公发表评论。是他，让涂鸦合法化，成为我们今天耳熟能详的艺术形式。"

"我们已经读了一些相关资料。但完全是东拼西凑，"雅辛塔说，"这个项目课题可真见鬼。"

"雅辛塔。"玛丽莲警告道。

"对不起，外婆。只是……这两幅作品看上去大相径庭。对比很简单。但是它们有什么共通点呢？根本就没有一点相似之处好吗？"

我在她们旁边的椅子上坐下来，胳膊肘支在桌子上，这张桌子跟我妈妈过去用的桌子一样摇摇晃晃。"有个提示。不要被画面束缚。艺术源于情感。老师想知道的，是你们从这幅作品中能感悟到什么，并且如何将这种感悟运用到你自己的生活中。这完全是主观性的，所以放轻松，玩得开心点。"此时，夕阳的余晖透过窗户洒进来，屋子里弥漫着饭菜烹饪的香味，玛丽莲在我们身后，打开冰箱，在水槽和炉灶间来回走动的声音让人很安心，我感到自己仿佛穿越时空，回到了过去。我与周遭的一切完美契合。

我又用了五分钟时间来填补她们研究中的漏洞。包括每位艺术家的背景、童年和早期影响，然后，凯莉说我们必须得出发了。

"我喜欢你的家人。"驶出车道时，我说。"谢谢，"凯莉微笑着说，"在我妈妈的掌控下抚养孩子，并不轻松。因为我生雅辛塔的时候太年轻了，我妈妈有时会忘记我才是雅辛塔的母亲，而不是她。我很感激她的帮助，但那栋房子对我们三个人来说太小了。"

我想告诉她，这种容易产生纷争、看似拥挤的生活，其实是舒适的，并非一种负担。我一直急切地想要重新定义自己，却并没有发现我是切掉了一块我的心。我假装我的家人会一直在那里等着我。有时候我可以欺骗自己，相信妈妈和维奥莱特依然住在我们的家里，走来走去，等着我最终回家。

"你怎么会懂这些？"我们驶上高速公路的入口匝道时，凯莉问道。

汽车行驶的大部分时间里我都保持沉默，我的思绪仍停留在刚才，我坐在凯莉家的桌旁，仿佛我们驶出的距离越远，我离真正的自己也就越遥远。我，究竟是谁呢？

"我在大学主修艺术史。"我感到这样告诉她不会冒太大风险。说真话的感觉，真是太好了。

凯莉看着我，满眼钦佩。"你应该在博物馆或者拍卖行找份工作。"

"情况有点儿复杂。"我说，突然感到一阵恐惧，如果我再继续说下去，我会把一切都告诉她的。

凯莉大笑。"告诉我谁的生活不复杂，谁的生活不是一地鸡毛。"见我没有回应，她说，"别有压力。我明白的。"

"我正在摆脱一段糟糕的婚姻，"我终于承认道，随后又加了一句谎话，"我躲在一个儿时朋友家里，她出去旅行了。这只是权宜之计，直到我能理清头绪，知道下一步该怎么办。但是我的丈夫会到处找我，所以我不能再回到之前的领域工作。"

我们沿着高速公路飞快地驶向奥克兰，汽车就像一层保护壳，既安全又温暖。我望向窗外，看着四周坐在汽车里的人。每个人都深藏着许多秘密。没有人会与我足够接近，窥探到我的秘密。就凯莉而言，我的故事在现实生活中已经被演绎上百次了。

"重新开始需要很大勇气。"她说。

我没有回应。我所做的一切一点也不勇敢，无须什么勇气。凯莉的手伸过中控台，捏了捏我的手，说道："我很高兴你能来到这里。"

凯莉说过今晚的宴会规模盛大，她没有开玩笑。加上我一共雇了十二个人，筹备并服务这场晚宴，宴会地点设在奥克兰市中心的一个大型仓库。偌大的空间里摆放了近四十张桌子，每张桌子能坐八名宾客。凯莉把我介绍给她的老板汤姆，他定睛看了我一眼，就有人从厨房喊他了。"谢谢你给机会让我在这里工作。"汤姆正准备匆忙离开，我赶紧说道。

"谢谢你关键时刻过来帮忙，凯莉会告诉你该做什么。"他一边说着，一边消失在厨房里。

很快我们就忙着整理桌布、布置餐桌和摆放鲜花了。"几个月前，我就开始期盼这场晚宴了。"凯莉说。

"为什么？"

她的眼睛倏地亮了起来。"这是为奥克兰运动队举办的晚宴。"她环视四周。"再过几个小时，这个地方就会挤满职业运动员。我希望至少能得到一个签名。"然后她笑着对我眨了眨眼，"也许是一个电话号码。"

她又偷偷溜掉，剩我一个人在叠餐巾，但是突然间，我的手指无法移动，僵在了那里。我的目光跳到出口，接着又落回到我的那堆亚麻桌布上。之前我也筹备过这样的晚宴，声势浩大、名人云集。所有电话沟通中，我会最先打给各个媒体机构。来的摄影师越多，宴会效果越好。

我双手颤抖着叠完餐巾，紧接着开始布置餐桌，我试着提醒自己，今时不同往日。我穿着黑裤子、白衬衫，只是人群中一个不起眼的工作人员，不会引起注意的。

离宴会开始还有一个小时，我感到放松了许多。摄影师在入口附近云集，一有宾客到来就争相拍照。宴会厅里只有两名摄影师，很容易避开。我感到胸口又松了一口气，我在宽敞的宴会厅里来回穿梭，提供开胃菜和纸巾。有些宾客微笑以对，表示感谢，而其他宾客在接受我的服务时，甚至连眼神交流都没有，只顾着自己交谈。

这份工作对体力强度的要求之大令我惊讶。

"你很有天赋。"凯莉经过时对我说道，她端着一托盘脏兮兮的玻璃杯朝厨房走去。

我揉揉酸疼的肩膀。"这份工作看起来易如反掌。保证餐食供应，待在幕后。"我想起玛西，在纽约时，我经常请她承办我的宴会。她是个身材娇小的女人，优雅如杰奎琳·肯尼迪，但面相却像斗牛犬，有点儿凶。她赢得了手下所有员工的尊敬，她擅长把任何宴会都搞得光彩夺目、熠熠生辉。她的员工都无可挑剔，不过直到今晚，我才知道他们的工作有多么辛苦。好想知道玛西对我的离世会有什么反应，以及她是否会承办我的葬礼。

在我穿梭于宾客间、供应熏肉扇贝卷时，我经过一个穿着紧身蓝色连衣裙的漂亮女人，她正和一个体格健壮的男人低声争论着，这个男人一定是其中一名队员。

"唐尼，别说了。"那个女人嘘声说。

"别他妈的告诉我该怎么做。"

我的神经本能地紧绷起来，尽管我知道他并不是在对我说话。但是他对她说话的方式，他声音中夹带着的恶意，使我赶紧从他们身旁走过去。我双目低垂，恐惧迅速袭遍所有的神经末梢，浑身起满鸡皮疙瘩。我知道面对那种愤怒结局会怎样。我真希望自己转过身，用某种方式去帮助那个女人。我想知道这里有多少人意识到他就是这么对待她的。其他队员，他们的妻子或女朋友，是否像很多人对我做的那样，对此视而不见？他们是否彼此窃窃私语，却袖手旁观？我对人们漠视他人问题的冷漠方式，已经出离了愤怒，而是深感无力；但我也没有好到哪儿去。眼见事情发生，我却什么也做不了。

我的眼睛一直追踪着他们，直到二人离开我的视线，消失在人群中，他的手依然放在她的腰间，然而，那只手要想从关心体贴变成痛下杀手的猛推，是何其轻而易举啊。

晚宴中场，一名男子走到放置在会场前的麦克风，人群顿时响起掌声。我端着托盘，沿着后墙站定，竖起耳朵。他的嗓音很像电台播音员，讲到多年来他一直在体育场的售票厅工作。但我的注意力很快又回到那对情侣身上，现在他们就站在我的正前方。起初，他看起来在说些陈词滥调，许下诺言，试图让她闭嘴，但她并不理会。她的怒气螺旋式上升，我浑身紧绷，紧张地看他会作何反应。千万不要激怒他。你还有时间扭转局面。我的手心越来越湿，呼吸间隔越来越短，我尝试着拉长呼吸，提醒自己所有的情侣都会吵架。就因为我的丈夫过去常常打我，并不意味这个男人也会打她。然而我的身体却产生了应激反应：全身绷紧，时刻做好了准备。

站在麦克风前的男人又引发了人们一阵大笑，笑声一时掩盖了他们争吵的声音，但在笑声再次平息时，他们的争吵声打破了沉寂。

人们纷纷转头看向他们。那个女人开始退后，但唐尼一把抓住她的胳膊，猛地拉向自己，离他们最近的人都倒吸一口凉气，发出惊呼。

我离她很近，已经看到女人眼里闪现出的恐惧。那只是一瞬间，但已足够漫长，我知道之前也一定发生过类似情况。她知道接下来自己将面临什么。

我不再犹豫，扔掉空托盘，推离墙面，向前迈出两大步，一下子出现在他俩中间，做了从来没人为我做过的事——我的手掌紧按住那个男人的肩膀，说："你需要放开她。"

他惊讶不已，紧抓的手松开了一些，那个女人猛地抽开胳膊。她一边揉，一边用匕首般锋利的眼神越过我的肩膀盯着他说："唐尼，你他妈的就是个骗子。"

听到她的声音，越来越多的人不再关注演讲，转过头来凝视我们三个人。

"克瑞西达，"他说，"我很抱歉，我不是故意的。"

"别跟着我。不要给我打电话。我们完了。"她从我身边挤过，朝出口走去，最终我后退了一步。

就在那时我看到了自己正处在摄像头之下——有三部手机在不同位置对着我们，都在录制视频。

伊娃

伊娃将录音倒带，又听了一遍德克斯的话。他拒绝听从命令，我不想同样的事情也发生在你身上。

仅仅这些还是不够的，所以她又开始写日志，记录生产药片的数量和将药片交给德克斯的日期。她不能总是冒着偌大的风险去录音，况且她都不知道卡斯特罗是否用得上这些录音。这就好像蒙上眼睛开车。她只好凭直觉和猜测去摸索感知前进的方向。

整个过程中，她努力不去想若是被发现会有什么后果。尽管她已尽力集中精神，可是一闭上眼，各种画面就像一幕幕电影场景一样浮现在眼前，一次次让她在夜里惊醒，汗流浃背，惊慌失措，一次次笃信这一切都只是徒劳，一次次告诉自己他们已经知道了。但她也没有浪费这种恐惧情绪，恐惧迫使她完成了更多的工作，她彻夜等待，迫切期待卡斯特罗再次出现，这也使得她的失眠越来越频繁。她能感到他就在外面，一个潜藏在黑暗角落里的切实存在，正等待着出手时机，她只希望当他再次现身时，自己将一切都准备就绪。

楼下传来敲门声。之前她和莉兹计划去买棵圣诞树，莉兹在网上找到了一家特别的林场。起初伊娃拒绝了——不是一次，而是两次——她找了一些莉兹无法拒绝的借口。但莉兹纠缠着伊娃，跟她讲道理，说与其躲着她还不如就顺从她更容易些，最终伊娃还是投降了。莉兹只会在这里待上一个月，因为春季学期开始她就要回普林斯顿了。每每想到莉兹离开后那间公寓将变得安静又空旷，她的内心就会因悲伤感到一阵刺痛，而她总是尽力去无视这一点。而如果一切进行顺利，在莉兹离开不久后伊娃也会离开，到那时，这一切将不再重要。

她匆匆下楼，拿起外套打开了门。但眼前出现的不是莉兹，竟是德克斯。"你来干什么？"她问道。他没有浪费时间去寒暄，而是径直走进了她家，一脚关上了身后的门，神情十分严肃。"你究竟在玩什么把戏？"

想到有人不知怎么就发现了她正在做的事情，一股惊慌席卷她全身。"我不明白你在说什么。"她小声说。

"上周的货少了一百片。"

"什么？不会的。肯定是出错了。"

"别他妈的告诉我出错了，"德克斯说，"他妈的怎么回事，伊娃？你想亲手送了自己的命吗？"

她猛地摇头，迫切地想让德克斯明白，迫切地想让他在莉兹出现之前赶快离开她家。"我太累了，"她说，"我一直都没怎么睡，一定是数错了。"她无法解释那种劳累——同时扮演两个完全不同的人所带来的累到骨子里的疲惫感。

"你必须解决这个问题。"

"我会的。"

"今天之内。"他坚称。

在隔壁，她听到莉兹下楼的脚步声，她闭上眼，短暂思索了一番。"今天不行。"

德克斯看起来很疑惑。"你还有更重要的事情要做吗？"

她低头看了眼依旧攥在手中的外套。"我和我的邻居要去买圣诞树。"

德克斯抬头看了看天花板，似乎不敢相信刚刚从她口中听到的话，他用手摸着自己的下巴。"我的天！"他说。接着他看向她，灰色的眼眸似乎想要刺穿她。"你知道我费了多大劲才说服菲什让我来处理这件事吗？他差点儿就要派个什么都不会问，更他妈的不会在乎什么该死的圣诞树的人来了，你知道吗？"他的声音越来越大，伊娃担心声音会穿透墙壁。或者传到前廊上，莉兹随时都会出现在那里。

莉兹就好像收到了信号似的，此时门外传来莉兹关上前门并上锁的声音。

"你得走了，德克斯。我会处理好的。我保证。"

他看着她，仿佛在试图透过表面看向更深处，查明是否有更大的事情正在深处酝酿着。"明天之前。"他说。

"明天。"她同意了。

他拉开门，正好和莉兹面对面，莉兹吓了一跳，正要敲门的手还举在空中。

"你好。"她说，目光在德克斯和伊娃之间来回游走，充满好奇。德克斯瞬间将表情转换为一个随和的微笑。"我听说你俩要采购圣诞树。玩得开心。"他对她们眨了眨眼，就像演员在演戏一样，然后几步跨下楼梯，大步流星地走了。

"他是谁？"莉兹问道，"还挺帅的。"

伊娃思绪飞速运转，尽力使自己的表情轻松一些，以配合德克斯友好的语气。她现在毫无心情去买什么树，但如果她临时变卦，莉兹肯定会满脑子疑惑。"他叫德克斯。"伊娃说。

"你们两个……？"她说，用试探的语气。

伊娃关好门，上了锁。"有点儿复杂，"她说，"我们走吧。"

她们驱车向北前往圣罗莎市，途中，伊娃任由距离将自己与刚刚发生的事情隔开，她将那件事团成一个小球，静静放在那里，就像她鞋里的一颗鹅卵石。她气自己那么粗心。气自己工作过于疲惫以至于犯下那样的错误。她绝不能冒险让自己受到任何关注，可她却主动寻求了关注。

她们到达林场时，她已经计划好了。返回伯克利之后，她会通宵工作。接着，她又更加尽力地将注意力集中在莉兹身上。莉兹正在形容她们要买的树，一棵很特别的树，她们要把树好好种在房子前面，而不是就让它立在一个水潭里好几周。

"你想象不到那会有多美。"莉兹一边说，一边走在一排排高大的松树之间。她仔细查看每一棵树，绕着树将每个部分都检查到，看它枝叶是否饱满，然后，才会去看下一棵。她轻声细语地说着话，思绪被带回到从前："我还是个小女孩时，爸爸和我经常这样。在我们住过的每一个地方——我们住过很多地方——我们俩都会找一棵新树加入我们家。"她一边走，一边伸出手，让一根根松针从指尖划过。"是他，让圣诞节变得梦幻起来。"

伊娃还小的时候，总是抱有一线希望，认为自己的家人还会回来找她，她常常幻想如果她和亲生父母一起长大，那圣诞节会是怎样的光景。如果她的母亲不是瘾君子，而是坚持认为圣诞老人真实存在的那种母亲，会为了组装玩具、往袜子里塞东西待到很晚很晚。伊娃一醒便会冲到树下，撕掉包装纸，每个礼物都比上一个更大更好，都是她想要的。也许她的外祖父母和其他亲戚也会过来拜访。也许还会有表亲和其他孩子，让她幻想中的完美家庭更加圆满。可现在，那些幻想中的场景变了，那些圣诞节变成一个个没有母亲陪伴的沉重画面。

"你女儿会来过节吗？"伊娃问，她不知道见到埃莉会是什么感觉，也不知道被莉兹的女儿取代会是什么滋味。

"她有工作。"她说，话尾的语气表明她不想再讨论这件事。

莉兹从两棵树中间钻过去，去到另一排树前。"就这棵吧！"

她叫道，声音被层层排列的松树和脚下浓密的松针包裹起来，变得微弱。

伊娃跟着她的声音，看见她站在一棵树前，这棵树将近两米半高，树形完美。"我们怎么把它弄回家？"伊娃想象着她俩开车行驶在高速路上的画面，这棵巨大的树绑在车顶上，树根在车身后摇摇晃晃。

"他们会送货上门。"莉兹说着，慢慢地绕着树走，从各个角度打量它。"我们可以把一些闪灯绕在树上。我们可以穿得暖暖的，做一些热巧克力，坐在前廊上好好欣赏。最棒的是这棵树会一直在这里，年复一年。这样，新年时路边就不会再有将死的枯树了。"她说。

那语气就好像伊娃曾把一棵枯死的圣诞树拖到路边丢弃一样。"要是下雨怎么办？"

莉兹耸耸肩。"户外灯咯。还可以用玻璃和陶瓷装饰品。我在新泽西的家里有好几箱。我实在无法忍受没有树的圣诞节，所以我把一些最喜欢的装饰品打包带来了。"

莉兹把进来时拿到的标签挂在树上，表示这是她们的树了，又取下树上挂着的另一个标签，拿到林场前台去付钱。

她们离开停车场一路向南返家时，天色已逐渐暗了下去。伊娃靠在椅背上，凝视着窗外，下午那温暖和煦的阳光开始消退，她不由得想到即将到来的漫漫长夜。

两天后，她们的树送到了，是用一辆巨大的卡车运来的，树根被扎在一个粗麻袋里，卡车上还装载着设备，用来挖一个深到足以把这棵树埋进去的坑。整个过程都是在莉兹的监控下完成的，她在伊娃的门廊前选定了一个挖坑的位置。树种好后，工人们拿到了薪酬和小费，莉兹从她家前门出来，搬出一个标有圣诞节标签的盒子。

随着莉兹的立体音响中传出圣诞颂歌，她们俩的工作也开始了。首先，她们把白色的闪灯串好，然后挂好装饰品。莉兹的装饰品几乎每件都承载着一个故事。不是同事送的，就是之前的毕业生送的，她记得这些人，历历在目，而且喜爱他们。还有她女儿埃莉还是个小女孩时手工制作的陶瓷装饰。"我可能是唯一一个为了六个月的职位就打包一箱圣诞装饰品的客座教授了，"她说，"但我从来没有经历过一个没有圣诞树的圣诞节。"她把一个用面团做成的圣诞花环放在一边，花环的背面写着埃莉的名字，她的脸上掠过一丝难过，伊娃假装没有注意到。

在她们忙碌的时候，伊娃发现自己想让一切都慢下来，就让这个夜晚这样延续下去。她想到明年的这个时候，不论是以怎样的方式，一切都将得到解决。那时她要么在某个很远的地方，要么已经死了。莉兹也早就走了，她在伯克利的短暂时光将会成为遥远的记忆，伊娃对于她也只是节日贺卡上的又一个名字而已。

最后一件装饰品挂好后，莉兹进了屋，出来时拿着一件用纸巾包着的东西。她递给伊娃，说："我想成为送你第一件圣诞礼物的人。我希望从现在起，无论你在哪里，无论你去哪里，看到它就会想起我。"

伊娃打开一层层包裹的纸巾，一只人工吹制的玻璃青鸟显现出来。

"青鸟预示着幸福，"莉兹说，"这也是我给你的圣诞祝福。"

伊娃的手指抚过那光滑的玻璃表面。细节令人惊叹，一个个深蓝色和紫色的旋涡，在一些地方渐渐褪色，直至成为几乎冰白的颜色。"莉兹，"她低声说，"太漂亮了。谢谢你。"她俯身拥抱了莉兹。

莉兹紧紧抱住了她，就像伊娃一直幻想的母亲抱她的那种方式，这使得她几乎崩溃——一直以来她太渴望被人了解了。她渴望被人关注，而不是一直自己保护自己，权衡自己的一言一行，以免被人看穿。这一切都太过沉重，令她觉得自己无法独自承受，而莉兹恰恰是那种可能会帮助伊娃摆脱困境的人。想吐露的心声都已到了嘴边，她的嘴唇颤抖着，想要一吐为快，解脱自己，但伊娃又把那些话咽了回去。"可我什么都没为你准备。"

"你的友谊就是最好的礼物了，"莉兹说，"我们把灯打开，喝杯热巧克力吧。"

她们从莉兹的餐厅搬来几把椅子放在门廊上，把脚搭在栏杆上坐着。圣诞树点亮了漆黑的夜晚，它的光仿佛是树的内部散发出来的，将一切都化为阴影。

"我发现我妈妈死了。"伊娃说，她的声音在黑暗中轻得像耳语。她不能告诉莉兹她生活的真相，但她可以告诉她这个。"她在我八岁的时候就已经去世了。"

莉兹从椅子上侧过身来看着她。"我很遗憾。"她说。

伊娃耸了耸肩，试图让自己从发现真相就开始且一直延续至今的痛苦中振作起来。"我告诉自己这样更好，更简单。至少她有一个充分的理由来解释，她为什么没来找我。"

"这也是看待这件事的一种方式，"莉兹说着，转回去望向那棵树，"你会去找你的外祖父母吗？"

伊娃一想到发现母亲去世时遭受的那种打击，她不确定自己是否还有勇气再次面对失望。"我想我不会去找，"她说，"不知道真相会更轻松。"

"可事情总不会一直轻松。"莉兹说，"生活就是这样。当你觉得准备好了，也许你会再次去寻找真相。"

每一次聊天，每一次伊娃分享秘密，她都将莉兹越拉越近，近到快要看清她身份的真相。她既想推开莉兹，又想拉近她，或许是因为这会使得她内心的一部分安定下来，放下一些心中的秘密。这样她就会知道，即使她消失后开始了新的生活，也会有人记得她以前生活的点点滴滴，记得她曾经是谁。

远处的钟楼响起报时的钟声。钟声结束后，莉兹说："那天的那个人，跟我讲讲他。"

伊娃吞吞吐吐，她已厌倦了撒谎。"没什么，"她最后说，"他只是个朋友。"

莉兹听了她的解释，半晌没有说话，然后问道："你是安全的吗？"

伊娃看了她一眼。"当然。为什么这么问？"

莉兹耸耸肩。"我好像听到了吼叫声。还有他的表情，有一瞬间……"她放低了声音，"我在我前夫脸上也看到过那种表情。前一秒还在生气，下一秒就好像给真实的自己戴上了一个面具。"她摇了摇头，"只是这件事让我想起了一些事，仅此而已。"

伊娃考虑告诉莉兹一个编造的版本。德克斯是她的同事。她在工作中犯了错误，使得德克斯在老板面前处于不利境地。但这半真半假的谎言有棘手之处。圆一个谎言就意味着需要编造更大的谎言，就像从山坡上滑下去，速度会越来越快。

莉兹坐在椅子上，又一次转过身来，面对伊娃，看着她，等着她给出解释。

"我们本来约好一起吃午饭的，"她最后说，"我忘了，他很生气。但没事，我很好。"

莉兹盯着她，好像在斟酌伊娃的故事，等待她说完剩下的部分。但伊娃什么也没说，她感觉到旁边的莉兹由好奇和担心变成了受伤。对伊娃不信任她、不告诉她真相而感到失望。"听你这么说我就放心了。"莉兹最后说。

伊娃看向那棵树，她内心开始发生某种变化，某种明亮、脆弱但又危险的东西渐渐穿透了坚强的外表，开始浮现于表面。伊娃明白，毫无疑问，莉兹给予她的疼爱，比伊娃做过的任何坏事都更可怕，因为她知道莉兹不会永远疼爱她。

莉兹早已回屋睡觉了，伊娃却还坐在那里，看着沿街的房屋一间接一间地关掉了灯，她还是不愿关掉树上的灯进屋去。还没完呢。她心里有个微弱的声音低声说。她觉得自己消失了，好像变成上一世自己的鬼魂，来到这一世的世界，要把自己带到一个更美好的地方去。

伊娃听到远处有一阵轻轻的脚步声。她挺直身子坐了起来，直觉立即敏锐起来，立刻想到那是德克斯或者菲什。也许她不会知道那是谁了，因为一切都太迟了。

一个男人出现在前方的人行道上，圣诞树发出的明亮灯光，给他投下了一个黑影，她眯着眼睛看着前方黑暗的夜色，他正一步步向她走来。卡斯特罗一步步走进了树的阴影中，然后靠在门廊的栏杆上。

伊娃仍然坐着，似乎依旧在等待。几个星期以来的准备、组织、计划。现在，这一刻终于到来了。

她瞥了一眼莉兹房间漆黑的窗户，说："你等了多久了？"

"很久，"他说，"像等了好几年。"

伊娃看着他的脸庞，疲倦在他高耸的颧骨下刻画出阴影，她逐渐意识到他们并没有什么不同。他们都厌倦了，不愿再去维持已变得笨拙的假面。

他用平静的语气说道："关于一个叫费利克斯·阿吉罗斯的人，你知道多少？"

伊娃盯着那棵树。"我从来没听说过他。"这点倒是不假。

"如果叫他菲什，你可能就会知道了。"

她没有回答。只要她什么都不说，她就可以待在一个中立地带，这样她既不会背叛菲什，也没有对联邦探员撒谎。

他继续说："我的目标不是你，伊娃。如果你帮我，我就能保护你。"

伊娃浅浅地苦笑了一声。如果菲什知道卡斯特罗现在在这里，恐怕伊娃都活不到这个周末。

"你必须做出选择。"他说。

"我以为行动组已经解散了。"即便卡斯特罗对她知道这件事感到惊讶，也没有表现出来。

"这么说吧，我们缩小了组织规模。而你最近已经变成一个十足的体育迷了。"

伊娃一直盯着那棵树，尽管她所有的注意力都集中在卡斯特罗身上，留意他的姿势，观察他的肢体语言。她也知道，自己没有任何把柄在他手里，否则他早就逮捕她了，而不是在深夜偷偷溜到她家的门廊前问东问西。"我只是一个喜欢橄榄球和篮球的服务员。"她说。

"想知道我是怎么想的吗？"他问道。

"不是很想。"

"我觉得你想抽身不干了。"他的声音很柔和，但他的话却直接刺穿了伊娃，证明伊娃的一举一动都在他的眼里。她心里想什么他也多多少少知道一些。

她瞥了他一眼，他笑着，好像一切都被他说中了。"时间不多了。"他说着，抵着栏杆站直了身子。"我可以对这次谈话保密，也可以把我们的谈话泄露给局里的人。你觉得菲什会怎么看？"他轻轻摇了摇头，说："就算你先告诉他，他也会怀疑的。根据我的经验，怀疑总会招致问题。"

伊娃盯着他，别无选择。"为什么是我？"她问道。

卡斯特罗直视着她的双眼说："因为我想帮助你。"

他将名片放在栏杆上，沿着门前的小路走了，就像他来时一样，无声无息地消失在了黑暗中。

克莱尔

2 月 26 日，星期六

我们结束了工作，离开运动队的晚宴，行驶在回家的路上。凯莉和我都沉默不语，我的思绪来回跳跃个不停，试图重新理顺我刚才的所作所为。我知道那些人会如何处理他们拍摄的视频和照片。首先在网络上发布，然后通过电视转播。问题是多久后发布，会有人认出我来吗？

我享受着车里的宁静，望向窗外，看着公寓楼漆黑一片，在高速公路两旁倒退。我们驶入匝道时，凯莉说："到底发生了什么？"

我依旧没有看她，心想如果我把过去几天发生的事和盘托出，凯莉会说些什么。我想象她的眼睛在我讲述时越睁越大，我为了自救所做的可怕的事使曾经存在的友谊逐渐消失。"你想说什么？"我问道。

"唐尼对他女朋友发火时，你跳出来夹在他们中间。你到底遭遇过什么？"

深夜，路上几乎空无一人，汽车滑过几条车道行驶在中央。"你还是不知道为好。"

凯莉的眼睛一直盯着路面，反向行驶车辆一闪一闪的车灯不时照亮她的脸，随后又隐没在夜色中。"你丈夫打过你吗？"

我没有立刻回答，我不知道是否有勇气来回答这个问题。最后我低声说："很多次。"

"现在你担心他可能看到视频，过来找你。"

"我不知道自己怎么会这么蠢。"我说。

我们驶离高速公路进入伯克利市中心，不一会儿，就驶近了伊娃家。凯莉在房前停下车，转身看向我。"让我来帮你。"她说。

我比任何人都清楚秘密会如何破败溃烂，将你与世隔绝。除了佩特拉，我在纽约从来没有真正的朋友，因为我有太多事情要隐藏，太多秘密要掩盖。虽然现在我已经逃了出来，一切都没有变。为了保护秘密，我不得不与凯莉保持距离。只是不同的秘密罢了。

我极其勉强地一笑，多么希望我和凯莉能成为朋友。

"谢谢。"我说，"但现在可能太迟了。"

我上楼坐在电脑前，输入 TMZ[1] 的网址。置顶链接发布于四十五分钟前，显示唐尼和克瑞西达发生争吵。标题为"棒球明星唐尼·罗德里格斯和女友由争吵转为肢体冲突"。我点开链接，弹出视频。没有声音，只有画面，画质非常清晰。视频里唐尼和克瑞西达正在争执，唐尼抓住她的胳膊，猛然拉向自己，而我则完全站在两人中间，置身于整个事件的旋涡正中。

显示已经有两百多条评论了，往下大概浏览到一半时，我注意到这条评论。

> 纽约专家：嘿，大家不觉得背景里的那个女人与罗里·库克死去的妻子看起来有点儿像吗？

"噢，不！"对着空荡荡的房间，我重重地喘了一口粗气，想到这条信息已经激活了谷歌提醒功能。这会将消息发送至丹妮尔的邮箱，甚至罗里自己的邮箱。

我快速浏览他的收件箱，打开提醒文件夹。一长串未读通知中，这封邮件赫然置顶，第一直觉告诉我，必须立刻删除。但这样做只

1　美国在线旗下的一个娱乐新闻网站。

会推迟终究要发生的事情。丹妮尔仍然会看到提醒，阅读邮件，点开链接。她会观看视频，也许会多看上几遍，然后发给布鲁斯看。他们会一起想出告诉罗里的最佳方式，让他知道，想要逃离他的妻子，他本应死去的妻子，正好好地活在这个世界上，还在奥克兰为宴会承办商工作。

我选中信息旁的复选框，又额外勾选其他几条信息，点击"删除"，然后清空了回收站。无论如何我都搞砸了。

到周日早上，已经有十万多人观看了视频，从昨晚开始，我滚屏翻看了至少一百条评论。大多数人都在指责纽约专家眼瞎、愚蠢，简直就是一个冷酷无情的阴谋论者。

就是因为有你这种人存在，这个国家才会出问题，你隐藏在电脑后头，抛出毫无根据的言论，就是想博眼球。

但是纽约专家并未就此作罢。他上传了一张视频中我的面部截图，旁边是刊登在《我们这样的明星》杂志文章中相同的图片。你们看看，他说。

另一位评论者承认，两张图片看起来确实很相似。如果换掉头发，也许就是同一个人。

我知道即便我留着金色短发，罗里还是会立刻认出我。我迈步来到唐尼和克瑞西达中间时，通过我的走路方式和面部表情，他都绝对不会弄错，确认那就是我。罗里看到视频，通过汤姆或者凯莉找到我，一切都只是时间问题，到那时我就需要远离伯克利了，越远越好。

但到今天早上为止，"文档"仍然一片空白，没有显示我预计随时会出现的文字。

你看过视频了吗？你觉得真的会是她吗？

最后终于有消息弹出，却不是关于视频的。

布鲁斯·科科伦：
查理给我发了一封邮件，关于新闻发布会和宣誓证词的草稿。

罗里·库克：
里面说什么？

布鲁斯·科科伦：
所有信息。

无论说的是什么，都字字珠玑，我能感受到其中的分量。
布鲁斯继续打字，我几乎能听见他安抚的语气。

布鲁斯·科科伦：
显然，我们不会允许这种事情发生。我们已经派人去调查查理的背景。一直追溯到大学时期。我们会找到线索，结束这一切。

罗里·库克：
线索不少。保持联络。

布鲁斯·科科伦：
收到。

楼下突然响起一阵敲门声，吓了我一跳。我蹑手蹑脚地下楼，偷偷向窗外望去，看到凯莉站在门口，手里拿着从咖啡店买的两杯咖啡。我本不想开门，打算悄悄溜回楼上，弄清楚事情的来龙去脉，基金会的高级会计师关于玛吉·莫雷蒂和罗里一起度过的最后一个周末，究竟知道些什么。

但她已经看到我了。"我想你今天早上可能需要一些咖啡因，"她隔着紧闭的门喊道，"昨天我就想谢谢你对两个女孩的帮助。她们昨晚完成了项目，非常棒。"

我们在沙发上坐好，中间隔着一张矮桌。凯莉抿了一口咖啡，我捧着咖啡，双手感受着杯子散发出来的热度。

"娱乐网上有我的视频。"我告诉她。

"我看到了，"她说，"但只是在网络上。电视上没有播。所以，除非你的前夫没事喜欢浏览名人八卦网站，否则你会没事的。"

即便她看了评论，也不大可能看了那么多、读到纽约专家的评论。我双手转了转杯子，希望可以跟她解释，事情并没有想得那么简单。这件事不会那么轻松就过去的。

"谢谢你过来看我，还有这个。"我举起咖啡，"但我需要收拾行李了，今天下午就走。"我环顾四周，几天来这个地方一直是我的避难所。外套搭在椅背上，沙发旁的地板上堆着报纸，这栋房子已经开始感觉像家了，多快啊。

"如果他没看到视频，就还有一线生机。"

我把咖啡放在我们中间的桌子上，没有再喝。"这事也许比你想象的要复杂得多。"

"那就解释给我听，"她说，"如果你需要钱，我可以借给你。如果你想换个地方住，我有朋友可以帮你找到房子。"

此时此刻，我想起妈妈，她总是毫不犹豫地挺身而出，对需要帮助的人伸出援手，即便有时超出了她的能力范围。我多么希望自己能够让凯莉帮我。但我不能冒险把她——或她的家人——拖进更大的麻烦中，任何心智健全的人都不会愿意承受这样的麻烦。

"谢谢你，"我说，"我很感激你所做的一切，你已经帮了我太多了，你都无法想象。"

"在你走之前，至少让我帮你多挣点钱吧。汤姆今天下午承接了一场派对。我保证绝对不会有媒体出现。派对就在山上的房子里举行，风景无敌。我下午两点来接你，九点把你送到家。"她的笑容有些悲伤。"时间够早，绝对不会耽误你今晚出发。"

客厅墙壁背面是黑黢黢的车库，伊娃的车就隐藏在里面，我感到情况紧迫，必须马上离开。不能再浪费时间了，一分钟也不行，我得把咖啡杯扔进垃圾桶，扫清几天来的残渣碎屑，将行李扔进伊娃的车，马上离开。

但谨慎又按住了我。我不能再冲动，不能再犯错误了。我需要制订计划，想清楚下一步要去哪里，从伊娃家里的办公室收集我可能需要的相关文件，打包带走。就算罗里此刻看到视频，最快也要明天才可能出现在城里。所以，我今晚仍然可以跑得掉，口袋里还揣着多挣的两百美元也挺好的。我没法说不。

"我们两点见。"

凯莉走后，我回头上楼坐在电脑前，希望看到更多关于查理的讨论。但"文档"又清空了，我感到四周静寂一片，像是只有我能听见的威胁声般在我耳边低语。

我从伊娃的书桌开始，找出最近的银行对账单，放到一边。又从角落的盒子里拿出她的车辆行驶证和登记证、她的社会保障卡和出生证明，然后又花了点时间找护照，但没有找到。我想象自己身在一个遥远的地方，一个像萨克拉门托或是波特兰那样的大城市。也许是西雅图。在当地找个便宜的汽车旅馆或小客栈，然后找份工作，用伊娃的身份信息填写报税表单，这种可能性在我的内心滋长，动力越来越足。

我抓起一张杜普里餐厅的工资单，放进文件堆里。也许可以用作参考。我伸手摸了摸金色短发。对伯克利之外的人来说，我就是伊娃·詹姆斯。我的驾照可以证明。银行账户可以证明。社保卡和纳税申报单同样可以证明。就像哈哈镜，我不再确定我在哪里结束，而她又从哪里开始。我想象着，某位餐厅经理，给杜普里餐厅打电话，询问我的情况。伊娃·詹姆斯吗？是的，她在这里工作过。

我转身对着电脑。我应该去哪儿？各种可能性在我内心不断涌现。一路向北似乎是最佳选择，这里和加拿大之间有很多大城市，距离那么遥远。也许我可以绕路返回，在芝加哥或印第安纳波利斯定居下来。我开始在克雷格列表网站搜索工作和相对低廉的住处，算算我的钱能维持多久。

一个小时后，我又点击返回了"文档"，还是一片空白的白色正方形，没有任何文字，除了压力和恐惧，什么都没有。这是唯一能让我回到过去生活的方式了，我禁不住想要减少损失，退出系统，将一切抛诸脑后。我必须找到自己前进的道路，考虑接下来该怎么办，而不是思考玛吉·莫雷蒂那些不一定真实的流言蜚语。玛吉已经死了。如果我不能保持头脑清醒，我也可能会是同样的下场。

因为一旦罗里看到视频，我肯定他一定会亲自过来。他会飞到奥克兰追踪到汤姆，得到他想要的答案。汤姆所能告诉他的只有伊娃的名字。他没有报税表，甚至没有员工登记，显示伊娃到底住在哪里。

但凯莉知道。

我能想到罗里对她露出那种微笑，那种让最铁石心肠、一毛不拔的捐赠者都忍不住给他开支票的微笑。我知道他会怎么说，说我麻烦不断，精神错乱；总是喜欢夸大其词，谎话连篇。我希望凯莉能顶得住，别被他这些指控给骗过去。但事实上，我对她并不足够了解，无法确定任何事情。所以这也是为什么今晚之前，我必须要离开。

沿着一条蜿蜒向上的道路，派对就在伯克利山的高处举办。我和凯莉两点多一点到达了派对现场。快速登记后，汤姆让我们开始铺洁白的亚麻桌布，在一个可以三百六十度欣赏海湾全景的大房间里，桌布一张张唰地打开，飘到每张桌子上。

　　"你想去哪儿？"凯莉低声问道。汤姆雇的酒保是一个二十多岁的大学毕业生，在吧台后面蹦蹦跳跳，耳朵里塞着耳机，正在摆放酒瓶，擦亮玻璃杯。

　　我一边用手把桌布抚平，一边看向平板玻璃窗外，午后刺眼的阳光使窗外的景色看起来有些无精打采和脏乱。"也许是凤凰城，"我谎称，"我想，或者是拉斯维加斯。东部吧。"

　　我已经决定一路向北，绕过萨克拉门托，选择波特兰。我得尽可能多存点现金，用伊娃的借记卡和邮编加油，然后能走多远就走多远，直到花光她所有的钱。我已经装好一个小包，里面是些零碎物件，足够我在路上支撑至少一个星期了，直到我在某个地方安顿下来，更长久地定居。

　　凯莉又凑得更近些。"你不会想去赌场工作的。他们需要录入指纹。"

　　我退后一步，想弄清楚她到底知道什么，我一定是无意间泄露了什么。

　　她捕捉到我脸上惊惶不安的神情，说道："嘿，我没有别的意思，可如果你丈夫和警察一起找你的话，这并不妙，所以你最好避免这样做。"

　　汤姆出现在厨房，穿着一件白色厨师服，招呼我们进去听他吩咐。凯莉和我放下手头的工作，走进厨房接受派对开始前的最终指示。汤姆一说完，女主人就加入了我们。她很年轻——年纪和我差不多大——由于我们站在一侧，让汤姆解释服务详情，她并未给予我们过多关注。她的目光从我们身上掠过，仿佛我们是家具，然后说："听起来很完美。请确保开胃菜循环供应。"

不一会儿，凯莉和我就端着沉重的托盘在人群之中来回穿梭了。玻璃窗户一直开着，这样客人们就可以在室内和小草坪间自由穿行，俯瞰伯克利山庄以及远处的海湾。夕阳西下，先前看起来不太艳丽的景色此刻已染上丰富的绿色和金色。要不是一直在努力工作，我一定会冷得哆哆嗦嗦的。正如凯莉事先承诺的那样，的确是私人派对，没有迹象表明有人对给客人拍照感兴趣。

靠近庭院花园边有张桌子，我放下托盘，收拾脏杯子和空盘子，任目光在地平线上停留。夕阳西下，整个旧金山笼罩在一片深蓝色和酱紫色中，海湾大桥上的灯光在日渐黑暗的夜幕映衬下，变得更加耀眼夺目，一辆辆汽车正在驶入城市，红色的尾灯仿佛一串光亮的项链。在我身后，派对仍在继续，谈话声混合着笑声，玻璃杯和餐具发出叮当的碰撞声，背景低沉的古典乐使气氛变得更加柔和。

我举起托盘放到肩上，小心移步至屋内，刚要穿过门口，就听见一声高喊，盖住了其他人。一个女人的声音里满是惊讶和喜悦。"天哪，克莱尔！真的是你吗？"

我的脊背立刻腾起热浪，向外蔓延，逐渐演变成白热化的恐慌，此时整个派对在我四周打转。我猛然看向出口，前门和后门，目测哪一个离我更近，但我眼前全是人，根本无法看清逃跑的路径。

我本来有机会离开的。可现在，一切都太迟了。

伊娃

加州伯克利

1 月

空难前七周

一月的寒风和一个决心——不管怎样，她都决定了。要么卡斯特罗探员帮她离开，要么她自己逃走。他们约在圣克鲁斯一处废弃的海滩停车场见面，旧金山以南大约一个半小时的车程。伊娃希望菲什的眼线不会伸到这么远。她开得很慢，不断通过后视镜观察是否有人跟踪她。这条只有两条车道的道路将 101 高速公路与海岸隔开，蜿蜒贯穿了重重低矮的山丘。她多次把车停在路边，让后面的车通过。似乎没有人在注意她，也没有车再折回来。她把车停在卡斯特罗的车旁边时，她确信没人发现他们。

他们沉默着走下通往海滩的楼梯。风将她的头发吹起，抚过她的脸庞，剧烈拍打着的海浪似乎要把她掀翻。深冬时节在海滩上漫步，她不由得好奇在外人眼中他们看起来会是什么样。人们会不会认为他们是一对情侣，在解决二人之间的争吵？或者是兄弟姐妹，来播撒至亲的骨灰？但她几乎可以确定，他们绝对不会想到他们是毒贩和缉毒局探员。

"你做了正确的决定。"他说。

伊娃凝望着大海，咸咸的海水喷溅着，在她脸上形成一层薄雾。她厌恶决定这个词，说得就好像她在沙发和椅子之间做选择，考虑要哪个更好、权衡优缺点似的。

她感到时间慢了下来，不由得去想那个将她的生活彻底分成两段的瞬间。最后一次，她的生活被分裂得彻彻底底，恶果一直延续下去，让一切都沾满了污点。"我没有做任何决定。但我想先听听你怎么说。"最终她说道。

卡斯特罗双手插进口袋，迎面吹起的海风让他眯起了双眼。"费利克斯·阿吉罗斯，我们追踪他很长时间了。我相信你也知道，他在旧金山湾区的势力很广，并已深藏多年。同样他也非常危险。我们手头正在调查的谋杀案中，我们认为其中至少有三起与他有关。"

伊娃用锋利的眼神看向他。"你吓唬我是没用的。我知道他能对我做什么，这也正是我想向你寻求庇护的原因，否则我不会同意任何要求。"

卡斯特罗用他那棕色眼睛审视着她的脸；她毫不避闪，也坚定地看着他，回应他的审视，以此来表明她要用自己的方式来做此事的决心。她这里有他想要的东西，只要他足够想要，他就会同意她的条件。

"我们当然会保护你。在你出庭做证之前，我们会二十四小时保护你，并且我有权为你提供完全豁免权。"

伊娃笑笑，低头看着海滩。远处，一个女人将一根棍子扔进海里让一只金毛犬去捡。"'豁免'对我毫无意义。我是说为我提供证人保护。给我安排一个新身份，让我去别的地方生活。"

卡斯特罗艰难地呼了一口气，思索片刻。"我可以问问，"他最后说道，"但我不能承诺任何事。这并非你想的那么简单，我们一般不会因为菲什这种级别的毒贩这么做。"伊娃知道他必须这么说，他在试图引导她选一条让他的上级工作更容易、更经济的方法。但她不会被吓退。"我知道给菲什这样的人定罪有多难。我也知道他很有可能用诉讼程序细节来脱罪。如果他真脱罪了，你觉得我会怎么样？你的豁免权是帮不了我的。"

"我明白，"卡斯特罗说，"我只能向你保证，我们知道自己在做什么。"

"那你们把布列塔尼牵扯进来的时候，知道自己在做什么吗？"

"布列塔尼的事是个错误，"他承认，"但那也不是彻底的失败，因为是她把我们引向了你。"他转过身背对大海，面向伊娃，他的外套像降落伞一样鼓了起来。"你必须得相信我们。"

伊娃几乎笑出声来。信任别人对她来说从来没有好结果，这次也不会例外。"如果你不能为我提供证人保护，我想我也帮不了你们。"

卡斯特罗的眼神变得柔和起来，她注意到了他眼睛周围的笑纹。在某个地方，一定有某个人知道他快乐的时候是什么样子，她发现自己想知道那个人是谁，想知道爱上一个整天都在追逐社会黑暗的男人是什么感觉。

"听着，"他说，"我做这行已经很长时间了，我见识过太多事。在我所知道的干这个行当的所有人里，你是最不适合干这个的。"

伊娃看向他的身后，视线越过翻腾的波涛和洁白的浪花，望向地平线——她深知那只是一种幻觉，因为无论你走多远，无论你多么努力地想要到达那里，那条地平线永远遥不可及。"你根本就不了解我。"她说。

"我知道你在教养院长大，我知道你在伯克利发生的一切，我也知道你不应该是唯一一个受到惩罚的人。"

她欲言又止，她气愤，气愤于他知道她的秘密。就在几年前，身边要是有人对她说这些，或许还可以帮到她。但到现在才说？说出来也毫无意义了。

他继续说："我知道你是个好人，只是被迫做出了不该做的选择。给我个机会让我帮助你吧。"

伊娃盯着他，让沉默的寂静在他们之间肆意蔓延，让他觉得她还在犹豫思考。她足够了解人性，从你答应做某件事的那一刻起——

无论是为一个橄榄球运动员或是一个毒贩制毒，还是将证据交给联邦政府工作人员——在你给出肯定回答的那一刻起，他们就不会再关心你的死活了。

卡斯特罗接着说："如果你拒绝合作，我们会起诉你。那时豁免权就会失效，一旦失效，我做什么都帮不了你了。你会进监狱服刑，那将是很长时间。"

伊娃认为她手上的筹码对卡斯特罗足够重要，但她将筹码交出来的那一刻，卡斯特罗就不会再承诺给她任何东西。"如果你能给我我想要的，我们也许能达成一致。"她说。

"我会尽我所能的。"

伊娃双臂交叉，紧抱着自己说："我想你会一直跟着我。我得警告你别让事态变复杂。你似乎认为菲什是个中不溜儿的毒贩，但如果他发现我们交谈过，他会杀了我，那你就什么也得不到了。"

在返回伯克利的车程中，她几乎没有再仔细注意过是否有人跟踪，她的思绪被占得满满的，筛选着她的各种选择和下一步将何去何从。不管卡斯特罗能为她做什么，她都要准备好离开这一切——离开伯克利，离开她的房子，离开她的工作，并且，离开莉兹。

天都黑了，伊娃才回到家中，莉兹公寓里温暖的灯光似乎在向她发出邀请。她停下脚步，抚摸着她们圣诞树那柔软的树枝，树上已经没了装饰，静静地等待着下一个圣诞节的到来，但不会再有下一个圣诞节了。莉兹会想象伊娃独自在这里装饰这棵圣诞树吗？她会不会打电话给伊娃，纳闷她为什么不接电话？等将来莉兹回来探望老朋友，却发现伊娃已经走了，只剩下她那间空空的公寓。伊娃知道那种感觉，一连串未解的问题，在你的脑海里翻滚，在每个寂静的时刻，不断用为什么这个问题折磨你。

就像魔法，她心中一想，莉兹便出现了。她打开门，看着外面仍站在树旁的伊娃。"你站在那儿干什么呢？"

伊娃看向莉兹，屋内的光线被门切割成一个长方形的光圈，包围着莉兹，伊娃没有回答。

莉兹一步跨出门外，走到门廊上，看到伊娃的表情时，她脸上的笑容逐渐散去。"你还好吗？"她问道，"你看上去很沮丧。"

"没什么，我只是累了。"

莉兹似乎想说些什么，但又犹豫着。终于，她说："你打算什么时候告诉我，你到底怎么了？每次我问你，你都不回答。要不就是告诉我你累了。但事实并非如此。你为什么不告诉我？"

"我告诉你的都是事实。每一次都是。"

莉兹摇了摇头。"不。你告诉我的都是过去的事。那些都结束了。但我对你的现在几乎一无所知。不知道你在挣扎什么，是什么让你如此担忧，你又因为什么失眠。不知道从哪里冒出来一个男人，和你争执，然后再也没有听你提过他，也再也没有见过他。"她深吸了一口气。"不，伊娃。你不肯告诉我事实。你根本不信任我。"

"你想多了。"伊娃说，那声音令自己如此厌恶。那是一种傲慢的声音。不屑一顾。可此时她什么都不想做，只想一下跪倒在莉兹的面前，恳求她想想办法，帮帮她。

莉兹走到门廊上，双臂交叉在胸前，声音低沉地说："我以为我们是朋友。但你总对我撒谎。总是这样。你去了哪里，做了什么，和谁在一起。我并不蠢，我能看到，我也听得到，有时晚上你在打电话，在电话里争论。是和那个人吗？"莉兹轻笑一声，说："不用绞尽脑汁想词了。我知道你不会告诉我真相的。"

伊娃很想把真相一股脑倾吐给她。将真相一字一句像子弹一样射向她，摧毁莉兹那自认为可以承受伊娃背后真相的信念。她想象自己挪动厨房的架子，把莉兹带进地下实验室。这就是我制毒的地方，她会这么说，我就是在那边的野营炉上制好毒品，然后将一半毒品交给一个非常可怕的男人，如果我停止供货，他就会杀了我。

伊娃想起了卡斯特罗之前的话。在我所知道的干这个行当的所有人里，你是最不适合干这个的。最后她说："我生活在一个不属于我的世界里。"

莉兹向她走去，但伊娃向后退去，她需要保持她们之间的距离。"你为什么这么说？"莉兹问道，"想想你做了多少事，取得了多少成就，尽管经历了重重困难。"

"然后变成了现在这样。"伊娃低声说。她一生中都在逃避。最终，每个人——甚至莉兹——都会带着同情的滤镜看待她的成功和失败。

所有伊娃想说但又不能说的事情，开始在她的内心积聚成一股巨大的压力。她手指用力按住太阳穴向自家门口走去，此时她需要逃出莉兹的视线。她需要逃进屋里，在家里她可以清晰地思考，不必躲躲藏藏，也不会思绪混乱。"我做不到。我很抱歉。"

莉兹伸出手放在伊娃的胳膊上，拉近了她们之间的距离。"你不能逃避伤害你的东西。你不能把它藏起来，然后希望它会消失。你必须面对它，直视它，说出来。"

伊娃猛地把胳膊抽了回去。"求你别说了。一场关于诚实和自我反省的宣讲，是解决不了我的问题的。"

莉兹将手缩了回去，但她的目光是炽烈的，她提高音量，接着伊娃的话说了下去："那么告诉我，不管它是什么，说出来。"

又一次，伊娃陷入了沉默，事情实在太过重大，她无法说出口。她透过莉兹家的窗户，看到她的起居室，回忆起第一次坐在那里的情景，那时她害怕自己的世界会因为卡斯特罗而崩溃，却怎么也想不到，最后竟然是莉兹将她的世界推翻了。她卸下了伊娃的心墙，让阳光照进她内心最黑暗的角落。让她再次渴望更多的东西。让她想成为更好的人。

莉兹明白伊娃不会再多说什么，就放弃了，任由她打开门走了进去。但她关门上锁时，莉兹的声音从门廊飘了进来。"等你准备好了，无论什么时候，我都在这里。"

伊娃径直走向沙发，蜷缩成一团，希望自己已经离开了，希望这一幕也已结束。

克莱尔

2 月 27 日，星期日

我彻头彻尾地僵在了原地，等着那个声音的主人找到我，抓住我的胳膊，观察我的脸。再次喊出我的名字，夺去我仅存的那一点点自由。

屋内另一边，凯莉正望着我，用口型比出"你还好吗"。我点点头，强迫自己继续往前走。我在宾客间快速移动，远离房间的中心位置，把托盘抬高到下颏附近，遮挡住部分脸庞，只有必要时才稍向前倾，为客人服务。

此时女主人走了进来，胳膊挽着一个我不认识的女人。两人边走边侧头聊着，这时房间另一头有人喊道："克莱尔，到这边来。保拉想给你讲讲我们去伯利兹城的旅行。"

这时，我才意识到女主人名叫克莱尔。我的双手开始颤抖，哆嗦个不停——我的四肢突然变成果冻，绵软无力，无法再支撑下去。我走到凯莉面前，把托盘递给她。"我要去趟洗手间。"我小声说道。

"你看起来糟透了，"她说，"发生什么事了？"

我摇了摇头，并未理会她的关心。"我没事。我工作前没怎么吃饱，有些眩晕。我过一会儿就好了。"

"得快点了。"她说，可是我看得出来凯莉并不相信我说的话。

我来到楼下一间小化妆室，不断朝脸上泼冷水，盯着镜子里的自己。我可以改变外表。使用别人的名字。去另一个城市。但真相会一直如影随形。无论我多么小心，多么谨慎，只要稍有差池，我还是会被发现的。

我擦干了手，偷偷溜回派对，途中又拿起一个托盘。我朝凯莉点点头，脸上挂着微笑。谈笑声在我四周环绕，我又忙碌起来，尽量不惹人注目。但整晚我听到几次有人喊克莱尔这个名字，即使我知道他们并不是在跟我说话，我还是充满恐惧。派对接近尾声时，我疲惫不堪，紧张兮兮，随时准备跳上伊娃的车逃走。

在回伊娃家的路上，我筋疲力尽，肾上腺素依然在飙升。汤姆给我的那团钞票在口袋里鼓出一个尖角。加上这两百美元，我已经攒了接近八百美元了。有了伊娃的车和借记卡，我就可以离开这里，走得远远的。

"你准备好出发了吗？"凯莉打破了沉默，说道。我们离伊娃家仅剩几个街区了，从现在开始到说再见，就只有一个红绿灯和几个停车标志的时间了。

"是的。"我说。

她递给我一张小纸条。"我的电话号码。有需要就给我打电话。告诉我你在哪里落脚，如果这样做让你感到舒服的话。"

"我会的。"我说道，这时她开到房前，停下车。

她又悲伤地对我笑了笑。"你不会的。但是没关系。"

我犹豫了一下，然后伸出手，紧紧地拥抱住她。"谢谢你做我的朋友。谢谢你对我的帮助。"

她看着我的眼睛，攫住我的目光，她棕色的眼睛一眨不眨地盯着我。"不客气。"

我开门进屋，立刻冲上楼，现在急需冲凉保持清醒，为接下来的长途旅行做好准备。水汽氤氲，我想起上次准备离开一个地方的情景，这次离开不同于以往，必须精心做好准备。我走出浴室，迅速穿好衣服，尽量把卧室收拾整齐，确保无论伊娃在躲避什么人，当他们最终找到这里时，都不会发现我的踪迹。站在伊娃的梳妆台前，我犹豫不决，之前我发现的那张纸条仍然塞在镜子里。战胜恐惧之后，你才能得到你想要的。我不知道这对伊娃意味着什么，也不明白她为什么会把它丢下。但我感到有必要带走她的一些东西。不是证明她存在于世的法律文书，也不是她穿过的衣服，而是她内心的秘密。我从镜子里抽出纸条，塞进了口袋。

我走进她的办公室，拿起之前收集的一沓文件，塞进手提包。我又查看"文档"，时间显示自那天早上短暂交谈后就再没有互动了。这真是在浪费时间，毫无意义，让人分心。罗里和布鲁斯几乎从未分开过。他们要想对彼此说什么，大可找一个安静的房间小声密谋。关于玛吉死亡的那个周末，无论查理·弗拉纳根知道多少，都与我无关了。

我想放手。彻底了断。但大脑里有个微小的声音提醒我，这一切尚未结束。视频已经发布出去了，失事飞机的搜寻和救援工作仍在进行，我需要利用一切可用资源，直到我确定危险已经彻底解除。

"那要到什么时候呢？"我在空荡荡的房间里自言自语。我在等待，仿佛能等到一个回答。我叹了口气，合上电脑，塞进包里，然后关上灯，房间陷入一片黑暗，我试图不去考虑我的计划有多么脆弱，多么不堪一击。它其实就像纸一样薄，而且边缘已经被撕开了。

我下了楼，把包放在沙发旁，走进厨房，收好那天下午清洗的最后一些餐具。冰箱里，顶层架子上只剩一罐健怡可乐，我一把拿起，嘭地打开，急于摄入尽可能多的咖啡因。

水池上方的窗户就像一个黑色方块，将身后的房间反射到我眼前，于是我拉上窗帘，喝了一大口可乐，气泡再次激发了我的能量。身后，伊娃的电话嗡嗡作响，有人来电。

我拿起手机，屏幕闪烁着显示私人号码。一定又是那个女人。她仍在担心。仍希望伊娃给她回电话。我想知道她还会尝试多少次才放弃，我猜测伊娃并不想跟她说话，这段友谊一定没有如她所料。无论她是谁，我都对她表示同情。她的担忧对方并不知晓，她永远不会知道这份担心始终没有到达正确的地方。

几秒钟后，屏幕亮了，显示有一条新的语音消息。我很想置之不理，不按接听，直接删掉，但好奇心作祟。一部分的我想再听到她的声音，假装她担心的人是我。毕竟，有人希望我在外面平安无事，开心快乐，这也挺好的。我按下了接听键。

但这次找伊娃的并不是那个女人。是我认得的一个声音，一个我听过好几百次的声音，直接钻进我的耳朵里说话。

> 库克夫人，我是丹妮尔。我知道你没有乘坐那架航班。你需要回我电话。

大脑轰地发出巨响，我的心跳加速，心脏怦怦作响，有节奏地猛烈撞击胸口，好像在说，他们知道了。他们知道了。他们真的知道了。健怡可乐罐从我手中滑落，摔到了地板上。

我盯着手机，无法呼吸。我已经听过多少条短消息，是以这样的方式开头？它直接把我硬生生地打回了过去。紧张和恐惧将我来回扭曲，打成了一个死结。

是丹妮尔。

总是对我的失败或是疏忽提出疑问。

是丹妮尔。

总是压制我，监视我。

是丹妮尔。

她终于找到我了。这意味着过不了多久罗里就会赶来。我低下头，可乐罐倒向一侧，深棕色的液体流了出来，越聚越多，形成一个血一样的水坑。

伊娃

加州伯克利

1 月

空难前五周

莉兹搬家的那天，伊娃躲在自己的房内，从楼上的办公室眼睁睁看着莉兹租的家具逐一被装上租赁公司的卡车。

她们争论后没几天，莉兹往她的信箱投递口里扔进了一封留言，那只是一张纸条，上面整洁的字迹微微倾斜着，仿佛是从另一个时代来的一封信。战胜恐惧之后，你才能得到你想要的。伊娃把它揉成一团，扔进了书桌旁的垃圾桶。

她知道，莉兹在公寓搬空、卡车准备离开的时候，一定会想来告别的。伊娃脑海中想象着在这近乎沉默的两周过去后，她站在门廊上，重新面对莉兹，不断搜寻道歉的话语，她想要告诉莉兹，尽管自己表现出的是那副模样，但她们的友谊对她来说非常重要。

她通过整理自己的事务以分散注意力。她查询了自己的新加坡银行账户，还整理了到目前为止收集到的有关菲什的证据。以防万一，之前伊娃已将所有证据都进行了公证。那位无聊透顶的公证员嚼着口香糖——一会儿让她在这儿盖手印，一会儿让她在那儿签字——甚至都没看一眼伊娃资料上的文字。

但此刻，某种东西正死拽着她的潜意识，尚未完成，如果她不去看最后一眼，就绝不会放过她。很快，她就会离开，用一个新名字展开一段新生活。一旦走了，就再也不会回来。见到亲人的机会，或者是和他们说说话的机会，永远都不会再有。她在谷歌搜索中输入了外祖父母的名字，然后点击了一个寻人网站，快速输入了她的信用卡信息，最高级的服务会给她一个电话号码和一个街道地址。

这其实并不难。一直以来，信息就在那里，等待着伊娃去发掘。南希和欧文·詹姆斯，还有仅仅位于几英里外里士满的一个地址。

莉兹去给搬家工人买三明治时，伊娃趁机溜走了。她不适合冗长的道别。况且她对莉兹隐瞒太多，她无法假装什么事都没发生。

她驱车向北，惊讶于一直以来他们竟如此之近，也想知道他们是否想起过自己，有没有找过她。也许不会像伊娃那样通过付费获取她的地址，但或许他们会自己在网上搜索伊娃·詹姆斯，就会看到她的名字，出现在一列同名同姓的名单上。三十二岁，加利福尼亚州，伯克利市。

她下了高速公路，穿过最后几个街区，终于开到一条宽阔、荒芜、满是破败房屋的街道上。庭院里堆满了垃圾、枯草和杂草，使环境显得黯淡不堪。这和她想象中完全不一样，她很想继续开下去，直到看到自己多年来幻想中的场景。

她把车停在一所褪色的绿房子外，房门上的窗玻璃都碎了。不知是谁用布条绑了一块硬纸板盖住破窗，那布条看起来陈旧不堪，不太结实，硬纸板也因浸水而变形，边缘还发了霉。街对面，院子里拴着的狗狂吠不已，打破了寂静。

伊娃走上水泥小路，路面上的水泥已经开裂，她的视线在棕色的草坪和破烂的灌木丛中来回穿梭，试图想象自己曾在那里玩耍，但没有一样和她这么多年来想象的画面相符。

外祖母精心打理的花坛在哪里？车道上精心保养的车在哪里？挂在窗上的熨帖的窗帘在哪里？外祖父每年都会彻底清洗一次的车道又在哪里？她眼前的一切是如此出乎意料，就像一架走调的钢琴弹出的曲调，所有音都错了，聒噪又刺耳。

伊娃站在阴暗的门廊上，一股令人反感的烟味从紧闭的门缝中钻了出来，使得她不得不用嘴呼吸。她敲敲门，门内传来逐渐清晰的脚步声。突然间，她想转身离去。突然间，她不想再去探寻那扇门后面的一切。

但她还没来得及转身，门就开了。一个穿着宽松牛仔裤和旧T恤的中年男人站在面前，他强健的手臂上布满了文身。"找谁？"他问道，目光越过她，看向停在路边的车。伊娃立刻被他的眼睛吸引住了。那双眼睛和她的一模一样。一样的形状，一样的瞳孔颜色，一瞬间，这种认同的熟悉感让她呼吸急促，就像咔嗒一下，拼上最中心的那一块，整张拼图就完成了。

"谁啊？"屋内传来一个声音。

越过那男人的肩膀，伊娃只能看到一个强壮、粗笨的身影坐在椅子上。烟味扑面而来，厚重得令人难以忍受，甚至还有更难闻的气味——久未清洗的体味和食物的焦味。

"抱歉，"伊娃说着，退着走下了台阶，"我找错地方了。"

那个男人盯着她，伊娃屏住呼吸，等待着从男人的眼中闪过一丝认出她的迹象，等待着从他的眼中看到某种东西松动了——也许他会看到伊娃母亲、他那死去妹妹的影子就站在他面前。但他只是耸了耸肩，说："请自便吧。"然后把门关上了。

她转身沿着人行道往回走，腿和胳膊不协调地配合着，跟跟跄跄地走到路边，钻进了车里。启动引擎时，她责备自己，竟然还幻想那么美好的场景，她生自己的气，因为她什么都不信，却信了这最不可能发生的事。

后来她穿过街道驶向高速公路，一路南行返回伯克利时，意识到她一生都在追求自己不可能拥有的东西。这些年来，她一直相信，但凡他们足够爱她，就会抚养她，那么在伯克利发生在她身上的一切本是可以避免的。她本可以完成学业，建立一份属于自己的、至少是合法的生活。但现在，她明白了，如果在那样的环境长大，从一开始，她就不可能去伯克利读书。

信息就是力量。

现在伊娃可以毫无遗憾地离开了，因为她知道了过去对她来说毫无价值。有时候，梦想的破灭，是能让一个人最终释怀的。

她回到家时，搬家的卡车已经走了，莉兹的公寓也空了。窗户上毫无遮挡，眼前只剩下空空如也的房间，醒目的红色墙壁几乎放着光，一种冰冷而沉重的悲伤笼罩了她。

伊娃走到门廊上，打开门，眼睛一直朝前看，尽量不去注意莉兹留下的那盆花，那盆莉兹一直精心照料的花。她向右边瞥了一眼，看到她们曾一起种下的圣诞树，这是她们友谊一场仅剩的东西，它将继续矗立在那里，像一个不会说话的哨兵，静静地守护着她的秘密。

伊娃

在伊娃去往篮球赛场见德克斯的十五分钟前,她收到了杰里米的短信。

　　我要挂科了。周二有一篇论文要交,我需要拿点货保我得A,求你了。

在她所有的客户中,杰里米是最执着的,纠缠了她几个星期,央求着伊娃卖货给他。她设法推辞,为杰里米提供其他人联系,但他都拒绝了。他只联系伊娃,他信任伊娃。放在以前,伊娃准会对他的忠诚翻个白眼,但现在她明白了他谨慎行事是明智的。

她回复了。

　　去哈斯看男篮比赛。中场休息时在第十区入口处等我。

她将先和德克斯在俱乐部里交易,结束后再去找杰里米。她从弃用的药丸中拿出四片——是一些形状古怪或有破损的药丸——塞进一个普通的纯白色信封里。这些药丸虽说不怎么好看,却能帮人完成任务。

两天前,卡斯特罗在超市的冷冻食品区溜到她身边。他几乎只站定了一秒钟,时间紧到只够告诉她一个时间和地址,还说了她的要求很快会收到答复。伊娃感到时间在一分一秒地流逝,带着她走向一个未知的结局。

她环视房间，不知以后自己是否会怀念这里。她的目光投向客厅里熟悉的一面面墙，望见她最喜欢的椅子，她曾无数次坐在上面看电视剧或者读书。墙上贴着一些画儿，是因为她想为自己黑暗而孤独的生活注入一些色彩。她的旧课本，是仅剩的见证者，记录着她曾经希望成为的人。然而，这些琐碎的事物并不能拼凑成完整的生活。伊娃站在那里，一切都变得清晰，就好像她已经离开了，并且意识到房间里的东西其实都不重要。对她来说唯一重要的那个人，早就走了。

她拿起外套，把一包药丸装进内兜——杰里米的信封则装在另一侧内兜——接着她将录音机装进手提包里，但很可能今天又是一个只能录到无用闲聊内容的晚上。伊娃出了门，尽量不去看莉兹窗内那空空荡荡的房间，门廊上，伊娃每走一步都发出阵阵回声，每一声都空虚无比，直接鞭挞着她的心。

她走过几条短短的街区来到校园，径直穿过一片宽阔的草坪，往图书馆方向溜达，然后沿着一条幽暗曲折的小路从伯克利的萨瑟门出来。一群学生和粉丝涌向哈斯篮球馆，她挤过人群，进入场馆，径直走向自己的座位。

伊娃向坐在周围的人挤出一个不自然的微笑，这些面孔都不陌生了，因为她最近从未错失过任何一场主场比赛。但她没有和任何人交谈过，只是盯着球场上球员正在热身的地方，任凭赛场上的声音将她吞没。她意识到自己就像潮水中的一叶扁舟，已经偏离航线太远了。现在的她远离起点，迷失在海上，再也无法回到熟悉的陆地上。

直到上半场过去一半，德克斯才出现。"对不起，我迟到了，"他一边说，一边滑进座位，"我错过什么精彩进球了吗？"

伊娃没有理会他的玩笑，她低头看向学生区，那里只能站着看比赛，学生们助威和跳跃的动作整齐得就像是一个人，讥讽着对手球队。"我在读本科的时候从来没有看过一场篮球比赛，"她说，"我的生活只有学习和上课。除了最后那些日子，和韦德一起。"

德克斯点点头，但什么也没说。

"我一直以为我会留在伯克利。也许去教书，或者在实验室工作。这是唯一一个对我来说像家的地方。"下方的球场上，一名球员抢到一个篮板，并向另一端篮筐快速进攻，周围看台上的人群便疯狂起来。但伊娃继续说："我现在过的生活，与我想要的生活，是完全颠倒、背道而驰的。我是生活在伯克利。我有钱，也有房子。我以为我想要的东西我都有了，但一切都不对劲。"

德克斯在座位上挪了挪身子，以便能看着她。"你觉得别人就过得好吗？"德克斯指了指后排坐着的一个年岁较长的男子，他卫衣的袖口磨损，眼袋清晰可见。"看那家伙。我敢打赌他在城里干会计。天蒙蒙亮就要乘车，挤在列车上最狭小的空间里。在他的办公桌上吃早餐。每天拍老板的马屁，暑期休假两周，赚的钱都不够买篮球季票。你想换那种生活吗？我们这样活着，反而是更好的。"

伊娃产生了一种想掐死他的冲动。更好？躲躲藏藏，费尽心机，一直被监视？敢问周围坐着的，有几个人会因为仅仅犯下个小错而被捕或被杀？

她焦躁不安，因为她被束缚在一种越来越空虚的生活中。时间拖得越久，她就越不确定卡斯特罗是否能够拯救她。她想要制订一个备用计划，一个在必要时能让自己人间蒸发的办法。

趁着球场里的欢呼声突然高涨的时候，伊娃靠近德克斯，为了不让自己的声音被录音机录到，她压低声音说话。"我有个客户，是个大学生，她想买一个假身份，"她说，暗自希望德克斯听不出她声音中的颤抖，"她十九岁。想加入旧金山俱乐部。你认识能办这事的人吗？"

即便此时德克斯觉得她是在撒谎，他也没有表现出来。他将胳膊肘支在膝盖上，转过脸看着她。"我以前认识一个干这行的人，在奥克兰。但那是几年前的事了，那时换掉证件上的照片并不是难事。"他摇了摇头。"现在？最好的办法就是找一个不仅跟她长得像，还愿意把自己的证件给她的人。她可以付钱买下对方的驾照，然后让卖主去挂失。很多人都这么干。"

伊娃注视着比赛场，佯装自己完全投入比赛中，这样德克斯就不会发现从她眼中流露出的挫败感。"我也是这么告诉她的，"她说，"但是你知道大学生都是那样。对十九岁的孩子来说，两年时间就像一生那么漫长。"

赛场上响起哨声，示意比赛暂停，紧接着音响系统开始播放聒噪的音乐。

伊娃再次提高声音说："你那个朋友最后怎么样了，就是介绍布列塔尼的那个？"

德克斯盯着下方球场上跳舞的啦啦队员，说："他已经被处理了。不是我想要的，但我也不能说为此感到抱歉。"

"你肯定他也是被调查的对象之一吗？"

德克斯摇摇头。"都不重要了。"

"似乎有点危险，"伊娃说，"设法除掉布列塔尼的接头人，难道不会再次引起警察的注意吗？"

德克斯挤出一个似笑非笑的僵硬表情。

"那些警察再也找不到他了。"伊娃感到心一下空了，等待德克斯继续说下去。

"菲什在奥克兰有一个仓库。说是储存一些进出口货品，都是鬼话。其实地下室里藏着一个焚尸炉。"

伊娃艰难地吞咽了一口口水，她极力克制着自己，尽量与他保持目光接触，同时表现出淡定，还附和着点头，心里却在祈求她的录音机能将这一切录下来，而不是只录下了朋克乐队那愚蠢的闹腾。下方赛场上，啦啦队员们旋转跳跃，头发飞扬，手脚随着音乐的节奏舞动得越来越快。

幽闭恐惧症的发作开始将伊娃吞噬，场馆内的高温，自场边到屋顶那拥挤在一排排密集座位上的人群，这一切让伊娃感觉所有人都在向自己拥来。伊娃看了一下记分牌上的时间。"我们干正事吧，"她说，"我想远离这些人。我开始头疼了，我想回家。"

"我再同意不过了。"德克斯从座位上站起来，从他们这排人旁边挤过，伊娃紧跟在他身后。

他们排在厕所外一队人中的最前面，交接过程用了不到三十秒。"下周见？"德克斯一边问一边将外套紧紧地裹在身上。

伊娃透过俱乐部的窗户看向外面，望着下面的棒球场，想着再过几个月，春天到了，球员们就会在场地上跑垒，或是朝草地里吐瓜子壳。希望到那时她已经走了，无论用什么方式。

她看看他，这个侧脸已经变得和自己一样熟悉了。生活如此艰难，他也尽力将自己所知教授于她。她学得很好。很长一段时间，她都很开心。但她感到那些日子已经远去，就像一位旧人的照片渐渐褪色。"当然，"她说，"注意安全。"

"我从来都非常注意安全。"德克斯说着，冲她眨了眨眼睛。

回到拥挤的大厅，伊娃瞥了一眼时间。她还有五分多钟，容她穿过体育场去见杰里米。头疼的事她确实没撒谎，痛感从太阳穴周围逐渐蔓延，她知道，到了晚上，偏头痛便会全面爆发。她从口袋里掏出手机，又给杰里米发了条短信。

改在第二区入口见面。

她推开俱乐部的门，在拥挤的人群中开辟着前进路线。

人们在伊娃身边挤来挤去，挤回自己的座位，她找了个小角落，等待杰里米。她看向球场对面的第十区，本想确认杰里米是否还在那里等她，却看到了另一个人。

一开始，她只看到了他的背影——棕色短发。身着一件大到足以隐藏枪套的运动外套。画面好像慢动作一样，伊娃亲眼看见那人看了一眼手机，不知读了什么信息，之后推开人墙，直奔她的方向。

伊娃看着自己的手机，仿佛以前从未见过它，恍然大悟，视线边缘逐渐模糊。她回忆起过去几周她发送的每一条短信。给德克斯的。给杰里米的，通知他确切的见面地点和时间。但出现的却是卡斯特罗，而不是本应该在那里的杰里米。

刹那间，她的脑海中又浮现出那个场景——车窗打开，从里面递出一张白纸。布列塔尼。有伊娃电话号码，可以透露给别人。如果有人能同步读取所有她收到的短信，那"密语"软件的存在就毫无意义。

她推搡着穿过拥挤的人群，在如潮水般返回座位的人群中，孤身一人，低着头，逆流而行。她不敢看向任何人的眼睛，她害怕卡斯特罗的手随时都会抓住她，把她向后拉，命令她将口袋里的东西掏出来。让她解释为什么还在贩毒。最终告诉她他们之间的交易结束了。

伊娃从一侧门冲进寒冷的夜色中，奔下楼梯，手里依旧紧握着那部被盗取信息的手机。经过一个垃圾满到溢出的垃圾桶时，她努力控制自己把手机埋进废食品包装纸和空杯子中间的冲动。她不想看见它，它消失得越快越好。但她必须得拿着它，知道只有继续使用，才能让卡斯特罗相信一切都没有改变。

她快步走向斯普劳尔广场，途中她找到最后一条发给杰里米的短信，再次点击"回复"键。

对了，我今天碰到你妈妈了。她看起来不错！

这是她与所有客户约定好的暗号，告诉他们此时见面不安全。但愿杰里米会回到学生区域的座位上，然后忘记她。

伊娃走到班克罗夫特大街上，把装着杰里米药丸的纯白信封扔进学生会外的垃圾桶，转身回家了。

克莱尔

库克夫人，我是丹妮尔。我知道你没有乘坐那架航班。你需要回我电话。

一种深深的恐惧席卷全身，彻底将我击垮，我把手机放回原处，好像丹妮尔能够穿过手机，一把抓住我，将我拉回纽约，罗里就在那儿等我。

我惊慌失措，头脑一片混乱。她怎么会这么快找到我？这段视频仅仅发布了不到二十四小时。然后，我突然恐怖地意识到，难道这一切都是陷阱吗？不然丹妮尔怎么知道通过身处美国另一端的陌生人的一次性手机联系到我？我的呼吸变得急促，发出刺耳的声音。我强忍着想吐的冲动。

如果罗里和伊娃之间有联系……我试图抓住这个想法的后半部分。他们是如何相遇的？他们又是怎样想出这个计划，把我送到波多黎各，在最后一刻互换机票，把我引向一个举目无亲的地方的？资源匮乏，与世隔绝，孤立无援。这个目标地点简直太完美了。因为一旦我在这里出了什么事，没人会知道，真是神不知鬼不觉。

但是我无法拼凑出全部细节。飞机本不应该坠毁。我从未想过要来伊娃家。我本打算给佩特拉打电话。溜进伊娃的生活不过几个小时就溜出去。罗里不可能知道我会在这里落脚。他当然更无法如此精心地策划出这一切。

我任由自己置身于屋内的一片寂静之中，希望能够冷静下来，看清事情的真正脉络，不要被自己受虐的身份所限，放下偏执和假想的威胁。我开始逆向思考。在某个地方，以某种方式，一定有关联。我再次拿起手机，手指来回摩挲着边缘，眼睛盯着黑漆漆的屏幕，里面映出我那模糊的身影。

是我自己。布鲁斯告诉罗里，他正在调查空难发生当天我拨打过的电话号码。我回想起那天晚上，我解锁了伊娃的手机，又拨打了佩特拉的电话号码，希望无论如何电话一定要接通。如果他们能获取佩特拉的电话号码记录，就有可能查到是谁在试图给她打电话。

是我自己把丹妮尔引到这里来的。如果他们能查到电话号码，还有什么是他们不知道的呢？他们会用手机追踪我吗？我看向厨房窗户和后门，想要马上打开，使劲把手机扔到灌木丛里。

"仔细想想，克莱尔。"我的声音在空荡荡的房间里听起来很沙哑。这不是电视节目，也不是恐怖电影。罗里十分富有，布鲁斯也有熟人给他传递消息，但我认为他们没有能力追踪手机，用执法部门的方式跟踪我。

我深吸一口气，再慢慢呼出。我又深吸慢呼，然后再一次，最重要的问题也随之浮出水面。

为什么是丹妮尔而不是罗里打来电话？罗里一向喜欢操控，这不太符合他的性格。如果他们已经知道我的行踪，根本就不会打电话。罗里会突然出现，在我最意想不到的时候悄悄走到我身边。你好，克莱尔。

我的手颤抖着，又听了一遍留言，尽管我已有心理准备，丹妮尔的声音还是让我浑身恐惧。*我知道你没有乘坐那架航班。你需要回我电话。*这一次，我注意到她声音低沉，非常迫切，好像她正在发出警告，而不是威胁。

有一件事可以肯定——我得出发了。烤箱时钟显示刚过晚上十点钟。虽然这个时间有点晚，不过我可以轻松出城，不被人发现，但也不会太晚，因为不会只有我在路上。我把包放在门边，抓起伊娃的钥匙圈，朝车库走去。该去看看伊娃的车能不能发动了。

车库用挂锁锁着。我在黑暗中睁大眼睛，快速翻找钥匙，直到找到正确的那一把，然后啪的一声，挂锁打开了，我暗暗祈祷车子一定要能打着火。油箱一定要有油。车子能正常开走，载着我离开这里。

车库门轻松升起，我进入更加黑暗的空间里，双眼努力适应着，辨认出布满灰尘、装着油漆罐的架子轮廓，还有一架爬满蜘蛛网的梯子靠在墙上。但是没有车。只有地上的轮胎痕迹表明，汽车曾在这里停过，车库中央有一个大托盘，四周溅洒了些干了的油点子。我感觉遭到了重重的一击，仅存的一丝希望都破灭了。无论我转向哪个方向，机会的大门又一次在我面前牢牢关闭，迫使我陷入越来越逼仄的困境。

我一直走到车库后面，目光来回扫视着光秃秃的墙壁，仿佛只要我看得足够仔细，就能找到线索。我转过身，面向远处漆黑的街道，大脑激烈地斗争着，重新安排计划，努力找到新的方向。只要在伊娃家再待一晚。明天一早搭乘开往旧金山的列车。宝贵的钱花在北上的巴士上。太阳升起前就离开了。

我重新锁好车库，开始往回走，但经过那棵树、看到前廊时，我猛地停了下来，伊娃的钥匙都差点掉到地上。几天前我无意撞见的那个男人，正在窥视我公寓没有拉帘的窗户，他似乎就是那个透过咖啡店窗户看着我的男人。

我向后退缩到阴影里，回头匆匆瞥了一眼街道，想知道是否应该溜走。但伊娃家的门还没有锁，我的包、电脑和手提包还留在屋里。

我深吸一口气，走近说道："需要帮忙吗？"

他转身对我微笑，笑容温暖，仿佛我们是老朋友。"你好，又见面了。"此时，从客厅窗户射出来的光线照亮了他的脸，我能够看清他的眼睛——是一种不寻常的灰色，就像暴风雨中的海洋。"请问我可以给谁打电话询问这间公寓的租赁事宜吗？"

我几步走上门廊，挡在他和伊娃家没锁的前门之间，说道："现在找公寓似乎有点晚。"

他摊开双手。"我只是路过，想知道有没有空的公寓单元出租。"

"我不太清楚。我朋友出去旅行了，我只是在这里暂住几天。"

"啊，那她什么时候回来呢？"他站在那里一动不动，脸上仿佛戴着面具，丝毫看不出任何表情。就在他等待我回答时，我感到一丝变化，好像无论我告诉他什么，对他来说都是极其重要。

她什么时候回来呢？

"她出国了。"我最后说道，想让伊娃和这个男人之间保持尽可能大的距离。

他点点头，仿佛这就解释了什么，嘴角掠过一丝假笑。他走近我，伸手想从我肩膀上扯下什么东西。"蜘蛛网。"他说。但他没有退后，依然和我保持着亲密的距离，我能感受到他身上散发的热度，香烟混合古龙水的味道包围着我。我害怕极了，慢慢退缩至伊娃家门口，突然怀疑他是否会跟着我，进到屋里来。

他伸手指着伊娃家前门说："我知道这个社区看起来很不错，但你真的不应该不锁门就出去很长时间，尤其是在晚上这个时候。伯克利并没有看上去那么安全。"

我感觉好像被他猛打一拳，胸口紧缩成一团，难以呼吸。我没有回应，握住门把手，向下扭转，溜了进去，随手把门锁上。

我听到他说"谢谢你的帮助"后，才走下楼梯。我仔细检查每个房间，寻找他曾在屋里待过的蛛丝马迹。

但一切都和我离开时一样。我的包原封不动地放在墙边，没有任何问题。我又吸了吸鼻子，嗅嗅空气，没有闻到他身上的古龙香水。他不可能来过这里。我只在车库里待了不到五分钟。我用手指压住眼睛，试图让自己镇定下来，在浑身涌动的恐慌中理性思考。

我走进厨房，差点踩上可乐形成的水洼。可乐从翻倒的易拉罐里蔓延开来，一路流到架子下面。我的目光追随着可乐流淌的路径，注意到架子下面的滚轮。我把腰弯得更低，小心翼翼地不让自己跪在棕色的液体里，费力地向架子下面看去，那里，可乐已经在门框的底边处汇聚起来。

我绕到架子另一端，把它往前推，直到看到一扇有挂锁的门，挂锁上缠着一道钢制铰链。"妈的，你到底在搞什么，伊娃？"我嘀咕道。

我再次抓起伊娃的钥匙圈，找到钥匙，啪地把锁打开，推开门。我在墙上摸索着找到电灯开关，打开灯。楼下风扇旋转起来，呼呼作响。我蹑手蹑脚地爬下一小段楼梯，进入一间极其狭小、可能一度是洗衣房的地下室。

但这里已不再是洗衣房。几个工作台和架子沿墙排列，角落里有一个小水槽和便携式洗碗机。架子上摆放着各种配料——大容器装的氯化钙，至少有三十瓶不同的感冒药和止咳药。角落里放着一个野营炉，水池边有几个胶囊药丸模具，好像在等待晾干。头顶上方的墙上有一扇用木板封住的窗户。风扇位于中心位置，正在快速旋转。

楼梯左侧有一个柜台，上面堆满了文件，文件旁边放着一台录音机。我俯身弯腰，不愿触碰任何东西，开始阅读一封公证信，这封信似乎是写给一位名叫卡斯特罗的探员的。

我是伊娃·詹姆斯，以下这份声明誓词涵盖了一系列事件，于十二年前开始，一直到现在，也就是今年的 1 月 15 日。我飞快地读着，翻页越来越快。这封公证信主要讲述了一名大学生努力融入的故事。她相信她做出了当时唯一可行的选择，抓住了一个叫德克斯的男人。这个男人对她许下承诺，包括生命、幸福、自由，但他却无意说到做到。故事的女主人公被逼到绝境，她受够了，准备不惜毁掉一切，坚决要逃离。

伊娃既不是一个花言巧语的骗子，也不是盗用他人身份的窃贼。她是一个境遇跟我相似的女人，世界不会为她改变，她只能自己披荆斩棘，勇往直前。

我拿起录音机，按下播放键。体育场的声音在这个狭小空间回荡，大合唱、欢呼声此起彼伏，时不时传出播音员的声音，还有类似鼓号乐队的演奏声。

"似乎有点危险，设法除掉布列塔尼的接头人，"我想起来了，这是伊娃的声音，"难道不会再次引起警察的注意吗？"

一个熟悉的声音回答了她，就是不到十分钟前我在门廊听到的那个声音，警告我说不要不锁前门。"那些警察再也找不到他了。菲什在奥克兰有一个仓库。说是储存一些进出口货品，都是鬼话。其实地下室里藏着一个焚尸炉。"

我按下暂停键，再也无法继续听下去。所有的画面在我脑海中不断闪现，如同场景切换，一幕一幕，越来越快。伊娃用现金购买的房子。伊娃在机场无比绝望的神情。她把手提包强塞进我怀里的样子，甚至都没有仔细查看里面是否有她想要留下的东西。她随身携带的手机，还有她留下的黑色手机。难怪伊娃不告诉我真相。这就是她不能返回伯克利的原因。

这也是我要逃离这里的原因。现在。

我离开实验室，一切保持原样，但我带走了文件和录音机。我把它们紧按在胸口，冲上了楼梯。

伊娃

加州伯克利

2 月

空难前两天

伊娃与卡斯特罗在圆屋餐厅碰面，这家餐厅坐落于金门大桥，位于旧金山一侧的上桥口。伊娃将车停放在克里斯公园之后，步行前往餐厅，走在旧金山要塞的阴暗小道上，一路上她不停地回头看向身后。为了确保自己没有被人跟踪，伊娃没有直接走海湾大桥，而是取道圣拉斐尔和米尔谷，绕了很远的路才进了城。

就在前一天，伊娃收到了莉兹寄来的信。伊娃像摸着护身符一样摸着信的边缘，她再一次将其拿出口袋，读了起来。

伊娃：

我们连句再见都没机会说，对此我很遗憾。我那时真心希望在我走之前我们能再谈一次。我觉得我欠你一个道歉。我不应该去没有理由地猜想一些事情，所以现在我想向你解释，让你清楚我的想法。我的友谊是无条件的。除了做你自己，我不会希望你去变成别人。不管你拥有怎样的过去，我都接受。不管你想成为什么样的人，我都会爱你。

与别人分享你的烦恼，你的负担就会减轻。所以，不论何时，只要你愿意倾诉你的烦恼，我都会在这里。不住在隔壁了，不意味着你需要我的时候我不会在你身边。联系我，随时随地。

信纸底部，是用一串潦草笔迹写下的电话号码。伊娃把信放回口袋，自收到信的那一刻，她就将信放在了那里，心里想着，要是自己多年前就遇见莉兹该多好，那她就不会再搭理德克斯了。果真如此，那么她需要承认的，就仅仅是那个在化学实验室犯下的愚蠢错误了。那么，她的生活与现在就会有很大不同。她知道如果只是那样，莉兹是会原谅她的。因为伊娃当时年轻又愚蠢。她肯定不是第一个为了男人做蠢事的人。

但现在一切都太迟了。莉兹走了，不久后，伊娃也会离开。也许现在这样更好吧。

伊娃看到坐在餐厅深处的卡斯特罗，那里靠近厨房，远离可俯瞰整座大桥的巨大窗户。"我给你点了一份汉堡和薯条。"他这么说道，就当是打招呼了。

伊娃把包放在座位上，侧身挤进他身边的座位上坐下。餐厅内红色塑料制餐台被用手机自拍的游客紧紧围绕着。外面的停车场内，一辆观光巴士卸下一大群人，他们朝着大桥的步行栈道走去。

走出餐厅，坐进一辆陌生轿车，然后从此消失。脑海中想象着离开这里的场景，她不禁感受到紧张的情绪在体内流窜，就像有一根绳子在旋转、缠绕成一个结。伊娃用手指敲着桌面，腿在桌子下方不住地抖动着。"多谢了，"她说，"无意冒犯，但现在我真的没心情吃饭闲聊。"

卡斯特罗点点头。"我的上司拒绝了你的证人保护请求。"他说。

伊娃顿时感到窒息，周围的声音变得清晰。盘子和刀叉的碰撞声，人们讲话发出的持续不断的嗡嗡声。她所有的计划都泡汤了，一瞬间化为泡影，就好像从未存在过一样。"为什么？"她努力让自己问出这句话，"你告诉过我，你已经追捕菲什很多年了。"

卡斯特罗从桌边的小杯子里拿起一袋糖，手指不停地在糖包边缘游走，他无法直视伊娃的眼睛。"我碰巧赞同你的想法。但就像我之前说过的，证人保护的成本很高，我们很少这么做。"

"那什么情况下你们才会这么做呢？"

他抬起头来看着她，伊娃从他的眼睛里看到了真挚的抱歉。"证人保护主要用于重大罪犯。比如集团犯罪和主要的黑社会组织。我知道对你来说菲什是个大目标。对我来说他也是。我都不想说我多少次都差点逮到他了。但每一次都让他溜了。我的线人也消失了，一切又回到了起点。"

"这么说就更应该提供证人保护了。"她说，努力压低嗓音，为了不让她内心的绝望爆发出来。

"我可以在一个秘密地点对你进行二十四小时的保护。一直到审判结束。我保证你会安全的。如果你有律师，现在是时候联系他们了。"

伊娃呆坐在那里。卡斯特罗的一字一句在她的脑海中组成一个画面。她，独自在酒店房间，两名警卫守在门口。一名武装护送人员来回审讯，结果无非就是无罪判决，或是审判无效。然后呢？她就能自由回家了吗？打开家门然后干什么呢？无论她走到哪里，菲什的人都会找到她。德克斯要是知道自己被她背叛至此，很可能会亲自动手，德克斯不找到她是绝不会罢休的。

伊娃小的时候，教养院的女孩遇到问题都会找伯纳黛特修女寻求建议——友谊破裂、老师不公平的对待、寄养家庭不和睦之类的问题。伊娃从不咨询，但她会一直听着，她们谈话时，她就坐在边上，学习伯纳黛特修女话中的智慧。修女总是说唯一的出路就是勇往直前，不管当下情况如何，都要迈出第一步，然后一步一步走下去。于是伊娃开始接受事情的发展。仔细思考这件事，试着换个角度去找到解决方法。不过让她觉得很讽刺的是，伯纳黛特修女和德克斯给了她如此相似的建议。干到底。

"既然这样，我想我们应该继续做下去，并祈祷能得到一个好结果。"她说，"你需要我做什么？"

这时服务员端来了食物，卡斯特罗把糖塞回杯子里，汉堡和薯条的气味让伊娃胃里反酸。"理想状态下的计划是，我们在你身上装上窃听器，然后让你和菲什见面。"

"不可能，"她说，"我从没见过他。如果我突然要求见面，那就太可疑了。"

卡斯特罗眯起眼睛说："如果你对我撒谎，那我们之间所有的交易都将不复存在。"之前他愧疚的语气和因无力帮助伊娃而充满歉意的眼神瞬间消失了。

"我没有对你撒谎，"她说，"事情不是这样的。我的确一直在想办法了解更多信息——毒品是怎么传递的，还有菲什本人什么样，等等。但除了我这边的信息，其他的我就不知道了。"

卡斯特罗向后靠在椅背上，双手放在桌子上。终于，他开口说："我们有证据，伊娃。你们俩在一起的照片。"

伊娃摇头，十分困惑。"那不可能，"她说，"我发誓我从没见过他。"

卡斯特罗将手伸进外套口袋，拿出手机，翻看相册，找到一张照片，举到伊娃眼前。

这张照片是在哈斯篮球馆拍摄的，在那个她本该和杰里米见面的晚上。伊娃认出那些坐在他们周围的人，还有那坐在最后一排穿着破旧卫衣、满面戚容的会计。图片正中间，伊娃和德克斯，他们的脑袋微微偏向彼此，交谈着。图片无比清晰——一定是用高倍镜头拍摄的。

伊娃又摇了摇头，表示不能理解她所看到的东西。"那不是菲什，那是德克斯。"

卡斯特罗收回手机盯着她，似乎不太相信她。"我不知道德克斯是谁。但那个人是费利克斯·阿吉罗斯，也就是菲什。"

克莱尔

2 月 27 日，星期日

我飞跑上楼，穿过厨房，鞋底踩着健怡可乐的痕迹来到客厅，把伊娃的宣誓证词和录音机塞进包里。我不知道是什么力量迫使我带上它们，但本能提醒我，留下它们必然后患无穷。我的脑海里又闪现出门廊上的那个男人，他离我如此之近，以至于他身上的烟草味仍使我喉头有些发痒，我明白了，毫无疑问，这些文件，还有录音机，就是他要找的东西。然后我想起伊娃的手机，此时就放在厨房的桌子上，屏幕上还显示着丹妮尔的留言。我赶忙跑过去拿起手机，关掉电源，塞进口袋。

外面有辆汽车驶过，微弱地传出收音机的响声，我透过窗帘向外窥探，猜想可能有人就在外面，正躲在阴影里监视着我。没办法，我不得不强迫自己打开门，一步走到门廊上，直觉一片混乱，根本判断不清离开还是留下到底哪一种风险更大。但是在我的印象中，我看到了地下室里的毒品实验室，一封写给联邦探员的证词，一个几乎不可能是缉毒局探员、靠得如此之近而且似乎在无声地承诺他一定会回来的男人。

我脚步飞快，穿过草坪，一直低着头朝校园走去，时刻做好心理准备，等待有人说话或伸出手搭在我的肩膀上，让我停下。远处，传来一只猫的号叫声，悠长而低沉，随后声音陡然增高，发出几乎跟人一模一样的凄厉惨叫。

我在一条繁华的街道上找到一家不太起眼的汽车旅馆，距离校园大约一两公里。我的肩膀隐隐作痛，双脚刺痛，整个人快冻僵了。旅馆狭小的办公室里亮着一盏灯，一个上了年纪的女人一边抽着烟，一边直勾勾地看着挂在墙上的电视。我进去时，她转身面向我，眼睛透过团团烟雾眯缝着。

"我要一个房间。"

"八十五美元一晚，税另算。"她告诉我。

"好的。"我说，尽管我在算数的时候有点犹豫。

她又扫了我一眼，说："我需要你的名字、驾照和信用卡。"

"我想支付现金。"

"没关系。我们需要把信用卡录入系统。在您退房前我们不会刷卡，如果您退房时想付现金，我们根本不会用到信用卡。"

我还想继续和她争论，但我不希望给她留下过深的印象。我把伊娃的驾照和信用卡递给她，紧张不安地看着她把信息录入电脑，等待哪怕是最细微的一点迟疑——也许只是眼睛稍稍地睁大些，然后飞快地转头看向我的脸。但她啪啪敲击数字键，表情很不耐烦，根本没有看我。她很快把所有东西递给我。

"几晚？"她问道。

我无法思考未来，只能聚焦当下，未来的日子在我眼前延伸，一片空白，我不知道接下来该怎么办。"我还没想好。一晚？两晚？"一晚八十五美元，我的钱很快就会花光的。

"我先给你登记两晚，"女人说着递给我一把钥匙，"五号房间，出门左手边。十一点退房。如果超过十一点，我们加收一晚房费。"

房间狭小，地上铺着廉价的地毯，双人床上铺着涤纶床单，对面矮小的五斗橱上放着一台电视。浴室旁边的角落里放着一张极小的桌子和一盏台灯。我坐在床上，试图忘掉刚才惊慌失措的几个小时。

床头柜上的钟显示 11：30，我的头昏昏沉沉，整个人疲惫不堪。

伯克利的山顶派对感觉像是在一个月前举办的，而不是仅仅几个小时前。我俯身向前，双手捂住脸庞，强忍住呜咽。我没有名字，没有计划，几乎身无分文。

我的眼睛干涩疲惫。我已经连续两天没有好好睡上一觉了，我向后倒在床上，穿戴整齐，希望明天能想到解决办法。

我早早就醒了，因为睡得太沉，甚至连梦都没有做。我沐浴在清晨的阳光中，环顾四周，让大脑适应目前新的处境。我的整个人生都在这间屋子里了。而在外面的世界，我要么是一个已经死掉的女人，要么就是一名在逃毒贩。

我坐起身来，连续两晚繁重的晚宴招待工作让我的肌肉在哀号，我想起凯莉，此时她应该已经在咖啡店轮班了，而她正想象着我开车奔驰在沙漠的热浪中。我真希望能和她在一块儿，我窝在椅子里，她就在吧台后面和我闲聊。我渴望这种简单纯粹，希望这个世界还能有我的一席之地。

我的肚子咕咕叫了起来，于是我抓起纽约大学鸭舌帽，带上一点儿现金，飞奔到街角的超市，花了十美元，带回来一大杯咖啡和一包不太新鲜的肉桂面包，再多我就负担不起了。我唯一的选择就是在 U 盘里找到什么来对付罗里，以换取我的自由。可实际上，能找到有价值证据的可能性微乎其微。但比起惩罚我，他应该更在乎保守这个秘密。

我打开电视作为背景音，慢慢地设置我的电脑，插入 U 盘，在桌子上寻找 Wi-Fi 登录指南。登录后，我快速查看罗里的电子邮件，没有更新，但是当我点击"文档"时，不禁浑身一颤，就像被一道闪电击中。

他们正在谈论我呢。

罗里·库克：

他妈的，她是怎么做到的？

布鲁斯·科科伦：

我不知道。航空公司说她通过安检上了飞机。没人对此提出异议。

罗里·库克：

他们说她的座位上没人。你觉得他们知道吗？

布鲁斯·科科伦：

我想如果他们认为她有机会逃下飞机，他们一定会马上联系你的。你想让我告诉他们吗？

罗里的文字显示得飞快，愤怒几乎要穿透屏幕迸发出来。

罗里·库克：

绝对不行。我打算悄无声息地处理此事。让国家运输安全委员会继续以为她死了。我已经订了今晚去奥克兰的机票。

就像文字飞快出现那样，它们又一行接着一行快速消失了，直到我看到一个空白文档，上面显示布鲁斯·科科伦最后一次编辑。布鲁斯的头像消失了，罗里还在。我清楚地知道罗里所说的我打算悄无声息地处理此事是什么意思。这意味着他打算让问题从公众视野中消失。罗里可以对我为所欲为，因为我给了他一个完美的掩护，那就是全世界的人都认为我已经死了。

我感到四周墙壁逐渐向我逼近，丹妮尔、罗里和布鲁斯正在追踪我的一举一动，把我逼进一个越来越狭小的盒子里，直到我陷入绝境，只剩一个出口。

"嘭！"院子里突然传来一声重重的关门声，吓了我一大跳，结果胳膊肘向前一滑，咖啡杯撞到了键盘。我立刻跳了起来，试图在咖啡洒出来之前抓住杯子，幸亏只有一小点溅到桌子表面。但是就在我匆忙挽救咖啡时，我不小心按下了几个按键。"该死！"我急忙删除我打的字，目光再次看向屏幕右上角，希望布鲁斯下线时罗里跟着也退出了。

我双眼紧盯屏幕，感觉像过了漫长的一个小时，但实际一定只有几分钟。没有新文本出现。但是在这一页的顶端，现在显示为罗里·库克两分钟前最后一次编辑，我祈祷他们都不会记得是谁最后清空了"文档"。

我来到卫生间，胡乱地往脸上泼着冷水，廉价荧光灯发出的光亮让我看起来很憔悴，皮肤暗淡无光。我两只胳膊撑在台面上，试图重新调整自己。深吸，深呼，五次，八次，十次。我集中精神盯着水龙头下的水滴到锈迹斑驳的排水管旁，在人造大理石的洗手池里不断打着旋，然后，我的思绪再次被迫回到了现实。

我又坐到电脑前，无力感好像有千斤重，压在我的肩膀上。我不确定该找什么，从哪里开始找。我应该再找找查理的资料吗？或许我能找到类似金融或税务欺诈的线索。问题是，我对金融也不甚了解，无法辨别任何可能有用的信息。我正要双击 U 盘，这时我再次注意到"文档"顶部的提醒。罗里·库克两分钟前最后一次编辑。我又快速查看了一下时间，发现至少已经过去十分钟了。

我点击刷新，希望看到时间更新，但是相反，我又回到了谷歌邮箱的登录页面。"不！"我在房间里低声惊呼道。

我从伊娃的钱包里找到那张皱巴巴的便利贴，上面写着罗里的登录密码，我再次输入，显示失败。我又试了一次，再慢一些输入，但还是告诉我密码不正确。

我想象罗里坐在办公桌前，刚刚看完我站在唐尼和克瑞西达之间的视频。我可怜的伪装——变换发型和染发——几乎没有起到任何伪装效果。果不其然，他的屏幕上突然出现一条附带他自己名字的信息。我能想到他在给布鲁斯打电话，急需知道别人是如何侵入了他的账户。然后，他意识到唯一有机会窃取他密码的人——一个能通过监视他获得利益的人——正是我！我就是那个人。此时，我能想到他眼里的震惊和恐惧。

我站起身来，双拳抵住眼睛，泪水从指缝里慢慢渗出来。"我坚持不下去了！"我对着空荡荡的房间低语道，"我真的不行了，我不行了。"我睁开双眼，随手抓起身边的钱包，猛地扔到墙上。零钱包撞开了，一枚枚硬币像瀑布一样掉落下来，消失在梳妆台后的角落，钱包也砰地落在台面上。

但我的内心似乎松弛了一些，这个突如其来的举动释放了足够的焦虑，就像一个压力阀，把我猛地拉回当下，在昏暗的房间里重新找到了焦点。我不能纵容自己崩溃。罗里知道我一直在监视他。窃听他自以为私密的谈话，看看吧，既然他得知查理了解玛吉·莫雷蒂事件后如此恐慌。我一定会找到漏洞加以利用的。

在我身后，凯特·莱恩的声音引起了我的注意。

"不到一周前，477号航班在佛罗里达附近海域坠毁。96人在坠机中丧生，调查人员找到了黑匣子，离找到真相又近了一步。"电视屏幕切换到上周播放过的镜头，同样上下颠簸的海岸警卫队船只，同样漂浮着的飞机残骸。"有传言称空乘人员没有数人头确认乘客总数，维斯塔航空公司官员拒绝对此发表评论。但根据维斯塔航空公司内部的匿名消息称，航班延误时，上述情况并不少见。航空公司官员表示，他们相信乘客名单是准确无误的，乘客人数与所有航班记录相符。"

接收这一信息后，我突然僵住了，回想起我看过的同主题留言帖，那个评论者非常确定没有人可以过了安检而不登上飞机，因为要数人头。

但是现在，我想，那可能是伊娃干的。我笑了，太难以置信了，内心抓挠，百感交集，我坐回椅子上，试图想象她在外面某个不知名的酒店房间里，看着相同的报道，因为她设法溜下了飞机，就这样消失不见了。

我想到伊娃在收集笔记和录音时所冒的风险——这些东西暗示她和门廊上的那个男人曾并肩作战，他究竟是谁呢？我想知道哪里出了问题，她为什么不把它交出来。无论是什么，这一切都迫使伊娃一直在东躲西藏，无法回家。

我想知道她会希望我用这些东西做什么。

我凝视着墙面，尽管我看到的并非眼前的事物，而是伊娃的身影。她笑着从我身边跑开，背后亮着光，跑得越来越远，变得越来越小。我就这样一直看着她，直到她变成一个点，然后什么都看不见了。就这样消失得无影无踪。

我的手指在 U 盘边缘来回摩挲，毫无疑问，U 盘里肯定有罗里想要隐藏的秘密。只是我不知道秘密究竟是什么。

但是罗里并不必知道这点。

此时此刻，伊娃仿佛在我耳边低语，一个大胆而又冒险的主意浮出水面。但这需要我不再躲躲藏藏，而是与罗里正面交锋。拿起电话，拨通他的电话号码，告诉他我所知道的一切，在我不知情的地方粉饰捏造，编出足够多的故事让他相信我知道得其实更多。不仅仅是关于查理的事情，还有硬盘里的内容，我已经打包好了，准备移交给媒体和当局。除非他能满足我的条件。

然而，一想到要给他打电话，听见电话另一头他的声音，像钩子一样将他向我拉近，我就不寒而栗。因为一旦我判断错误，这样做根本行不通的话，事情将会变得更糟。

我拿起伊娃的手机，庆幸没有落下它，有了这部手机，我就能联系罗里，又不会暴露我的确切位置。但在开机前，我还是犹豫不决，本能地想要放弃，纠结着丹妮尔是如何追踪到这个号码的，他们可能还知道哪些信息。她是否就在外面，等着我犯下另一个错误？我深吸一口气，又慢慢呼出，然后开了机。

另一条语音信息和一条短信立刻弹了出来。我的手指还在犹豫，不确定该先点开哪一个，最后决定先听语音信息。

> 库克夫人，还是丹妮尔。你无法信任我，我并不怪你，但是你一定要相信，我正在竭尽全力帮你。库克先生正在去加州的路上，我百分之百确定他知道你在哪里。我把昨天的录音用短信发给你了。好好利用吧，我会支持你的。

我怔怔地看着手机，思绪犹如脱缰的野马，奔向二十个不同的方向，我仔细掂量丹妮尔说的话，试图找出其中的蹊跷。她到底想要我做什么。她总是在可以替我大声说话时袖手旁观，保持沉默，我很难立刻相信她现在想要帮我。

我点开短信，这是一个语音备忘录文件，名为录音1。我抓起遥控器，把电视静音，按下了播放键。

汽车旅馆的房间里马上充斥着含混低沉的声音——是争吵声——我立即意识到这是罗里和布鲁斯在争论，尽管我听不清他们在说什么。这时有人敲门，罗里的声音喊道："进来。"

是丹妮尔的声音，近了些，说道："很抱歉打扰，但我需要您在这些表格上签字。"

"当然，"罗里说，"丹妮尔，谢谢你来处理国家运输安全委员会的所有事宜。我知道你有多爱库克夫人，有多尊敬她。"

"很多事情，真希望我当时没那么做。"丹妮尔说。

我听到纸张书写的沙沙声，然后罗里的声音再次出现。"这样应该可以了。出去的时候请把门关上。"

丹妮尔的声音从稍远的地方传来，她说："没问题，库克先生。

谢谢您。"然后是开门关门声。

我以为录音到此就结束了，但事实并非如此。又是罗里的声音，听起来有些阴冷。"你都发现什么了？"

布鲁斯终于开口说话了。"1996 年，"他说，仿佛在读一份文件，"查理·普莱斯——更确切地说，应该叫夏洛特，她现在比较喜欢这个称呼——因持有毒品并意图贩毒而遭到逮捕。指控不成立，于是罪名撤销。"我听到翻页的声音。"她后来搬到芝加哥，在那里打工，做服务生。似乎没有惹上什么麻烦。她现在仍然住在那儿。"

夏洛特？她？查理是个女人？

"还有吗？"罗里问道。

"没什么了。她没有丈夫，没有男朋友，也没有女朋友。没有孩子。家人似乎不是死了就是杳无音信。没有什么可供调查的线索。"布鲁斯的声音一下子变得更加柔和。"到目前为止，我们所说的一切都无法动摇她。她不是为了钱，也不怕威胁。她坚持要说出真相。"

罗里的声音低沉，透露出危险的信号，我不禁害怕起来，浑身冰冷。"那么，她坚称的真相到底是什么？"

"你和查理背着玛吉搞在一起。玛吉死的时候你就在现场，你把起火时间设定在你离开之后。然后你出现在查理的公寓里，情绪失控，抖得像片树叶。"短暂停顿。布鲁斯继续说下去时，我几乎听不到他的声音。"她不在乎自己签署的保密协议。我们给她提供的任何东西，她都毫不在乎。"

"这是不能接受的！"罗里大喊道，我本能地向后畏缩，仿佛他此刻就站在房间里对我大吼大叫。"这样一切都会偏离轨道。你还有两天时间，把这个问题解决掉！"

我听到布鲁斯在收拾东西，整理文件，公文包碰锁发出啪的一声。"明白。"他说。

脚步声，开门关门声，然后鸦雀无声。我正要停止播放，突然又听到一阵敲门声。"进来。"罗里说。

又是丹妮尔。"很抱歉打扰。我好像把手机掉哪儿了。我可以过来看看吗？"

罗里咕哝了一声。

"在这里。它一定是刚才掉到——"

录音戛然而止。

我坐在床上，目瞪口呆。很多事情，真希望我当时没那么做。丹妮尔是这么说的。这些话折射出不同含义，现在我知道，她这话是对我说的，表达一种态度，也许还有某种歉意。

丹妮尔甘愿冒如此大的风险为我搞到这段录音，着实让我大吃一惊。这些年来她一直在我背后忙忙碌碌，一丝不苟地让我按计划行事。我以为她只是罗里的另一个得力手下，被用来控制我的。也许，如果我肯费神转过身去，好好看看她，我就会发现别的东西。她并不想置我于死地，而是拼尽全力想要帮我。

我又听了一遍丹妮尔的留言，她的声音很急切，有些破音了，已经在惊恐的边缘了，她在用近乎耳语的声音叮咛我。好好利用吧，我会支持你的。

静音的电视屏幕里，两个政治评论员正在交谈，他们的嘴唇无声地一张一合。在他们对面，凯特·莱恩正对着镜头说些什么，然后又微笑了。我及时调大音量，正好听到《今日政治》熟悉的背景音乐逐渐切换到了电视广告上。

就在一周前，我还在为底特律之行做最后的准备，想象着以阿曼达·伯恩斯的身份在加拿大过无忧无虑的生活。然而很快事情就出了岔子，我被扔到这里，在伊娃想要保守的秘密间被推搡着前行，被迫在我看不见的地雷阵里跳舞。

我不打算给罗里打电话。威胁对他丝毫不起作用。如果威胁奏效的话，我早就这么做了。丹妮尔发给我的语音消息真是太及时了。

罗里的声音，罗里的愤怒，全都完美打包在这段录音里了，一丝一毫都不差。

我用谷歌搜索凯特·莱恩的邮箱地址，然后进入谷歌邮箱主页，注册了一个新的邮箱账号，起草了我要发的电子邮件。邮件写起来毫不费力。写完后，我有些犹豫。一旦我点击发送，一切就会随之启动。我就再也没有回头路可走了。但这是我唯一的撒手锏了。

我最后一次重新阅读了这封邮件。

亲爱的莱恩女士，我叫克莱尔·库克，是罗里·库克的妻子。我并没有如先前报道的那样在 477 号航班上遇难。我现在在加州，最近已收到可靠证据，证明玛吉·莫雷蒂的死以及她被毁尸灭迹与我丈夫有关。我希望在您方便时尽快和您详谈。

然后，我点击了"发送"。

伊娃

加州伯克利

2 月

空难前两天

德克斯就是菲什。

菲什就是德克斯。

伊娃原本以为的真相开始瓦解，那些碎片开始以另一种方式排列组合，构成一幅完全不同的画面。想到这里，恐慌和困惑席卷了她的全身。自己究竟错过了什么？

"你就没想过为什么你从没见过菲什，为什么德克斯是你唯一的联系人吗？"卡斯特罗问道。

"他告诉我交易就是这样进行的，我从没有质疑过。"伊娃摇摇头。"可是德克斯为什么要撒谎呢？"她低声说。

"让为他工作的人相信他只是在执行上级的命令，这也是他推诿责任的一种方式，会让你信任他。如果你知道他是高层人物，你就不会了。"

"这符合常理吗？"她问道，"一个人费尽心思坐上这个位置，难道他不想让所有人都见识到他的权力吗？"

卡斯特罗耸耸肩。"有时候会，"他说，"但老实说，这类毒贩很容易被抓。他们做事的出发点是自尊。他们想让每个人都知道他们的地位不可撼动，想让每个人都惧怕他们。至于菲什嘛——"卡斯特罗将头倾向伊娃那边，"——或者叫他德克斯，我们称这类人为远虑者。这种人把命看得比什么都重要。胜过权力，胜过恐惧。

这种人更聪明，也更难被发现。"卡斯特罗呷了口咖啡，接着说，"这种人我以前只见过一次。是一个女人，住在埃尔塞里托，她假装有一个丈夫，是他在对她发号施令。她惹的事不少，大部分受害者相信她能让他们远离一个男人的威胁，而实际上这样的男人根本不存在。"

伊娃回想起德克斯是如何将自己置于她和菲什之间的。如何保护她，警告她；又是如何让伊娃相信他是站在她这边的，他们是同一战线上的。她回想起去年秋天那场橄榄球赛，那时德克斯是多么紧张担忧，多么害怕激怒菲什啊。原来，那些都是他精心策划的表演。

然后她的思绪又回到了德克斯给她看尸体的那个清晨，事件开始在她脑中重组，她想象着德克斯处决了那个男人后，平静地走到她门前，敲了门，然后将她带到现场，展示他刚干的好事。

她为自己过去的天真感到一阵恶心。

"那现在怎么办？"她问道。

"现在你该找辩护律师，履行我们之间的交易。我们会给你装上窃听器，看能不能收集到一些线索。"

伊娃想着之前她收集储存的那些线索，这是她的最后一张王牌。她绝不可能戴窃听器。"那么，作为交换，我能得到什么呢？"她问道，"除了已经被你们否决的证人保护。"

"等着一切都结束，你可以被免除进监狱的惩罚。"

桌面上，伊娃的手机震动了几下，是短信提示，她的目光飘向卡斯特罗的手机，想确认他的手机是否也会亮起。但是那屏幕依旧黑暗。

"你最好回复一下。"他说。

是德克斯发来的信息。

　6点行吗？你想在哪儿见面？

伊娃给卡斯特罗看了短信。"尽量待在我的人能混进去的公共场所。"他建议道，"从现在开始，我希望你不要单独和他在一起。也不要去任何我们无法迅速找到你的地方。别再去运动场，别再去废弃的公园。安装好窃听器前，我的人都会盯着你。这个过程需要一天，至多两天。"

伊娃拿回手机，用颤抖的手指输入：奥布莱恩餐厅好吗？我好饿。

她想象自己驱车回到伯克利，与德克斯面对面坐在餐桌前，一边强迫自己表现出一切正常的样子，一边还要等着卡斯特罗安排好他那该死的监听小队。

卡斯特罗感觉到伊娃越来越恐慌，于是对她说："你会没事的。就像平常一样，做你会做的事。制毒，见他。别让他发觉任何异常。"

透过窗户，伊娃看到雾气渐浓，眼前明亮的橙色大桥渐渐消失在视野中，她担心自己会像这座大桥一样，变得越来越模糊，最终消失，根本无人知晓她曾存在于这个世界上。

餐厅里人声嘈杂，刀叉敲击餐盘的声音充斥着她的耳朵。她站着一动不动，但在她周围，整个世界都在不断变幻。"我别无选择，不是吗？"

卡斯特罗柔和的眼神中充满同情。"你的确没有。"

伊娃行驶到海湾大桥中央时，四面八方的汽车都在缓慢地向前推进，似乎要把她逼向一个不可避免的结局，她的呼吸开始变得急促。她是绝不会就这么坐以待毙的，绝不！

伊娃想象自己驾车向北行驶，经过出口匝道到达伯克利，经过萨克拉门托、波特兰和西雅图。她看了看后视镜，仔细观察后面汽车里的人，看哪些像是卡斯特罗的人。无论是谁，盯着她的人肯定是不会让她去到那么远的地方的。

回到家，伊娃快速收拾行李，只带一些必需品，离开时让房间保持原样。这样如果有人来找她，会觉得她只是暂时外出，随时会回来。她想起楼下实验室里的制毒工具、原料以及为卡斯特罗收集的证据，最终还是决定将它们留在那里。反正最后卡斯特罗肯定会来找她，楼下的那些东西也正是为他准备的。她再也不会被别人牵着鼻子走了。

伊娃计划把车停在奥布莱恩餐厅附近。假装去见德克斯，在路上溜进旧金山湾区车站，搭乘第一辆来的列车。返回旧金山，用现金买张去萨克拉门托的车票，然后再想办法继续走。总之向北走，一路向北，直达边境。

但伊娃看到梳妆台上那只莉兹送她的玻璃青鸟，突然停下了。她捧起青鸟，抚摸着那蓝色的旋涡、精致的鸟喙，指尖滑过翅膀边缘。这是她收到的唯一一件出于爱意的礼物，那是一个真正关心她的人送给她的。

伊娃想起韦德，答应要承担责任却食言。德克斯，伪装成另一个人只为更方便地操纵她。还有卡斯特罗，一味地让她去做不可能的事，却不给她应得的回报。这些人只管许下承诺而从不信守承诺。而像伊娃这样的人总是会因为他们，受到附带的伤害。

至于莉兹，她看到了自己最好的一面。莉兹那封信还在她的口袋里，她能感觉到。与别人分享你的烦恼，你的负担就会减轻。就像迷宫里的老鼠一样，伊娃的路越来越窄，终于把她引向了她唯一可以信任的人。

伊娃拿出应急现金——五千美元——并打包了电脑，把泄露了的手机放在了台面上。然后，她溜出了房子，手里仍然攥着那只玻璃青鸟。

第一班到达的列车拥挤不堪。伊娃等车门马上要关闭的时候才跳上了车，她不断用目光搜寻站台，看是否有人在跟踪她。她想象着自己的车就停在沙图克大道停车收费计边上，卡斯特罗的人将她的车围在中间，形成一个不断扩大的圈子，正为她究竟去了哪里、发生了什么而纳闷。

　　伊娃扫视着周围人的面孔，自动忽视睡在角落里的那个男人，还有那对挤在一起、边看平板边热聊的情侣。然而，车向南驶往奥克兰时，伊娃发现对面的女人瞥了她一眼，那女人手里捧着一本打开的杂志。伊娃假装看女人头顶上方的广告，实际上是在等着看她会不会翻页。这女人一直什么动作也没有。

　　到了下一站，伊娃等到最后一刻才冲下列车，只见那个女人依旧在看杂志，她和开动的列车一起驶向了黑暗的隧道。她蜷缩到车站的一个角落里，将包随意地背在肩上，看着上车下车的上班族，然后又上了另一辆列车，这次是开往旧金山的。在接下来的一个小时里，她不断换乘，又坐回头车，来来回回好几趟，直到她确定没人跟踪她。

　　在机场，她用现金购买了去纽瓦克的红眼航班。

　　"单程还是往返？"售票员问。

　　伊娃犹豫了片刻。卡斯特罗是否已经将她列入名单？又一次——中不溜儿——这个词在她脑海中一闪而过。"单程。"她回答道。这种决绝让她浑身打了个寒战。要知道如果她错了，这张单程票就会发出警报。

　　航班顺利起飞很久后，伊娃才放松下来。周围的乘客都在睡觉或看书。此时伊娃凝视着窗外，想起了万圣节刚过去的那个晚上，她发现莉兹坐在屋后的台阶上，在暮色中看着外面的院子。"你在这儿干什么？"伊娃问。

莉兹抬起头，微笑着说："我喜欢傍晚的味道，当太阳落下，万物都冷却下来时。无论生活如何变，这都不会变。"她闭上了眼睛，"我和我前夫经常这样，那是我们刚结婚的时候。就像这样坐在外面，看着天空由亮变暗。"

伊娃坐在自己院里的台阶上，透过钢铁栏杆看着莉兹。"他现在在哪儿？"

莉兹耸耸肩，手指摸着水泥台阶的边缘。"我最后一次听到他的消息，他搬去了纳什维尔，但那都是二十年前的事了。我不知道他是否还在那里。"

伊娃想知道她是怎么做到如此平静的，那个男人就那样抛弃了她和年幼的孩子，再也没有回来过。"埃莉知道他的消息吗？"

"我不知道——我们几乎从不谈他。不过我觉得没有。有几年，他给埃莉寄过生日贺卡，但在她很小的时候就没再收到了。"莉兹望向院子那头的篱笆和外面的树。她平静地说："有一阵子，埃莉为这事责怪过我。就好像，我本可以让那个男人更在乎她的，我却没有这么做。但现在她长大了，能够看清他的真面目了，也就明白了，或许没有他的参与，她的童年会更好。"

伊娃惊异于她的平静。"你怎么做到不恨他的呢？"

莉兹轻声地笑了笑。"仇恨会从内心吞噬你。我可以每天花几个小时来怨恨他。但这没必要。他在某个地方，过着他的生活，即便他真的想起过我们，那也都是过去的事情了。很久以前，我就决定原谅他，因为这比恨他容易多了。"

伊娃想着独自抚养女儿的同时还要追寻自己的梦想。忘记自己曾被背叛，去拥抱快乐。这必定需要莫大的勇气。

"你一直都这样吗？能忽视人性中最坏的那一面？"

莉兹笑了。"这个世界上，人们总是忙于自己的事情，认识到这件事，需要很长时间。我前夫不是故意要伤我或埃莉的心。他只是按照自己的意愿生活，活出他自己的人生。我不希望我在别人勉强度日时还去怨恨他。我希望我是一个面对万事，首先想到宽容以待的人。"

伊娃凝视着院子那头的灌木丛，郁郁葱葱地生长在后门旁边，光线逐渐暗去，它们的影子也渐渐淡化。"我不擅长宽恕。"

莉兹点点头。"很少有人擅长。不过生活也教会我，想要真正地宽恕，一些东西得先死去。比如你的期望，你原本的生活环境，抑或是你的心。这很痛苦，但做到之后你的内心会得到真正的解放。"

"你是在拐弯抹角地告诉我，我应该原谅我的原生家庭吗？"

莉兹看着她，一脸惊讶。"我是在告诉你试着学会原谅自己——不论是什么事情在纠缠着你。"

伊娃的航班飞向东方时，窗户变成一个漆黑的方洞，也许这就是莉兹说的死去吧。自己的人生，被丢弃在伯克利，仅剩下一个空洞的躯壳，不再属于她将变成的那个人。甚至连她自己都搞不懂，为什么她一定要再见莉兹一面。不知怎的，她突然明白了，因为只有这样她才能原谅她自己。

克莱尔

在等待凯特·莱恩回复的同时，我草草翻阅了从伊娃实验室带出来的笔记，再次沉浸在这个关于化学天才、社会弃儿和毒贩的故事中。读完笔记，我抬头注视着那扇拉上窗帘的窗户，远处车辆川流不息的声音从门外传来，我想象着她就在那里，默默地穿过一群学生，缩脖耸肩，双手插进绿色外套的口袋里，把头埋进胸口——仿佛一个隐形人。她一向独自生活，与世隔绝。没有安全可言，也永远不为人所知。

我知道她为什么决定这么做了。

我喝掉剩下的凉咖啡，吃完最后一个肉桂面包，希望自己还能再检查一下"文档"。我想象着罗里正在打包行李，召集一小队人马，与布鲁斯协调。准备一次前往加州处理私人事务的短途旅行，丹妮尔安静而机警地做着笔记。等着另一个机会，告诉我她所知道的信息。

就在这时，我的电子邮件提示音响了一声，显示收到了凯特·莱恩制片助理的回复。

莱恩女士明确表示对这个故事很感兴趣。我们需要核实您所说的内容，再进行下一步。请发一个电话号码，以便我们确认您的身份。

我转换到伊娃的手机设置，找到她的号码，直接输入到我的邮件回复中。十分钟后，手机铃声响了起来，我赶紧接听。"喂？"

"库克夫人，我是凯特·莱恩。"

在手机里听到我自己的名字感觉有点怪，像是暴露了身份。"谢谢你给我打电话。"我说。

"嗯，你讲了一个十分有趣的故事。但我首先需要你解释一下，国家运输安全委员会公布你乘坐了那架飞机，你是如何做到毫发无伤的呢？"

多年的沉默隐忍淤积在胸口，秘密保守了这么久，本以为没有人想要知道真相。我开始缓缓地向她描述罗里家暴，我多么绝望地想要逃离他，我在底特律消失的计划如何土崩瓦解，罗里又是怎样发现了这些计划。"后来我在肯尼迪机场遇到一个女人。她叫伊娃·詹姆斯，她同意和我交换航班，"我说道，"落地时，我发现那架飞往波多黎各的航班已经坠毁。我一直被困在这里，身无分文，没办法消失。所以我在一家宴会承办公司找了一份工作。"我告诉她娱乐网上发布的视频，以及罗里因为看到视频，正在前往加州的路上。

"所以说，是伊娃·詹姆斯死于空难了吗？"

我闭上眼睛，清楚地知道我需要小心谨慎。我能保护伊娃最好的方式就是让追杀她的人相信她已经死了。"是的。"

"天哪。"凯特长呼一口气。然后她似乎在重新组织语言。"我想我们最好还是谈谈玛吉·莫雷蒂吧。"

"我有一段我丈夫和他助手布鲁斯·科科伦的录音。录音里，他们正在讨论一个叫夏洛特·普莱斯的女人，她明确知道我丈夫与玛吉·莫雷蒂的死有关。"

凯特·莱恩在消化这一信息时稍作停顿。"这段录音是什么时候录制的？"

"我不确定，"我承认道，"在过去几天里。我的助手录的，她昨晚发给我的。她愿意证实这段录音的合法性。"

凯特似乎在思考这个问题。"在我们采取任何行动之前，我需要听听这段录音。你能把它发给我的制片人吗？"她飞快地说出一串号码，我立刻发送了过去。

很快，我就听到电话线那头在播放录音。敲门声，丹妮尔的声音，然后是罗里和布鲁斯的声音。听完后，凯特叹了一口气，声音变得很轻柔。"库克夫人，我很抱歉。但我认为我们没法在节目中播出这段录音。"

"这是什么意思？"这是我能亮出的最后底牌，也是最致命的一击。我已经把一切都摊开，摆在桌面上了——我透露了我在哪里，我做过什么——可结果还是如此。"他只差承认这就是他干的了。"

"还不够，"凯特说，"他的助手大概描述了指控，虽然你丈夫没有否认，但也没有承认。"

"他正在前往加利福尼亚的路上，"我告诉她，"他知道我做过什么。这是唯一能阻止他的办法了。"

"我很想帮你，"她说，"你告诉我的事情本身就影响巨大。一个遭受虐待的妻子，一个即将竞选参议员的男人，两个女人在机场遇见，互换机票。你可以现场直播，讲述这个故事。"

我挥手擦了擦眼睛，说道："就像所有站出来反对有权势男人的女性一样，我会成为那个饱受非议的对象，而他依然会继续竞选国会议员。"

"你的担心不无道理。"她说，"但这么做可以为你争取时间。你讲述你的故事时，其他人会开始研究你丈夫和玛吉·莫雷蒂之间的联系。让你的助手把录音发给纽约地方检察官。我们去找夏洛特·普莱斯，看看她是否愿意公开做证。如果有任何线索，我们一定会有所发现。"我听到她的电话背景音传来整理更多纸张的声音，还听到有人低沉的说话声。"让我们接你去我们旧金山的工作室吧，同时我们有几个电话要打。告诉我你的具体位置，我会派车过去接你。"

我告诉她汽车旅馆的名字，心里隐约感到焦虑不安。站出来讨论罗里对我做的事，正是我想避免的。

　　"如果有任何进展，我会与你保持联系，"凯特说道，"汽车大约一小时后到。请做好准备。"

　　"我会的。谢谢。"我开始收拾东西，胡乱地把它们塞进包里。明天这个时候，我就重新变回克莱尔·库克了，背负着随之而来的一切；我的指控会引起轩然大波，而这一切我都必须要面对。我想到了伊娃，她一定就在外面的某个地方，希望这样至少能让她重获自由吧。

　　突然，一阵敲门声响起，吓了我一跳，我担心罗里可能提前出发，在丹妮尔毫不知情的情况下溜出纽约，用某种方式确定了我的位置。等美国有线电视新闻网的车抵达时，这里已经人去楼空，只剩一个空房间了。

　　我透过窗帘向外窥视，看到一个男人，双臂交叉放在胸前，能够瞥见他外套下露出的枪套。

　　我隔着门喊道："怎么了，需要我做什么吗？"

　　他微笑着，亮出警徽。"我是卡斯特罗探员，"他说，"我想和你谈谈伊娃·詹姆斯。"

伊娃

新泽西

2 月

空难前一天

一整夜的飞行再加上在芝加哥冗长的中转等待后，飞机于下午两点在纽瓦克着陆。飞机滑行到登机口后，伊娃匆忙跑上登机通道，在报刊亭买了一个新的预付费手机，迅速撕掉包装扔进垃圾桶，拨打了莉兹写在信下方的号码。"我是伊娃，"她说，得知莉兹在家，她松了一口气，"我现在在新泽西。我可以顺道去你那里吗？"

"你在新泽西吗？怎么来的？你怎么会来呢？"莉兹惊讶的声音从电话那头飘来。

"说来话长，"伊娃一边打电话，一边穿过行李提取处，走进二月寒冷的空气中，"我能当面跟你说吗？"

莉兹所在的新泽西街道距曼哈顿只有八十多公里，看起来像是中西部地区的街道，一幢幢由砖头砌成、墙面抹着灰泥的小屋子，无一不体现着房主的精心照料。莉兹打开门，紧紧将伊娃抱在怀中。"真是太惊喜了，"她说，"快进来。"

伊娃随莉兹走进房子，经过厨房，来到一个很大的房间，从这里可以看见被白雪覆盖的后院。角落里的电视上正播放着一档午后脱口秀节目，莉兹关掉电视，示意伊娃坐在沙发上。莉兹坐在她旁边，说："我很想你。现在告诉我发生了什么吧。"

伊娃愣住了。整个航程中，趁着周围人都睡着了，她在黑暗中提前演练。想找个合适的点展开一切真相。而此时此刻，看着莉兹充满疑问的目光，等待自己说出真相时，她却突然张不开嘴了。

伊娃环视房间，看到堆满书的书架，乱七八糟的桌面上堆着许多纸张，角落里还有几个半空半满的打包箱。

她先来了个深呼吸，又冲莉兹挤出一丝不安的微笑。"我不知道该从哪里讲起。"她告诉莉兹。

莉兹用温暖而干燥的手握住伊娃那双汗津津的手，令伊娃感到平静了一些，莉兹将自己的能量传递给她，让她的心跳慢慢恢复平稳。"随便从哪里开始都可以。"

"我有麻烦了。"伊娃说，声音低沉又犹豫。接着她开始讲述。她告诉莉兹韦德的事。关于他是如何让她觉得自己特别的。伊娃盯着自己的膝盖，耸了耸肩。"那是头一次有人让我看到了自己的另一面。我感到自己有趣，充满吸引力。和一个过着正常生活的正常人别无二致。"

她描述了在院长办公室的那次会面，无人挺身而出为她说话，而她又是如何接受了学校的处置。"他们有权力，有手段；而我，当时只是个孩子。开除我，然后当作什么都没有发生，是轻而易举的事情。"

"学校没有为你指派一个辩护律师吗？"

伊娃当时根本没想过这件事。她摇了摇头，带着厌恶的表情。"你本可以上诉的，这种事情，是有些必须遵守的程序的。"但是莉兹似乎意识到自己说了毫无意义的话，她马上说，"当然，你当时还太小，不可能知道这些，况且现在说这些也没什么用了。接着说吧。"

伊娃想着接下来她要讲的部分，那个至关重要的决定，将她的人生一分为二。她深吸一口气，拖延着时间，虽然她不想说，但她知道自己必须说完。她害怕莉兹无法理解她。那些她在信中所说的——会接受真实的伊娃——也许并不适用于她即将坦白的事。

伊娃很想让故事就在这里结束，然后告诉莉兹她要去欧洲了，途经这里，顺便过来拜访她，打个招呼，但她知道莉兹不会相信。而且终有一天，卡斯特罗会出现在莉兹门前，告诉她一切真相。但真相只能由伊娃自己说，这样她才能告诉莉兹自己为什么这么做。她祈祷着莉兹能原谅她。

"你见到的那个和我争吵的男人叫德克斯。至少他是这么说的。显然，他还有别的名字。"伊娃告诉她德克斯的提议。那时的她既没有钱，也无处可去，那个提议就像生命中最后一丝希望。

随着她的讲述，莉兹的眼睛越睁越大，表情也越来越惊讶。伊娃深知莉兹原本以为会听到的，无非是些典型的生活烦恼，比如失业、意外怀孕，甚至可能是现金或物品偷盗等。伊娃看得出莉兹是怎么也想不到一切竟然是这样的。她无法承受莉兹目光的重量。她只好身体前倾，胳膊肘抵在膝盖上，支着脑袋，双手掩面。

伊娃感觉到身旁的莉兹站了起来，离开了房间。伊娃屏住呼吸，等待着莉兹打开前门，轻声要求伊娃离开。或是听到她拿起电话报警的声音。但她听到莉兹走进厨房，打开冰箱，拿了些冰，然后拿着一瓶伏特加和两个杯子回来了。她倒了两大杯，喝了一口。"继续讲。"她说。

伊娃喝着伏特加，把剩下的故事讲完了。布列塔尼、卡斯特罗探员，还有那些她收集的证据，以及卡斯特罗说她无法受到证人保护的事情，直到最后，她知道了德克斯就是菲什。"他现在肯定已经知道事情不妙。我本该在昨天和他见面，但我没有出现。"

"你应该配合警方。"在伊娃说完一切后，莉兹告诉她。"你只能这么做。"她一口喝完杯中的伏特加，又倒了一杯，接着又将伊娃的杯子填满。"天哪，伊娃。"

"我不能回去。"

"你必须回去，"莉兹坚持说，"只有这样你才能回归正常的生活。"

伊娃极力克制，不让自己的情绪爆发。"这不像电视剧里演的那样。就算德克斯进了监狱，我也还是不安全，极其不安全。不管我走到哪里，他的人都会找到我。我也尽力让卡斯特罗理解到这一点了，可他说他无能为力。"伊娃掉下眼泪，剧烈地抽泣着，莉兹紧紧地抱住了她。

"可你不能再逃避了，"她的声音飘在伊娃头顶上，"别再用谎言掩盖谎言。"

"没那么简单。"伊娃说着，挣脱莉兹的怀抱，擦了擦泪水。"卡斯特罗觉得我去做完证，然后就能够自然而然地回归正常生活。说得就好像德克斯会放过我似的。我唯一的办法就是消失。我离开，让卡斯特罗自己去解决这一切。"

她以为莉兹要继续和她争论，然后威胁要告发她。可莉兹只是说："好。让我们顺着这条思路。那么你要去哪里呢？"

伊娃耸耸肩。"我会在纽约待一段时间。想办法弄个假护照。我有钱。"

莉兹点点头。"弄个假护照。然后你就离开这个国家？"

伊娃知道莉兹在做什么。在伯克利，有一位教授就是用这种苏格拉底式的方法来帮助学生推理出一个论点。但她还是顺着莉兹的问题回答道："是的。"

莉兹在掌心之间转动着酒杯，杯中的冰块渐渐沉向杯子底部。"你会成为一个全新的人。没有过去的人。你要怎么生活？找个工作吗？购置一些房产？还是租房子？你要怎么向别人解释你的身份？"

"我会想想办法。编一些故事。"

"然后时刻保持警醒，如履薄冰，等待着别人去发现真相。"莉兹平静的声音重重地敲击着伊娃的耳膜。"你得去和警方达成交易，而且现在就得去。"莉兹放下杯子，用手指抬起伊娃的下巴，迫使伊娃看着她。"在你身上发生的一切，很糟糕，对你很不公平。但你必须回去，夺回本来就属于你的生活。要么让德克斯长时间坐牢，要么你进去。那么，这坐牢的人会是谁呢？"

"要是德克斯的人先抓到我怎么办？他现在肯定已经知道了。"恐慌开始席卷伊娃的内心，她再一次哭了起来。

莉兹递给她一张纸巾，说："你必须在卡斯特罗知道你离开之前飞回去。飞机一着陆就给他打电话，在机场内等他。在他来接你之前不要自己离开。明白了吗？"

"我为什么不能就此消失呢？"伊娃低声说，"你就当我从没来过行吗？"

莉兹的眼神柔和下来。"你心里明白，他们最终是会来我这里审问我的。你知道我不能替你撒谎。"

也许伊娃正是为此而来。她需要被迫去做正确的事情。让一个足够爱她又不会让她再犯错误的人管着她。让莉兹去扮演她从未拥有过的母亲。

她感到如释重负，终于放下了一切，还有一个人——一个关心她的人——告诉她该怎么去做。"好吧。"伊娃说。

她们坐在沙发上，只能听到在房间的某处，时钟在微弱地嘀嗒作响，两人之间的沉默里饱含着伊娃还想说的话。

终其一生，她都渴望着建立情感。不论是亲情，还是友情。然后，莉兹出现了，将这一切带给了她，还不要求任何回报。伊娃想问为什么是我，但她不会问，因为任何词语都不足以填补她心中的空洞，那是她心灵最深处的地方，那里储存着最珍贵的爱和最真挚的友谊。

她明白，明天走出这扇门需要莫大的勇气，她也不确定自己有没有这样的勇气。让自己离开这种生活，离开这种刀光剑影、混乱如麻的生活，并且依然坚信还有另一种生活在等着她。

"还记得我们相遇的那天吗？"莉兹的声音和她们第一次见面时一样低沉，就像温暖的蜂蜜水流过身体。"我在地上蜷成一团，是你走上前把我抱起来。"伊娃想要说话，但莉兹举起一只手示意她停下。"永远不要忘记你是谁，你对我有多重要。在这个充斥着噪声和自私的世界，你的善良就像星星一样明亮。"莉兹抓住伊娃的肩膀，让她转过来面对自己。"无论你去哪里，无论发生什么，你要知道我会在这里爱着你。"

　　伊娃任由眼泪肆意地掉落，莉兹的话推倒了她心中最后一道防线。她经历的每一次忏悔、每一次失望、每一次心痛，都化成泪水流了出来，她内心的悲伤已逆流成河，缓缓淌出来，直至将她完全掏空。

　　伊娃订好了回奥克兰的机票后，她们坐在沙发上，伊娃享受着和莉兹在一起的每一秒，似乎永远也不会腻。这时，从门外传来了钥匙开门的声音，随后传来门打开又关上的声音。"妈妈？"一个声音喊道，"你在家吗？"

　　"我在后门这里呢，亲爱的。"

　　只见一个年轻的女孩儿穿过厨房，把钥匙扔在台面上，又把沉重的包扔在地板上。看到伊娃和莉兹坐在沙发上，她突然停了下来。"对不起，"她说，"我不知道你有客人。"

　　"伊娃，这是我女儿，埃莉。"

　　埃莉眨了眨眼睛，走上前去和伊娃握手。"我现在叫丹妮尔。很高兴，终于见到你了。"

克莱尔

我盯着卡斯特罗探员，仿佛为保存秘密而精心缝制的线被拆开了。"我不认识那个人。"

他把太阳镜往头顶一翻，说道："我觉得你认识。你刚用她的手机打过电话。"我的目光扫向梳妆台上伊娃的手机，纳闷他是怎么知道的。他继续说道："那么让我们换另一种方式打声招呼。下午好，库克夫人。看到你气色这么好真是太棒了。我是卡斯特罗探员，联邦缉毒局警官。我有几个问题想问你。"在他身后的停车场里有一辆不起眼的轿车，挂着政府牌照。"也许我们应该进去聊聊。"他建议道，语气友好而坚决。我点点头，把门开得更大些，请他进来。

我们在靠窗户的小桌旁坐了下来，面对面。他拉开窗帘，让阳光洒满整个小房间。"能否说说你是怎么认识伊娃·詹姆斯的？"

"我真的不认识这个人。"

"可是，直到昨天，你一直待在她的家里。"他指了指扔在椅子上伊娃的绿色外套。"还穿着她的衣服。"随后他拿起自己的手机。"库克夫人，我们已经监视詹姆斯女士好几个月了。还复制了她的手机。"

"复制了手机？"我反问道，"这是什么意思？"

他往后一靠，打量着我，目光沉重，让我很不舒服。最后，他说："这意味着你用那部手机做的任何事，我们都了如指掌。我们会收到所有短信和邮件的副本。电话一响，我们就知道。无论电话里说了什么，我们都能听到。"

我的思绪又回到刚才和凯特·莱恩的对话中。回到丹妮尔的留言和录音上。我现在知道伊娃为什么留下这部手机了。"她知道吗？"

他摇了摇头。"她正在配合我们进行积极调查，我们不能让她冒险改变和同事之间的工作模式。但上周伊娃缺席了一场预定的会面，我们有点担心。然后你出现了。"

我低头看着放在大腿上的手。我想着凯特·莱恩要派来接我的那辆车，卡斯特罗探员能否让我上车；我是否会被困在这里，一直回答他提出的问题，直到罗里找上门来。

"我们就从你和伊娃是如何相遇的说起吧。"他重复道。

"如果你一直在监听我的电话，那你已经知道了。"

"有道理。那就多谈谈在机场发生了什么吧。互换座位的主意是谁提出来的？"

我不太确定该如何描述我的角色。我是受害者吗？是同谋吗？都不是，我只是一个迫切需要找到解决办法的女人。任何办法都行。"是伊娃主动接近我的。"我最后说道。

卡斯特罗点点头。"你觉得她看起来怎么样？"

"这个问题我无法回答，因为她告诉我的都是假的。"我想起她凝视饮品时的样子，仿佛整个世界的重量都压在她的肩膀上，我知道在她的谎言背后，那种恐惧是真实的。"她很害怕。"我最后说道。

"她有充分的理由感到害怕。有人来她家找过她吗？"

我告诉他那个出现在门廊上的男人，以及他说了什么，没说什么。

"具体什么样子，描述一下。"卡斯特罗探员说。

"年龄跟我差不多。也许更年长一点儿。黑色头发。橄榄色皮肤。穿着长外套，有双古怪的灰色眼睛。不是那么蓝。"

"你待在伊娃家的时候，看到过毒品吗？"

"没有。"我想到那个地下室里的实验室。伊娃一定在下面每天工作好几个小时，在上面她又要花费多少时间掩盖呢？我想到那份小心翼翼收集和存档的公证信和录音，权衡现在交出它们的好处。如果我现在交出来，卡斯特罗就能得到他想要的，或者说是得到伊娃尽其所能提供给他的，这可能足以兑现她给他许下的承诺。

我取出了信封和录音机，滑过桌子推给他。"我昨天在她的地下室找到了这些东西。"

他把录音机搁置一边，开始翻阅伊娃声明的那几页，然后把公证人的信息草草记在一个小笔记本上。

"我不知道她在逃避什么。她告诉我她的丈夫不久前死于癌症。而她为了让丈夫少受罪，早解脱，帮助他提前上路了，因此她可能会惹上麻烦。"我重新讲述时，这个故事听起来比当时听到的更加失智和疯狂。"你要明白，我当时极度绝望，几乎愿意相信任何事情。我想她知道这一点。"

"伊娃有多年的蒙骗经验，她很擅长这么做。她也必须擅长这么做，这已经有很长时间了。"他身体前倾，两肘支在桌子上。"我需要你明白，我的工作是调查毒品犯罪，"他说道，"不是欺诈，也不是身份盗窃。我也没有在调查你。"他的声音柔和下来，现在他的问题已经得到回答，我偷偷观察这个男人背后的意图，他是真心想帮助我的人。"据我所知，你是在躲避你丈夫？"

"是的。"

"我不是来这儿找你麻烦的，库克夫人。但伊娃过去一直帮我，我需要知道她出了什么事。她都跟你说了什么。"

"没有一句真话，"我说，"全部都是假话。"

他看向窗外，一辆黑色的林肯城市轿车滑进停车场，在他的轿车旁停下来。"我想你的车到了。"

我们站起身，我打开门。

"克莱尔·库克吗？"司机问道。他身材魁梧，体格高大，二十来岁，身体仿佛硬塞进了一套深色西装里，袖子勉强盖住右手腕上的一圈文身。耳朵上戴着超大的圆环，把耳洞扯出个巨大的窟窿。

这就是伯克利。每个人都比你古怪点。

他把我的包放进后备箱，我注意到他的目光落在卡斯特罗探员外套下的枪上。他扭头看向别处，砰地关上后备箱，不再理会我们后面的谈话。

卡斯特罗探员扭头转向我。"祝你好运，"他握住我的手说，"如果可能的话，希望在你离开前我们还能保持联络。我猜你要回纽约。"

"当然。"我说道，转头看向繁华的街道，汽车和巴士在旅馆前呼啸而过。"不过紧接着会发生什么，取决于接下来的几个小时。我的所作所为会使我陷入多大的困境，我不知道；是否会有人相信我所说的话，我也不知道。"

"如果你的丈夫参与了玛吉·莫雷蒂的死亡案件，无论大家是否相信你，其实都无关紧要。证据会成为你最强有力的支持。"

我不再看向街道，转而看着他。"如果你觉得库克家族不会反击，那你确实太不了解他们了。规则并不适用于他们这样的人。"

我等着卡斯特罗探员对我进行反驳，但他并没有。就连他也知道金钱的力量，可以让各种问题瞬间蒸发。

最后，他说道："提一点建议？尽快进行现场直播。如果全世界都知道你还活着，你丈夫就无法随便伤害你了。"

入市的交通极其拥堵。我们慢慢挪动，经过收费站，上了海湾大桥，前后左右都被汽车包围着。我独自坐在后座上，望着窗外，目光掠过水面，落在位于海湾中央矮小的恶魔岛上，周围尽是青灰色的海水。

司机调整了一下后视镜，找到能更好看见我的角度，他的袖子向上卷得更高，我又瞥了一眼他满是文身的手臂。"我打开收音机，可以吗？"他问道。

"当然可以。"我告诉他。

他来回切换频道，直到选定安静的爵士乐。我从手提包里拿出伊娃的手机，查看时间，发现有一条来自丹妮尔的未读短信息。

> 我刚刚得知库克先生已经派人在伯克利找你了。是个当地人，混在那里很不容易被发现。但我听说他是个大块头，右臂满是文身。务必要小心啊。

伊娃

新泽西

2 月

空难前一天

　　埃莉——或者说，是丹妮尔——和伊娃想象中莉兹女儿的形象有点偏差。她不是那种不拘一格的女人，穿着一身飘逸长裙，在某个一贫如洗的非营利机构工作，恰恰相反，丹妮尔将她那乌黑的头发全部向脑后梳起，在脖颈附近盘成一个略显保守的发髻。她戴着一串珍珠项链，穿着一身定制西装和一双低跟鞋。但母女二人之间的相似之处一眼便可看出。丹妮尔有着和母亲一样的矮小身材，面部轮廓几乎是她这位挚友的翻版。可莉兹冷静而专注，丹妮尔却显得焦躁不安。

　　莉兹站起来亲吻了女儿一下。"你刚下班吗？怎么这么晚才回来。"

　　丹妮尔没有回答母亲的问题，转而对伊娃说："我不知道你要来镇上。"

　　丹妮尔说话的语气像是一种指责，似乎将伊娃内心深处的秘密看穿，警告她要小心行事。"一次心血来潮的旅行，"她说，"速来速走。"

　　"为什么呢？"丹妮尔盯住伊娃。

　　"因为她想。"莉兹打断她，向女儿抛去一个愤怒的眼神以示警告。

　　"是为了去看几个朋友所以短途旅行，"伊娃说，希望能缓和紧张的气氛，"我明天就得回去了。"

丹妮尔停顿了半晌，似乎在等伊娃再多说些细节。伊娃并没有开口，丹妮尔说："妈，可以去其他房间聊几句吗？"

莉兹看向伊娃，满含歉意地说道："随意点。我马上回来。"

只见母女俩凑在客厅里，低声说话时窸窸窣窣的声音时不时飘进伊娃耳中。她站起来，不经意地踱步进入厨房，佯装在看冰箱上的照片。

"你到底是怎么回事？"莉兹小声说。

"抱歉，我筋疲力尽，压力又很大，待会儿还得打包行李，明天去底特律。"丹妮尔说，"我没想到家中有客人拜访。"

"去底特律做什么？"

"基金会明天在那里有一场活动。我本来是要陪库克夫人去的，但我刚才发现库克先生要让她去波多黎各，他想独自去底特律。"丹妮尔叹了口气。"很抱歉我这么无礼。但是这突然的行程变更让我焦虑不安。总感觉什么地方不对。"

"怎么不对？"

"几个月来，库克夫人一直异常关注这次行程，这太不像她了。"

"我觉得你工作太累了。总是担心一些不存在的事情。"莉兹的声音听起来令人舒心，伊娃想象着此时莉兹正紧握着丹妮尔的手。

"我并不这么认为，妈妈。还有几件事很奇怪。她的司机告诉我，上个月她开车——独自一人——去了长岛。全球定位系统显示，她一路到达长岛最东边。可那里根本没有她认识的人。我还多次为她的财务问题打掩护。取款、收据全都对不上。"伊娃从丹妮尔的声音里听出了担忧，那种眼睁睁看着、等待着事情发生的焦虑。"我觉得她打算离开他。"

"那太好了。她终于行动了。"

"是啊，但是我觉得波多黎各之行并不在她的计划中。我担心她的计划是底特律。"

"你觉得库克先生知道她的计划吗？"

"他不知道，但是一旦这些突发变动打乱她的计划……"她拖长尾音，"我不想看她独自踏上旅行，或是和'正人君子罗里·库克'的随从们一起去。而现在我还得假装和那些人是一伙的，一起去底特律，尤其是在我知道库克是如何恐吓她之后，我都不想再看到他了。"

"她要是明智的话，就应该去波多黎各，再也不回来。"

伊娃不再假装看照片，而是全神贯注地听着这个故事，一个计划逐渐浮现在她的脑海里。

她两步跨出厨房，直奔沙发而去，拿起笔记本，放在台面上，以便依然能听到故事。在母女俩交谈期间，伊娃在谷歌上搜索了罗里·库克的妻子，仔细查看了显示出的照片。她很美，深色的头发衬托着脸庞，身着高档且时尚的服饰，走在纽约的人行道上。图片标题上写着罗里·库克之妻克莱尔参观位于上西区的新餐厅。

隔壁房间里，丹妮尔说："不知为什么，我觉得她不会留在波多黎各。一想到这些我就有些不忍，她一醒来，布鲁斯就会告诉她行程改变了，他会送她去肯尼迪机场。"她无奈地叹了口气，"不说了，我很抱歉我对伊娃太无礼了。我相信她是个很好的人。究竟怎么回事？她为什么到镇上来？"

伊娃屏住呼吸，目光虽盯着图片上克莱尔·库克的脸，却完全没在看。相反，她在仔细听莉兹是会保守她的秘密，还是会向女儿将一切和盘托出，就像为女儿端上几盘夜宵那样毫不费力。

"伊娃遇到了困难，"莉兹说，"但她会没事的。她能挺过来。"

伊娃默默地松了一口气。

"对了，"丹妮尔说，"我得收拾行李了，黎明时分我们就得出发。你知道我的黑羊毛外套在哪儿吗？"

"我想应该在楼上卧室的闲置壁橱里。我去找找看。"

"谢谢你，妈妈。"

如此简单的一句话，不知被说过多少次。但是，这句话的力量让伊娃几乎热泪盈眶。永远有人在背后支持究竟是什么样的感觉。她本觉得莉兹就是自己的后盾，但看到莉兹和女儿在一起，看到她们互相信任和倾诉的方式，伊娃知道她和莉兹之间只是亲密的友谊，仅此而已。她顿时觉得自己很蠢，竟然奢望超越友谊的东西。如果处于如此境地的是莉兹的女儿，她会如何建议？她会鼓励丹妮尔向当局求助吗？还是会帮助女儿逃跑呢？

看着面前屏幕中的克莱尔，伊娃想象着克莱尔·库克一早醒来，发现丈夫更改了她的行程时，她会作何感想。她将从肯尼迪机场飞到热带天堂波多黎各，而不是寒冷的底特律。也许她不会在乎。也许丹妮尔的直觉是错误的。但如果他们猜对了，克莱尔打算逃跑的话，那她则迫切地需要一个解决办法——另一个逃出生天的办法。

而伊娃恰好萌生出一个想法。

"你在干什么？"

伊娃猛地转过身，看见丹妮尔站在门口，手里拿着她早前进门时丢在那里的包。伊娃合上电脑，祈祷丹妮尔什么都没看到，然后茫然地笑了笑。"没什么。"

她的视线紧跟丹妮尔，直到她转身离去，上楼去打包行李。

伊娃再次打开笔记本电脑，关掉搜索克莱尔·库克图片的界面，切换到航空公司的网站。点击更改我的订单，然后在下拉菜单中，她将纽瓦克机场换成了肯尼迪机场，莉兹的话在她脑海中回响。她能挺过来。

伊娃已下定决心，要实现莉兹的话。

克莱尔

我把后背紧贴椅背，目光从丹妮尔的短信跳跃到司机正随意搭在方向盘的右手上。右手臂满是文身。

我的思绪又飞回到汽车旅馆的停车场，我突然意识到他并没有提任何关于美国有线电视新闻网的事。他只说了克莱尔·库克，我就像个白痴一样上了车。

周围的车辆向我们逼近，一直排到大桥边缘。桥上的钢索在一小条人行道边向上延伸，直达天际，然后从六十多米的高度垂直插入下面冰冷的海水中。

卡斯特罗建议我尽快去演播室，这个建议现在看来好似嘲讽一般。这个男人会把我带去别的地方——也许是一片荒芜的海滩，抑或向北，去一个更偏远的地方，然后终结这一切。

一辆绿色捷达滑行至我们旁边，一个女人坐在方向盘后面，她的嘴唇一开一合，正和一个我看不见的人交谈，但我听不到他们在说什么。我离她只有不到一米远，我们距离如此之近，甚至能看到她涂抹的粉红色指甲和耳朵上精致的银色耳环。我抑制住泪水，努力思考——如果我大声尖叫，她会听到吗？

我们的车向前移动了一米，然后又停了下来，现在我看到的是一辆窗户全开的白色厢式货车。我的眼睛追踪着汽车之间的微小距离，车辆一寸一寸地前进，这空隙就像一个不断变化的迷宫。我必须跳车逃跑。

紧挨着我们的车道上，车流开始移动，我再次看向那个开绿色捷达车的女人。她仰头大笑，我正从染色玻璃后望着她，她却对此浑然不知。

在前面大约三十米的地方，有一条黑漆漆的隧道，仿佛通向金银岛。司机从后视镜里再次追踪到我的眼睛。"一旦穿过隧道，交通就顺畅了。"他说。

如果我打算逃出去，黑漆漆的隧道可能就是最佳地点了。

我把胳膊搭在窗沿，手心满是汗水，湿滑地贴在门把手上。我小心翼翼地打开车门锁，透过后视镜观察他，确保他的眼睛一直盯着路面。

我只有一次机会。

爵士乐在后排座位上环绕，节奏很快，又不稳定，与我的脉搏跳动极为匹配。我紧紧抓住手提包，确认它安全地背在肩膀上。我一只手放在安全带扣锁上，另一只手向下放在车门把手上，随时准备猛地拉开车门，一跃而下。如果我大声呼救，一定会有人挺身而出的。

我调整呼吸，一米一米地倒数着，直到汽车没入隧道的黑暗中。

六米。

三米。

一米。

司机从后视镜再次看向我。"你还好吗？"他问道，"你脸色有点苍白。如果你需要的话，我这儿有水。我们下了桥，再过几个街区就是美国有线电视新闻网的演播室了。马上就能到。"

蓦地，我感觉浑身像泄了气的皮球，瘫在了座位上，双手抖个不停，紧紧抓住大腿。美国有线电视新闻网。他不是罗里的人。我头晕目眩，心里感到一阵宽慰。我紧闭双眼，强撑着自己不要倒下。

这就是受虐的代价。它使我的思想扭曲，乱作一团，让我分不清什么是真，什么是假。逻辑上来说，我能看出，他们要想轻而易举地找到我是不可能的。然而，多年来我一直处在罗里无所不在、无孔不入的影响力之下，所以在心中不知不觉赋予了他近乎超人的能力——他能知道我藏在哪里，能了解我的每一个想法和恐惧，并加以利用。

最后，汽车加速行驶，我们进入了隧道。黑暗只是短暂地眨了眨眼；然后，我们就驶出了隧道。整座城市仿佛被施了魔法，在我们面前拔地而起，明亮的白色建筑在午后的阳光下闪闪发光。"库克夫人？"他又问道，举起一小瓶水。

"我很好。"我告诉他，是说给他听，更是说给自己听。

　　突发新闻：我们中断常规节目的播出，为您带来凯特·莱恩在华盛顿特区的现场报道，讲述刚刚发生在加州的故事。凯特？请介绍一下你那边的情况。

虽然我独自坐在绿幕前的凳子上，但这个声音仿佛就在我耳边说话。好几个制片人和助手聚集在一个摄像机周围，镜头向我推近。我这边还是红灯，表示直播尚未开始。旁边的电视屏幕显示凯特·莱恩正在她的华盛顿特区演播室里，信号直接连到我的耳机上。因为肾上腺素飙升，我的头还有些晕晕的，但演播室里冰冷的温度让我清醒了一点。在演播室远处的墙上有一个巨大的数字时钟，亮蓝色的背景上显示着 1∶22。我看着时间一秒一秒地过去，努力让心跳与秒数的变化同步。

到达美国有线电视新闻网演播室不久后，我感到虚弱无力、浑身发抖，一位制片人递给我一个平板电脑，是凯特·莱恩打来的视频电话。他们已经和丹妮尔谈过了，她同意把录音发给纽约州检察长。该部门的内部消息称，应该很快就会有下一步行动。夏洛特·普莱斯也已找到，只要她的律师能撤销她很久以前签署的保密协议，她就愿意公开做证。

"所以，现在该由你来讲述你的故事了，"凯特说道，"谈谈你的婚姻。告诉我们你丈夫究竟是什么样的人，你在逃避什么。"她措辞柔和了一些。"我必须让你知道，一旦你勇敢发声，可能会发生什么。人们会去深挖你的生活，你的过去。在公开场合说你的坏话或对你恶言相向。不管人们倾向哪一边——你或者你的丈夫——都无关紧要，因为不管怎样，你的生活都会被置于显微镜下，无限放大。这包括你所做的每一个选择，每一个和你交谈的人，你的家人，你的朋友……在我们往下进行之前，我有义务确保你知晓这些。"

听到凯特明确说出多年来我一直担心害怕的事情，我有点犹豫不决，考虑着自己是否要退缩。就让丹妮尔和查理的证据发挥作用，让罗里承担玛吉·莫雷蒂的死亡罪责就行，没人需要听到我遭受虐待的细枝末节。

然而，我知道，如果我不这样做，我注定会一次又一次地遭遇刚刚在桥上的时刻。如果我匆忙逃跑，躲到另一块岩石下面，我就永远不会获得真正的自由。只要我继续保护罗里，我就会成为他施虐的同谋。这个世界不需要听到我的故事，但我还是需要发声。"我明白。"我告诉她。

"直播倒计时五秒钟。"有人说道。

"晚上好。"凯特的声音响彻我的耳机，好像此时她正坐在我身旁。"已故参议员玛乔丽·库克的儿子、库克家族基金会主席罗里·库克被怀疑与玛吉·莫雷蒂的死有关，莫雷蒂于二十七年前死在库克家族的房子里。过去的一个小时，罗里的律师团队一直在回应此事。但更令人惊奇的是，当局是通过库克的妻子获知这点的，此前外界认定库克的妻子已在477号航班上遇难。美国有线电视新闻网发现她仍然活着，住在加州。我们现在通过卫星与她连线，讨论对她丈夫的指控，以及她不得不躲起来的原因。库克夫人，很高兴见到你。"

在我面前有一台摄像机，上面的指示灯突然亮了，导演指向了我。我强忍住想伸手摆弄头发的冲动，因为我知道我现在看起来不一样了。"谢谢你，凯特。很高兴来到这里。"身处空旷的演播室，我的声音听上去有些孤独，我试着把注意力集中在显示屏上，屏幕上显示的是我身后的旧金山天际线。

"库克夫人，请告诉我们事情的经过，以及你今天是如何来到这里的。"

现在到了这里，我才知道事情总是会发展到这一步的。长久以来，我都认为光靠我自己发声是不够的。没人愿意听到真相，挺身相助。但就在我最需要的时候，三个女人出现了。先是伊娃，然后是丹妮尔，最后是查理。如果我们不说出自己的故事，我们就永远无法掌控自己的命运。

我端正肩膀，直视摄像机镜头，感到过去一小时的惊魂未定、过去一周的紧张压力、过去十年的害怕恐惧一并从我身上消失了。现在这一切无关痛痒，只不过是一个影子，发出微弱的耳语而已。

"正如你所知，我的丈夫来自一个非常有权势的家族，实力雄厚、资源广博。但你不知道的是，我们的婚姻异常艰难。在镜头前，他魅力四射，激情澎湃，但是关上门，他就变得非常暴力，毫无征兆地发怒。在世人眼中，我们生活幸福，忠于彼此，但在表象之下，我危机重重。我需要保守秘密，努力做得更好、变得更好，竭尽全力做到丈夫为我设定的不可能达到的标准，做不到时就会极度惊恐。

"和许多遭遇相同的女性一样，我一直被困在虐待的循环中，长达数年。我害怕激怒他，不敢说出来，担心即使我说了，也没人会相信我。日复一日生活在这样的环境下，足以使人精神崩溃，直到你在任何事、任何人身上都无法看到真相。他把我与任何我能求助的人都隔离开了。我曾试图离开他，说出我的婚姻真相。但有权势的人都会成为强悍的敌人，而且没有人会想要与罗里·库克为敌。我所能看到的唯一出路，就是干脆消失，这样就既不会卷入流言蜚语，也不会陷入旷日持久的官司。"

"但是飞机失事呢？"

"那只是个悲剧性的巧合。我本不应该乘坐飞往波多黎各的航班。我原计划在加拿大消失。但在最后一刻，行程改变，打乱了一切计划。可是后来我在机场遇到一个女人，她愿意和我互换机票。"我想到那些仍在寻找伊娃的人，然后说出了我的台词。"不幸的是，她代替我消失了，我会永远感激她，因为她给予了我逃离的机会。"

"告诉我们你在逃离什么。"

我想象罗里就在某个地方，接到电话，在电视机前看着自己死去的妻子复活，他站在那里，怒不可遏，却又无可奈何地看着我让他名誉扫地。"几乎从一开始，"我说道，"他就会严厉责备我，因为我笑得太大声、吃得太多或太少、没有接到他的电话；或者因为在活动上和一个人交谈时间太长，再或者因为没有和另一个人多聊一会儿。如果我足够幸运的话，就只是这些——大吼、辱骂，随后是连续几天的冷暴力和冰冷的眼神。但是大约在我们婚后第二年，大吼进一步演变成推搡。在那不久之后，就变成了暴打。"

我身后的大屏幕，满屏显示了一张照片，那是我和罗里在汉普顿的海滩上散步时拍摄的。最初刊登在《人物》杂志上，然后很快成为新闻媒体报道罗里私生活时使用的备用图片之一。"这张照片是去年夏天拍的。你只会看到画面里的内容——一对夫妇手牵着手正在海滩上散步。你看不见的是它背后的一切。我的丈夫对我有多么愤怒，他是多么紧地抓着我的手，力道之大，我的戒指都割破了旁边手指的内侧。我的长袖遮住了前晚留下的瘀伤，就因为我忘记了罗里一位老朋友的名字。你看不见我后脑勺撞到墙上的肿块，也看不见我因受到重击而剧烈的头痛。你无法看出我有多么失魂落魄，多么孤独无助。"

我低头看看自己的双手，那一刻的恐惧和绝望，一瞬间再次向我袭来。我是多么不想这样做啊——不得不回忆每一次重击，每一次羞辱，以此来为自己辩护。

凯特在我耳边轻声说道："为什么你现在愿意主动说出来？你已经逃离这一切了，在加州落脚了，你自由了。"

"我从来没有真正自由过。首先，我没有身份，也没有渠道获得身份。我身无分文。找不到工作。只能在一家宴会承办公司打零工，这导致我的照片被上传到娱乐网站上，最终迫使我主动站出来发声。"

我直视镜头，目光坚定，想象着我正直接和伊娃说话。在很短的一段时间里，我们曾披着相同的"外衣"，过着相同的生活。我知道她不为他人所知的事，这种关系像一根蛛丝般穿越时空，把我们俩联系在一起。无论我在哪里，她也会在。不管她在哪里……我都希望她能远离这里。

"但我同时感到需要向那位替我死去的女性表示敬意，"我说道，"外面有很多人爱她。想知道她出了什么事。他们也应该有个结果了。"我停顿一下，想到我在伊娃家找到的那张小纸条，至今还塞在我的口袋里。"我准备好跨越恐惧了，"我告诉凯特，"我想要找回我的人生。我自己的人生。我的丈夫已从我身上偷走了太多东西。他偷走了我的自信，盗取了我的自尊。我认为他不该再从我、从任何一个人身上偷走任何东西了。"

演播室的另一头，数字时钟从 1:59 快速翻转至 2:00 整。

还有零小时。

我自由了。

克莱尔

我曾经住过第五大道的联排别墅，但此地从未如此空旷过。这里总会有人，做饭、打扫、安排约会，还在罗里的办公室门外站岗。但在我接受美国有线电视新闻网采访、大陪审团对罗里涉嫌杀害玛吉的案件进行调查之后，所有人就都被解雇了。房间里静悄悄的，我感觉自己像个幽灵，徘徊在过去午夜游荡时常常走的那条路上。也许我就是一个幽灵，回到过去长期困扰的生活中，发现一切都改变了。

起初，这个故事进展缓慢，始终没有下文，罗里的律师团奋力作战，维护保密协议。但是，一旦他失败了，消息就一泻千里，铺天盖地涌向媒体，几乎每天都有新消息发布。比如在玛吉死亡当晚，罗里和玛吉发生过争吵，玛吉最后昏迷不醒，倒在楼梯下面，罗里急于从他的所作所为中脱身，这一切，到底是如何掩盖过去的。查理的公寓距离罗里西区的公寓只隔着几个街区，罗里是如何直接开车去找她的。当时，她曾试图帮助罗里。她相信了他讲的故事，在他回城的途中，路上有一只鹿，他躲避不及，汽车差点掉进沟里，他侥幸脱险，惊慌失措。直到开始传出玛吉的死讯。查理，年轻貌美，深爱罗里，她曾经希望罗里能够为了她离开玛吉，但现在她也变得警觉起来。她开始提出问题，罗里的父亲就付给她一笔钱，让她闭嘴，然后狠狠甩给她一份保密协议，条款极为苛刻，让她保证永远不会说出去。

多年来，她一直尝试把这件事抛诸脑后，直到罗里竞选参议员的消息浮出水面。查理不再是一个胆战心惊的二十岁小姑娘了。像许多人一样，看到有权势的男人从来不需要承担责任，她已经非常厌倦乃至反感了。男孩子永远都是男孩子的说辞变成坚不可摧的铠甲，让他们总能免受责难。

媒体进行了专题报道。重新回顾玛吉·莫雷蒂死亡的那个夏天，旧文章更新信息后重印；再次采访她的朋友，这一次添加了查理的故事，以及她与罗里的关系，这与罗里和玛吉在一起的时间重叠了好几个月。对于这段三角恋，每个人都想知道更多，想要窥视每一个角落，发现新线索。人们通过推特分享最新消息。

我曾试图远离媒体和公众的注意，但凯特·莱恩说得没错。回来的第一周，我就登上了《人物》杂志的封面，我的脸占据了四分之三的版面，头发也恢复到原来的发色，杂志的标题是"复活"。

虽然大多数人多年来一直怀疑罗里与玛吉的死有关，对我表示同情，但也有人对我恶意攻击，质疑我的人品，把我说成拜金女，一个心怀怨恨的妻子，一心想要毁掉库克家族建立起来的一切。库克家族基金会被指控滥用慈善资产、进行不当个人交易，现在正在接受纽约总检察长的调查，他们也将此归咎于我。

依照公司文件，我的律师已经救我于法律危难，我可以自由出入境。纽约不再是我家，所以我迫不及待地要回到加州，远离这个是非之地。

我走进办公室，成堆的箱子沿墙排列。经过律师的激烈谈判，我争取到一份非常确切的清单和有限的时间来到这里，拿走属于我的东西。我的衣服、珠宝还有其他私人物品。我的目光落在墙上妈妈和维奥莱特的照片上，这次我把它从挂钩上拿了下来，和我要带走的其他东西放在了一起。我的目光停留在妹妹的脸上，她左脸颊上笑起来挤出了酒窝，头发随风飘扬，阳光透过她的秀发，看起来像金丝一样。回忆降临到一个人身上时，感觉是甜蜜的；而这么多年来，我一直在品尝的，只是逃避的刺痛。

我拿起一个十五厘米高的小雕像，那是去年罗里买的罗丹真迹，我想着如果把它卖掉，能赚多少钱。但这个雕像不在我的清单上。除了我自己的东西，我们所有的共同财产都被冻结，不过我即将在伯克利迎来新生活了，的确没有什么想要的，也不需要什么了。

凯莉帮我找到了一间公寓。在接受美国有线电视新闻网采访的几天后，我和律师见完面，给她打了电话，向她细数我做的一切。

那时，我已经是各大网络和有线电视新闻节目的头条。"我的天哪，伊娃，"她说道，然后回过神来，"对不起。我想我应该叫你克莱尔。"

我笑着坐在酒店房间的床上，律师已经付过房费，几个小时的取证已经让我筋疲力尽。我们只能在那里多待几天，然后，我就必须回纽约结束这一切了。我想象她在伯克利校园的某个地方，背着沉重的书包，在校园里纵横交错的绿荫小径上停下，接听我的电话。"对不起，是我误导了你。"

"不，我很抱歉这份工作让你惹上了麻烦。"

"不管怎样，这些最终都会发生。我想要过的生活本来就无法长久。"我清了清嗓子。"听着，你说过你能帮我找到住的地方？等一切都结束了，我真的想留在伯克利，继续生活。"

"我先打几个电话，然后给你答复。"她说道。

一条狭窄的街道蜿蜒向上，一直通向橄榄球场后面的小山，公寓就位于这条街道旁，顶楼是狭窄的木质结构，坐落于草莓峡谷高耸的树木间。房东克雷斯皮太太是凯莉母亲的朋友，非常乐意把房子租给我。她提醒我们，在比赛日停车会很麻烦，一开始，他们在触地得分后发射的炮声可能会吓到我。房子大约有四十级木质台阶，我们爬到顶楼，克雷斯皮太太打开门，站到一边，让我先进去。顶楼也就是七十平方米吧，看起来像个树屋。凯莉站在我旁边，生气地说："你或许应该考虑一下送货上门。我无法想象一路带着比手提包更重的东西爬上来。"

"我有三个房客，都是像你一样的职业女性，"克雷斯皮太太说道，"房租一个月一千五百美元，包含水电费。如果你决定要租，考虑到各种情况，我需要收取押金。家具可以留下，因为搬东西进进出出很困难。如果你愿意，我可以请专业保洁来把房间清扫干净。"

我的律师谈妥了每月的生活津贴，虽然并不多。我不得不卖掉所有的珠宝首饰，找一份工作，但我期待有机会独立生活。"这应该可以。"我边说边走进客厅和厨房。

尽管我知道房子很小，但房间西面几乎整墙的玻璃，让公寓看上去更大些。一张鼠尾草绿的沙发正对窗户，一台小电视安装在前门旁边的架子上。在我们身后是一间小厨房，里面有一小块准备食物的台面、一个灶台和一台冰箱，占据了房间的整个后面空间。厨房以外还有一条很短的走廊，通往一间浴室和一间小卧室。

我走到窗前。绿色的树冠像毛毯般从山上俯冲而下，大学建筑掩映其间，在傍晚的阳光下仿佛埋藏了一半的珍宝，闪闪发光。除此之外，旧金山湾闪烁着微光，阳光照射在城市天际线和远处的大桥上，留下剪影。"我喜欢这里。"我转过身，对着凯莉和克雷斯皮太太说道。

克雷斯皮太太那布满皱纹的脸顿时被笑容照亮了。"我太高兴了。"她打开一直拿在手里的文件夹，递给我一份租赁协议。"你准备好了，就可以搬进来。"

我从她手里接过文件，咧嘴一笑。"我现在已经准备好了。"我说道，然后又转身去看窗外的风景。

"你想让我把浴室里的东西都打包，还是你自己理一遍抽屉呢？"佩特拉站在我的办公室门口说。我正在把箱子里的东西分类，转过身来面向她。我回到纽约时，佩特拉来机场接我。她一直等我们安全地坐进她租的林肯城市轿车的后座，才开始崩溃大哭。

"这感觉就像做梦一样，"她泪流满面地说道，"我看到飞机坠毁时……"她的声音逐渐哽咽，用手指捂住眼睛，深吸了一口气。"然后你出现在美国有线电视新闻网上，把那个杂种开膛破肚。"

事实证明，我当时并没有抄错她的电话号码。"我切断了信号，"当我问到电话为什么打不通时，她解释说，"我在机场跟你说完话，担心罗里可能会调查号码，找出手机的主人，所以我又买了一部新手机，但是之后就看到新闻……"她耸耸肩，无法继续说下去，眼泪再次从脸颊上滚落下来。

我盖上箱盖，把另一个箱子拉过来。"全都打包，"我告诉她，"乳液和化妆品都很贵，扔掉就太傻了。"

"我还是认为你应该留在这里，"佩特拉说，"这是你的家，你有权住在这里。也许并不是全部东西都归你所有。"她瞥了一眼罗丹雕像，"但你应该为自己的利益而战。"

"我不想要。"我边说边转身把箱子封上，"我完全不再需要这个地方了。"

"这与地方无关。"佩特拉争辩道，"这关系到什么是属于你的。"

"那我们把它卖了，我可以分得一半。"

"我希望你能留在纽约。"

我走过去，紧紧地拥抱她。"我知道，"我后退一些，"但是你知道我为什么不能留在这里。我需要去别的地方重新开始。你应该来加州看看。那里的阳光、空气……一切都与这里迥然不同。你一定会喜欢的。"

佩特拉看起来半信半疑。"我得把浴室的东西赶快收拾好。我们时间不多了。"

她离开后，我打开最后一个箱子，快速整理，大部分都扔掉。卖掉珠宝的钱可以让我有时间在加州探索各种选择。也许我会继续和凯莉做宴会服务的工作。或者，我会返回学校继续求学。我想象自己乘坐湾区列车去旧金山，可能在那里的博物馆找个工作，我希望最终能交到一些朋友，经常一起出去吃个饭。

在我完成美国有线电视新闻网的采访后，卡斯特罗探员把我带回伊娃家，我向他讲述了我在那里的经历。我不确定还有什么是他不知道的，我还没有告诉他。他们已经把伊娃的 DNA 提交给运输安全委员会，等待结果，看看是否与他们目前找到的任何遗骸相匹配。

"可能我们永远都不会知道了，"他说道，"他们告诉我，她没有坐你的座位，原因有很多。也许她与别人互换了座位，可能坠机的冲击力导致她被抛出飞机残骸，被气流冲走了。如果是这样的话，我们可能根本找不到她的尸体了。"他耸耸肩，看向窗外，仿佛关于伊娃究竟发生了什么的答案就在外面某个地方，只有他能看到。

"那毒贩呢？"

"他叫德克斯，"卡斯特罗探员说，"人们又叫他费利克斯·阿吉罗斯，简称菲什。我们在萨克拉门托找到了关于他的线索。"

一名探员穿过客厅，拿着透明的塑料证据袋，里面装着伊娃的野营炉。"她一定是极度绝望，才会选择这种生活的。"

"我想伊娃会争辩说，是这种生活选择了她。"卡斯特罗探员叹了口气。"她就像一个谜。我不确定我真的了解她。但即使她离开，她仍然坚持做了正确的事。她留下的东西将会是起诉菲什的关键证据。"

"她的故事听起来扑朔迷离。"我说。

"的确如此。但我喜欢她。我希望能为她多做些什么。"

我没有说出我的想法，伊娃不需要任何人。她靠自己就可以做得很好。

我捡起一堆衣服，拿到了客厅，放到其余我要带走的东西旁边。我看了一眼时间。我们只剩三十多分钟了。我听见佩特拉在楼上浴室关抽屉的声音，咕哝着自言自语，我笑了。

任务基本完成，我沿着过道走到罗里办公室，探头向里面张望。东西已经完全清空。他的写字台，布鲁斯的桌子，甚至连书架上的书都不见了，全部被检察长没收了。我穿过屋子来到空无一物的书架前，伸手摁下按钮，下面的抽屉开了。如我所料，里面也是空的。

我听到有人在前门开锁，我直起了身子，感到有些内疚，因为我不应该出现在这里。但开门进来的，只有丹妮尔。她看见我时，停在了门口。"你在寻找鬼魂吗？"她问道。

我笑了。"差不多。"

我第一次回到联排别墅时，丹妮尔就已经在那里等我了。她把我带到厨房，给我沏了杯茶。我们在岛台两端面对面地坐下来，自从收到她的第一条留言起，有个问题一直困扰着我。我终于开口问道："你是如何知道在哪儿能找到我的？"

她露出一丝悲伤的微笑。"伊娃是我妈妈的一个朋友。"她小心地抿了一口茶，给我讲述两个女人之间不可思议的友情故事——其中一个人相信她不值得被爱，而另一个人竭尽全力地去爱她。"虽然我只和她短暂见过一面，但她身上有种神秘感。她能感知到危险。"丹妮尔把茶杯放在台面上，用手指在大理石上画圈。"但是我妈妈誓死相信伊娃。她发誓说伊娃是个好人，伊娃需要知道有人信任她。"说到这儿，丹妮尔耸了耸肩。

"但这还是不能解释你怎么会知道给她手机打电话就能找到我。"

"在去底特律的前一晚，她在新泽西州我妈妈的家里。她一定是偷听了我和妈妈的对话，因为后来，我发现她在谷歌搜索了你的照片。不知为什么，我担心她会把你当作目标。"丹妮尔摇摇头，似乎这个想法让她很尴尬。

"你妈妈怎么样了？"

丹妮尔朝客厅望去，阳光照射着高高的窗户，斑驳地洒在硬木地板上。"不太好，"她说，"伊娃真的死了，对她来说很难接受。如果伊娃按照她们事先商定的计划回到伯克利，她就不会死。"

我喝了一小口热甘菊茶，让茶香在我的嘴里绽放，心里知道我永远不可能告诉丹妮尔或她的母亲我觉得伊娃到底发生了什么。我会让伊娃去开口，在她愿意的时候。"虽然伊娃谷歌搜索了我的信息，但还不足以让你知道该去哪里找我吧。"

"是那个视频，"她说道，"你在那里出现，在伊娃的家乡，梳着和伊娃相似的发型，还有……"她的声音逐渐减弱，"我决定冒险一试。我查到了妈妈手机里伊娃的电话号码，希望我拨过去时，你会接。"丹妮尔低下头，慢慢转动手里的杯子。她再次抬起头，眼睛湿润，满是泪水。"在沉默了这么多年之后，我必须做点什么。我非常非常抱歉，我没有做更多的事来帮助你。"她微微颤抖地长舒了一口气。"我以为只要保证你按时完成任务，我就能保护你。如果我足够努力，也许他就没有理由生气了。"

我把手伸过岛台，放在她的手上。"关键时刻，是你帮了我。比我曾经希望获得的帮助多得多。"

她握紧我的手，无声地表示歉意。虽然有些晚，但还不算太晚。

微弱的警报声穿过罗里办公室厚厚的玻璃。我环顾四周，试图想象丹妮尔录音的那个下午，为了免受责备她可能把手机掉到了哪里。"最后一个问题，"我说，"你是怎么知道要对那段特殊对话录音的？你知道他们会谈论什么吗？"

丹妮尔走进房间，手指划过其中一把椅子的椅背。"我刚刚看到你在运动员晚宴上的视频，尽管库克先生从未对我提及此事，但他突然出发去奥克兰，让我相信他也看到了视频。我希望能录下他们计划找你的谈话，让你知道他们会去哪里，用什么方式找到你。我不知道最后的结果能这么好，简直令人惊艳。"

"这么做非常勇敢，但又很欠考虑。"

丹妮尔咧着嘴笑道，"我妈妈就是这么说的。"她看了看表，"我们最好快点收拾完。时间不多了。"我轻轻地咔嗒一声关上抽屉，跟着丹妮尔走进客厅，在那里我们打包了最后的东西。

佩特拉走进房间时，我正好合上包，拉上拉链。"准备好了吗？"她问我们。

我最后看了一眼房间。厚厚的地毯，昂贵的家具，现在对我来说，这一切都毫无意义了。我转身对她俩微微一笑。"准备好了。"我说。

尾声

纽约肯尼迪机场
2 月 22 日星期二
空难当天

我俯身趴在登机通道旁边的地上，把克莱尔手提包里掉出来散落一地的东西捡起来，眼里唯一能看到的，是我周围排队的人的鞋子。我把所有东西都塞回去，只留下我的预付费手机举到耳边。

我的计划很简单。首先，我要慢慢侧身，就像我需要靠在墙上保持平衡一样。然后，我转身离开散乱的旅客队伍，反正大家都在顺从地关注前方，一心向前。在那之后，专注地朝着另一个方向走去，就很简单了。

我正准备对着安静的手机说话，开始另一段假装的对话——别人也许会感觉是一些紧急的事情，需要一点空间，一点隐私。这时，有人说："女士，您还好吗？"

声音从我头顶传来，从挡住我视线的旅客身后传来。另一个登机口的工作人员出现了，我慢慢地站起来，膝盖都发出了响声。"我的手提包掉地上了。"我解释道，把包拽回到肩膀上，感觉到了一扇机会之门关上时的轻微震颤——这个机会看来是错过了。

登机口的工作人员说："既然您已经扫描过要登机，您是需要排队的。"

我回到了自己的位置上，身后几个女人正在抱怨等待的时间太长，向下的斜坡似乎在把我向前推着走。在天上的某处，克莱尔已经在飞行了，飞向加州，我感到一阵内疚。不是因为我说的那些谎话，而是我至少应该警告她要小心。

登机的队伍慢慢向前推进，我在想如果我是在不同的情况下遇到克莱尔的话，我们可能会成为朋友。好像不该让我来做她消失之前最后一个和她说话的人，世界上唯——一个知道她要干什么的人。我几乎对她一无所知。她爱着谁。什么对她来说是重要的。在她需要相信时，她会相信什么。情势所逼，只剩下我这一个离谱的选择。

我们俩有一个共同点。我俩都很绝望，愿意冒这个险。背弃这个世界对我们的要求：不只来自德克斯和克莱尔的丈夫，还来自那个制度，它相信女人并不可靠所以可有可无，认为我们的真理和男人的真理放在一起时无足轻重。

我试着理清思绪，专注于我接下来要做的事情。如果我没按约定打电话，莉兹会担心的，但必须这样。卡斯特罗到了她家门口时，莉兹需要能够自信地说，我被她说服，回去做了正确的事。

也许几个月后，莉兹会收到一个小包裹。从意大利成熟的葡萄园或孟买拥挤的街道上寄来的圣诞装饰品——没有卡片，没有回信地址。她会知道我很抱歉，同时她也会知道我很幸福，她也会明白，我终于原谅了自己。

一登机，我就会要求把靠过道的座位改成靠窗的座位。我想看看这个世界——它广阔的远景在我下方以优美的弧线展开——我要想象自己置身其中。真实的那个我，莉兹展示给我看的我能成为的那个我。

希望飞机起飞时，我们会直接飞向太阳，那耀眼的光芒会烧掉我身后所有人和事的最后痕迹。它将带着我前进，带我去更高的地方，超越恐惧和谎言，撕掉这充满错误的一页，让那些碎片像五彩纸屑一样散落在身后。

取而代之的是，我将从零碎的记忆中创造一种新的生活——有些是真实的，有些是一个从未找到自己位置的小女孩梦寐以求的想象——那应该是由幸运和感激之情构建而成的。

也许有一天我会梦想我在伯克利的生活。不是我生活过的那个有着黑暗角落和欺骗阴影的世界，而是我多年前在旧金山一个满是灰尘的教堂上方一张狭窄的床上幻想出来的世界。我将再次参观草莓峡谷光影斑驳的小径，它高高耸立在老体育场的上空，从那里可以看到城市的天际，那天际似乎就是从海湾中笔直升起的一般。在我的脑海里，我将漫步在校园里蜿蜒的红杉小路上，闻着潮湿的树皮，感知着我脚下苔藓的柔软，听着溪流在岩石上翻滚跳跃。

前面，队伍又开始移动了，人与人之间的空间打开了，让我呼吸得更加轻松顺畅。无论哪里出了问题，都解决了，我能感觉到我周围的每个人都放松了，期待着四个小时后，在航班另一边的南方等着他们的假期。

我沿着登机通道走下去，觉得好像在一点一点地摆脱过去的自己，离飞机越近，我的身体就越轻盈。过不了多久，我可能就没有体重了。笑声冒了出来，轻而脆，非常空灵，毫无杂音。这一刻，我得到了我想要的一切。这是第一次，也是唯一一次，已经足够了。我把克莱尔的手提包紧紧挎在肩上，在迈进飞机门槛时，我摸了摸飞机的外面，以祈求好运。然后，我毅然登上了飞机，没有再回头。